ВЛАДИМИР МЕЛЬНИКОВ

ВОЙНА ДЛЯ ВСЕХ РАЗНАЯ

Рассказы

2025

Разнообразие персонажей и сюжетов, представленных в книге, имеет общий стержень - проблему выбора, самоопределения. Она за-трагивает любого человека, независимо от обстоятельств его жизни и убеждений. Каждому приходится определять «кто я?» и «с кем я?»… Энергия, сила воздействия этой прозы - в концентрации на проблеме, определяющей судьбу, жизненный итог. При этом повествование течёт легко и естественно, порой с юмором. Но затронутые «болевые точки» не дают успокоиться. Побуждают задумываться и задаваться вопросами снова и снова.

И искать свои ответы.

The variety of characters and plotlines in this collection has one common stem: the issue of choice and identity. Everyone faces this problem, regardl. The energy and impact of these texts lie in the author's focus on a specific issue that determines someone's fate and the sum of their achievements. Though dealing with serious subjects, the narrative is light and natural, sometimes humorous. The triggered "sore spots", however, do not leave the reader in peace. They encourage reflection and questioning yourself over and over.

And finding your own answers.

Владимир Захарович Мельников
Война для всех разная. Рассказы
Филадельфия, 2025 — 261 с.

ISBN 978-1-965104-02-6

Редактор: Татьяна Алексеева
Компьютерная вёрстка: Анна Бродская
Издатель: Павел Мостинский
Все права защищены.

Vladimir Melnikov
We all have our wars to fight.
Philadelphia, 2025 — 261 pp.

ISBN 978-1-965104-02-6

Editor Tatiana Alekseeva
Computer Design by Anna Brodsky
Published by Paul Mostinski
All rights reserved.

Library of Congress Control Number: 2025900001

Посвящается моей жене Ирине

Владимир Мельников

ОТ АВТОРА

Эти рассказы написаны в разное время.

Первый – о мороженом — примерно в 1980-е годы, когда были ещё свежи и остры воспоминания о лагере. Я хорошо помнил ноги Сташко, обработанные японской контрразведкой, — они всё ещё болели.

Мы уже обживались в Израиле, прошло время первых «охов» и «ахов» и первых сравнений с Союзом. Поразительная была страна — огромная страна абсолютного и постоянного дефицита. Ложась спать, ты никогда не знал, на что утром будет дефицит.

Почему в рассказе «Мороженое» я сравниваю Льеж с Обнинском?

У меня в Обнинске жил двоюродный брат, который в начале 1980-х прислал письмо и поблагодарил за старый подарок 1960-х — тарелки из Конаково. Обычные тарелки. Но в то время их нельзя было купить ни в Москве, ни где-либо ещё. И даже статус профессора Карповского института не мог помочь. И это в Обнинске, где была построена первая в мире атомная электростанция.

«Чурчхела» — семейная история.

В 90-м году, после 16 лет репатриации, я снова приехал в Москву встретиться с родными и знакомыми. В качестве коллективного подарка бывшим сотрудникам я принёс рассказ «Чурчхела». Все себя узнали, и всем было приятно вспоминать о тех днях.

«Нурит» — почти газетная история о женщине, которая путала справедливость с несправедливостью. Убийство любимого мужа-араба — это её личный поиск справедливости, её личная война.

«Ракетная атака». Добиться и удержать любовь женщины — это необыкновенно сложно. Иногда мужчина перегибает палку. Здесь всё перемешано — сила и бессилие, любовь, доброта и жестокость.

«Любовь к химии». Первым делом, первым делом — не самолёты, а химия. Потому что химия, или работа на новом месте, всегда была в Израиле основой благополучия, как и везде. Но во время тихой и сосредоточенной работы в лаборатории вдруг возникают неожиданные конфликты, не менее страшные и опасные, чем военные атаки. Надо быть очень и очень осторожным. Мой герой выдержал.

Эта книга была написана только благодаря моей жене Ирине и ей посвящается.

Все персонажи вымышлены, а совпадения с реальными людьми и событиями случайны.

Владимир Мельников

ПРЕДИСЛОВИЕ ОТ РЕДАКТОРА

Эта книга, яркая и динамичная, захватывает с первых страниц. И причина тому — не только мастерство рассказчика и увлекательные сюжеты. Перед нами проходит галерея характеров, жизненных историй и конфликтов, разгоревшихся из-за сделанного выбора или нежелания его делать.

Есть известное изречение римских стоиков: «Желающего идти судьба ведёт, а не желающего — тащит». В одних историях из книги человек бьётся за правоту своего убеждения, за правду идеи, определившей его путь. В других — становится жертвой избегания, непонимания, слепоты. Его жизнь и дом могут обрушиться не потому, что он проиграл битву, а из-за того, что отказался в ней участвовать.

Ложный выбор, когда человеком движут слепые страсти, инстинкты (как героинями некоторых рассказов), разрушителен не только для самих участников, но и для тех, кто с ними связан. И порой сложно сказать, что хуже: остаться безразличным или упорствовать в заблуждениях. Хотя последствия в любом случае плачевны…

Разнообразие персонажей и сюжетов, представленных в книге, имеет общий стержень — проблему выбора, самоопределения. Она затрагивает любого человека, независимо от обстоятельств его жизни и убеждений. Каждому приходится определять «кто я?» и «с кем я?»…

Энергия, сила воздействия этой прозы — в концентрации на проблеме, определяющей судьбу, жизненный итог. При этом повествование течёт легко и естественно, порой с юмором. Но затронутые «болевые точки» не дают успокоиться. Побуждают задумываться и задаваться вопросами снова и снова.

И искать свои ответы.

Татьяна Алексеева,
филолог, PhD

СОДЕРЖАНИЕ

НУРИТ, ИЛИ РАЗ – ДВА

*Нурит — очень крупный цветок в диаметре 4-5 см
из семейства лютиковых, красного цвета.
Видеть эти прекрасные цветы
среди пустыни необычно.
Нурит — цветы невест.*

*Иносказательно имя Нурит характеризует
личность компанейскую, общительную, живую.
Кроме того, Нурит — изобретательная и
артистическая натура, способная
своим азартом зажечь окружающих,
испытывая при этом искреннее удовлетворение.*

1.

Опять они стояли у блокпоста, опять вмешивались в работу солдат. Если бы слегка вмешивались, было бы еще полбеды, а они мешали, активно мешали.

Нервы у солдат были на пределе. Каждый араб, проходивший проверку, всё равно — мужчина, женщина или ребенок, мог пронести оружие или взрывчатку. Каждый араб — мужчина, женщина или подросток, мог оказаться с поясом смертника и взорваться в любой момент. Невозможно было всех осматривать, всех прощупывать.

У командиров на блокпостах вырабатывался особый взгляд, похожий на взгляд опытного таможенника, который одному говорит «пройдёмте в сторонку», а другому открывает настежь дверь. Досмотры, досмотры и ещё раз досмотры. Личные досмотры мужчин, личные досмотры женщин, личные досмотры детей, досмотры машин, грузов, и даже машин скорой помощи, досмотры и обыски в домах.

То у бедного мальчика с осликом спрятана взрывчатка, то у примерной школьницы в рюкзаке граната или пистолет, то на роженице надет пояс смертника. И солдат должен, обязан найти — это его боевая задача, для этого он призван в армию. А не найдёт — слушай сообщение о взрыве, ищи в списках погибших своих друзей и родных.

Офицеры жалуются — напряжение свыше всякой нормы. Ежесекундная готовность. В любой момент можешь наскочить на террориста. Пошла полоса, когда используют детей, женщин, медицинские машины, осликов — одним словом, всё, где можно спрятать взрывчатку, нож, пистолет. А прячут её и под платьем, и в штанах, и в школьном ранце, и, стыдно сказать, в половых органах.

Как быть, как распознать, отличить толстую женщину от террористки или пособницы террориста? Как отличить беременную женщину от женщины с подложенным животом? Ведь и личное общение опасно: взрывчатку могут применить и при обыске. Солдаты являются живым забором. Наверное, не самым совершенным, но пока единственным и относительно надёжным.

Нет, конечно, не все арабы, проходящие через блокпост, — террористы или их пособники, но попробуй отличи «хорошего араба» от плохого или от готового к взрыву самоубийцы. Атмосфера обыска раздражает всех — и солдат, и арабов. И те, и другие не стесняются в выражениях.

Обыскивали машину палестинской скорой помощи. Стонала женщина. Рядом сидевшая акушерка или медсестра уверяла, что вот-вот начнутся роды. Девушки-солдатки, дежурившие на блокпосту, были заняты в другом месте. Командир младший лейтенант Йоси Леви объяснил, что машина должна подождать, пока освободятся девушки. Поднялся шум, крик, понеслись оскорбления в адрес солдат.

Именно в это время подошли Нурит и две её подруги, и стали требовать, чтобы амбуланс пропустили.

– Перестаньте издеваться над несчастной женщиной! Постыдитесь, ведь это могла быть ваша сестра!

Могла быть и сестра, и жена... Но ни сестра, ни жена никого никогда не убивали и никому никогда в убийствах не содействовали. В этом было основное различие. Никто над «несчастной женщиной» не издевался. Досмотр женщин мужчинами запрещён. Это почти свято соблюдается. Но досмотр должен был произведён. Того требовала инструкция. Девушки были заняты на другом блокпосту. Их вызвали. Оставалось только подождать. Но ведь в машине роженица, она стонет, безумными глазами смотрит на солдат. Чёрт её знает, может она сейчас действительно родит. Не оберёшься неприятностей.

Йоси каким-то чувством опытного человека не разрешал проезд. Страсти кипели. Женщины в чёрном, и среди них Нурит, кричали, толкали солдат, фотографировали, делали киносъемки. Бедные арабы, злодеи солдаты.

Йоси стоял на своём. Тогда они позвонили командующему военным округом Ицхаку Р., на ТВ, министру обороны, то есть получился скандал. Этого они и хотели. Они выглядели защитниками обездоленных, униженных арабов.

Командующему округом позвонили из генерального штаба и канцелярии Министерства обороны и сказали пару ласковых слов. Заведённый окриком начальства, взбешённый несправедливыми замечаниями, он не стал искать меня, а позвонил прямо на блокпост и крикнул в телефонную трубку:

— Ты идиот, лейтенант, да пропусти же ты их! Тебе скандал хочется устроить?

Но Йоси стоял на своём:

— Командир, есть инструкция за твоей подписью — проверять все машины, включая санитарные. Я обязан соблюдать её. Подождут.

Йоси конфликт был не нужен. Он только начинал военную карьеру, и окрик командующего округом ему был ни к чему. С другой стороны, было обидно выслушивать несправедливые придирки за строгое выполнение своих обязанностей.

— Даю тебе пять минут. Конфликт должен быть улажен. Машину пропусти. Баб убери, ты с ними не умеешь ладить. Через пять минут доложишь или завтра вылетишь из армии. Научись ладить с женщинами. Ладить. Ты понял?

Йоси поднял шлагбаум. Машина с роженицей проехала. Но Йоси позвонил мне и объяснил ситуацию. Я отправил девушек на другой блокпост, и там дополнительно устроили проверку.

Йоси оказался прав. В машине нашли оружие и взрывчатку. А безумные глаза роженицы объяснялись страхом самой не взорваться. Арабов арестовали, роженицу отвезли в больницу на израильской машине.

Ицхаку я сказал:

— Ты зря накричал на Леви, извинился бы.

— Извиниться? Переживёт. Он должен уметь не создавать конфликтных ситуаций. А у тебя ещё будут свои неприятности.

И у меня они начались. Был вызов к начальнику генерального штаба, а затем к министру обороны. На меня были поданы жалобы за грубое обращение с «женщинами в чёрном». Мне внушали, что я и мои солдаты создают конфликтные ситуации, что во время обысков в домах подозреваемых в терроре надо проявлять особое внимание к мирному населению, а при досмотре на блокпостах не должно происходить столкновений с израильскими правозащитниками. Моя личная ответственность — особая, ибо я попустительствую конфликтам солдат и арабов, солдат и журналистов.

Папка с жалобами была толстая, но абсолютно несправедливая. Никаких конфликтов, никакого противозакония я не провоцировал. Я требовал выполнения инструкций. Это в значительной мере обеспечивало безопасность израильского мирного населения.

Телевизионная братия мешала мне в этом. Я старался от неё избавиться. Они все ужасались террору, но почему-то в конфликтах были не на стороне солдат.

Все разговоры с военным начальством были похожи один на другой: взаимодействие с журналистами, с «женщинами в чёрном», присутствие ультралевых организаций в запретных зонах, арабское гражданское население.

Рефреном всех разговоров было: «Ты должен проявить терпимость, понимание, устранить излишнюю жестокость и т. д.». Я же говорил им, что моя задача — найти и ликвидировать террористов и их пособников, что армию надо оградить от не свойственной ей работы — общением с левыми организациями. В запретной зоне никого не должно быть. Ни левых, ни правых. Солдатам никто не должен мешать. Если в каком-то доме прячется террорист, то хозяин дома — не мирный житель, а или сам террорист, или его пособник.

Мои резкие высказывания не находили понимания у начальства и вызывали раздражение. Может быть, в мыслях они и соглашались со мной — многие из них ещё несколько лет назад были действующими, а не кабинетными офицерами, и сами должны были стрелять на опережение. Но теперь, сняв погоны или повесив на погоны «пушки», они быстро полевели, набрались псевдогуманных идей и читают мораль.

Доведённый этими разговорами до бешенства, я сказал военному министру:

— Вы меня поставили защитить наше население от терактов. Если я плохо с этим справляюсь, скажите мне прямо. Но если у вас нет ко мне претензий как к солдату и командиру, то вы должны защитить меня от ТВ, от борцов за права палестинцев, от сумасшедших «чёрных» дам. Это ваши политические функции, министерские заботы. Уволить из армии меня можно, и даже очень просто, но тем самым вы поддержите безответственность. Я требую от солдат максимальной ответственности, и именно за это меня и хотят уволить. Пример будет потрясающим.

Мне дали понять, что моё продвижение находится под вопросом. Генерал должен уметь не только стрелять, но и молчать. Он и думает совсем по-другому. Я это уже знал, но ещё не мог привыкнуть. Гибкости у меня не хватало.

Скандал получился серьёзный, и мне намекнули, что меня могут уволить из армии. Меня это взорвало. Мне оставалось до завершения каденции несколько месяцев, а до пенсии — семь лет. Уходить из армии я не хотел.

— Я поставлен защищать население Израиля от терактов, — настаивал я в разговоре с министром. — Мне по характеру лучше сидеть в штабе и планировать будущую войну. Но меня поставили на этот пост, и я как часовой добросовестно несу вахту. Если я плохо с этим справляюсь — скажите мне прямо. Но если ко мне как к солдату и командиру нет претензий, то вы обязаны меня защитить от ТВ, от борцов за права арабов, от «чёрных» дам и газет. Это ваши функции как министра.

– Уволить меня можно, — сказал я в конце беседы, — но тем самым вы поддерживаете безответственность. Я же требую от солдат ответственности, и за это меня, их командира, должны уволить, то есть наказать? Я не уверен, что после моего увольнения взрывов станет меньше и террор закончится.

Меня всё же не уволили. И даже формально продвижение не затормозили. Но не забыли. За меня кто-то заступился.

Из армии меня не выгнали, но дерзость и настойчивость не простили: нашли компромисс — решили отправить в Англию на год делать докторат. Я бы сказал, убрали элегантно, красиво. На этом моя военная карьера должна была закончиться. Доктором «по арабским делам» я ещё прокрутился бы в армии до пенсии в 42 года после 25 лет честной службы. Прощай, маршальский жезл.

Все были довольны, и я сделал вид, что тоже доволен. Что будет, то будет. А год отдохну. Начальником генштаба я же, наверное, не стану.

2.

Прошло несколько дней. Я подъехал к блокпосту. И опять увидел эти чёрные фигуры, траурные морды. Горько было сознавать, что среди этих женщин действительно были женщины, у которых мужья или сыновья погибли от рук террористов. Вот такое нечеловеческое миролюбие у них было.

Я демонстративно не подошёл к этим дамам. Мне доложили, что происходит. Всё было как обычно: досмотры, личные обыски, крики, ругань, очередь. Старики, женщины, подростки, дети, здоровые мужчины — все озлоблены, все в крике. В любую минуту всё может взорваться, залиться кровью.

И солдаты, мои солдаты, усталые, задёрганные, напряжённые, находящиеся под двойным давлением... Боже праведный, сколько это ещё может продолжаться, когда это кончится?

— А как поживают «сушёные черносливы»?

Йоси засмеялся:

— Здорово ты их припечатал! Как обычно, мешают. Сегодня утром принесли нам бурекас, ребята взяли.

— Правильно сделали, с ними воевать не надо, их надо игнорировать. Сейчас я попробую.

Я медленно пошёл к «чёрным» дамам. Они действительно были одеты в чёрное: чёрные юбки, чёрные шляпы, чёрные очки, загорелые лица. Иногда попадались красивые лица, но общее впечатление — сморщенные, как сухофрукты, как черносливы. По сравнению с нормальными бабами, может быть, чересчур суетливы.

Они ждали от меня скандала, но я был миролюбив, спросил, нужна ли им вода, туалет, поблагодарил за бурекасы.

— Нурит, — сказал я, — ты так похорошела, что тебя узнать нельзя. Чудно загорела. Свежий воздух идёт тебе на пользу. Ты в отпуске? Нет? Когда же ты успеваешь работать? Ты ведь каждый день здесь с утра до вечера. Познакомь меня со своими подругами.

Всё, что я говорил, было вальяжно, доброжелательно, спокойно. Нурит гневно на меня посмотрела и что-то пробурчала: она работала в университете, свободного времени у неё было много.

— Давай отойдём и пошепчемся, — продолжал я. — Я кое-что хочу тебе сказать.

Я отошёл на несколько шагов. Нурит как-то нехотя, бочком, подошла ко мне.

– Спасибо тебе. Я читал жалобы на меня, подписанные тобой. Меня очень основательно клизмили.

Я специально употребил слово «клизмить». На иврите нет такой идиомы, но я произнёс как мой отец.

– Причём тут клезмеры?

– Нет, Нурит, это не имеет никакого отношения к музыке. Это слово обозначает постановку клизмы. Мне, по вашей милости, высокое начальство поставило клизму, а для усиления добавило битое стекло со скипидаром. Ты видишь, какой я вежливый и изнутри чистый, чище, чем после миквы.

Нурит быстро подняла голову.

– Это образ. Обязательно найду ивритскую идиому.

Она в обычном тоне продолжала:

– Я вижу общение с начальством тебе на пользу пошло. То ли ещё будет! Надеюсь, ты больше нам не будешь мешать.

– Странный ты человек, Нурит. Что-то ты перестала понимать. А раньше ты хорошо понимала слова «долг, обязанность». Я военный, и стараюсь, действительно стараюсь, выполнить свой долг максимально хорошо. Моя забота, а я об этом думаю и днём, и ночью, чтобы не было взрывов, или, по крайней мере, чтобы их было поменьше. Меня скорее можно упрекнуть в недостаточной бдительности, а не в повышенной строгости. Вы мне мешаете, вы мешаете безопасности. Не даёте работать по инструкции, работать спокойно, тщательно, с гарантией, а не по системе «беседер» — «поверь мне, всё будет хорошо». Я не только буду продолжать выполнять свой долг, но буду всё делать ещё старательнее.

– Сгоришь. Мы позаботимся. Клизма, которую тебе вкатили, была слишком маленькой и без схуга.

Я видел, как она возбуждалась, глаза загорелись, спокойствие улетучилось.

– Я позабочусь, — с азартом пригрозила Нурит. — Я знаю, кому позвонить и на кого нажать.

Я в этом не сомневался. Я не забыл о её дружбе с Ицхаком. Меня с Ицхаком тоже связывала старая дружба. Когда меня только призвали в армию, он уже был командиром роты и сразу «положил на меня глаз». А это означало дополнительные дежурства, дополнительное учение. В перерывах, когда рота отдыхает, тебе говорят «сбегай» и т. д. Особое внимание, которое ты воспринимаешь как придирки, вдруг оказывается дополнительным умением.

Потом были курсы сержантов, на которые меня послал Ицхак. После курсов пошло боевое крещение: одна операция за другой. И везде необходима быстрая реакция, снайперский огонь, чувство локтя.

Однажды, когда мы вернулись на базу, и я сидел и чистил оружие, ко мне подошёл Ицхак, положил руку на плечо и тихо, очень тихо сказал:

– На тебя можно положиться.

Я и сейчас чувствую его руку на плече.

После было всякое: офицерские курсы, выходы на территорию противника, убитые товарищи, отчаяние, бессилие, победы. Ицхак всегда был рядом, всегда помогал, всегда оставался другом и командиром.

Но самым ужасным оказалось для меня командование ротой девушек в офицерском училище. Просто ужас. Они все были в меня влюблены, все пытались признаться мне в любви, соблазнить меня. У меня не было ни одной свободной минуты. Стоило присесть, как какая-нибудь красавица входила в комнату и пыталась соблазнить.

Никогда ни до, ни после, у меня не было столько поклонниц.

И Нурит среди них, может быть, — самая главная, самая заинтересованная. Но Нурит была офицером, она только что закончила курсы, и я её оставил при офицерской школе.

А может, Нурит и задавала тон. Кто их знает?

Перед назначением на должность меня вызвал командир офицерских курсов.

– Михаэль, я долго искал человека на должность командира женской роты. Тебя мне рекомендовал Ицхак. Должность очень трудная. Ты без всякого для себя ущерба можешь от неё отказаться. Главное, что от тебя потребуется, — это сдержанность. И ещё: Ицхак сказал, что если справишься с женской ротой, то справишься и с бригадой. Тест на долговечность в армии.

Насчёт отказаться «без всякого для себя ущерба» — это пустые слова. В армии очень не любят всякого рода отказы. Но я думал, что я самый выдержанный офицер в израильской армии. О, как я был не прав! В женской роте должна быть особая сдержанность. Насчёт командования бригадой — это суфгания раньше Хануки.

Нурит блестяще знала иврит. Ей легко давались языки. Она знала английский, французский, учила арабский, но мой арабский был лучше, и это её задевало. Со мной она пыталась говорить по-русски, а я на это слабо откликался. Теперь думаю, что зря. В курсантской роте она занималась ивритом со всеми желающими — была прекрасным и очень требовательным учителем. Я тоже у неё кое-чему нахватался.

В конце концов, я не выдержал давления Нурит и передал её в управление кадров. Оттуда она попала сначала к Ицхаку, потом в МИД — в Генштаб, точно не помню куда. Там она нашла своё место: переводы, письма, отчёты. Она горела на работе. Мидовские связи остались у неё на всю жизнь. На самом деле её перевод был связан не с влюбленными вздохами, а совсем-совсем с другим.

3.

Офицерское училище постоянно участвовало в патрульной службе. По распоряжению службы безопасности мы в определённое время ставили заслоны (блокпосты) на дорогах и должны были проверять все машины. Время всегда было или раннее утро, когда все едут на работу, или вечером, когда возвращаются с работы. Дорожные пробки образовывались мгновенно.

Все наши действия сильно раздражали и арабов, и евреев. Нами командовал полицейский, который имел право задержать машину. Так что ворчать-то ворчали, но слегка побаивались. Все машины проверить было всё равно невозможно. Еврейские (по номерам) машины останавливали выборочно, арабские — почти поголовно.

Однажды нас подняли по тревоге, и мы развернули блокпост. Было часов пять утра. Ещё темно и холодно. Поток машин увеличивался. Мы укрепили фонари и ограждения на обе стороны шоссе. На одной стороне — мальчики, на другой — девочки. Девочками командовала Нурит. Пять девочек и полицейский. Собственно, командиром группы был полицейский: мы были ему даны для охраны и расширенного обыска.

Из показаний Нурит

Всё было как обычно: пробка на дороге — в одну сторону большая, в другую — маленькая. Выборочная проверка еврейских машин и почти абсолютная — арабских. Всё же некоторые арабские машины пропускались без осмотра. Я спрашивала у полицейских, как они определяют «да / нет». Ответ был однозначный — интуиция.

С другой стороны, в еврейских машинах кабланы (подрядчики) перевозили арабов-рабочих, у некоторых арабов не было разрешения на работу в Израиле. Эти машины досматривались и нарушения фиксировались.

Всё было тихо, но какой-то ропот полз вдоль шоссе: «Работайте быстрее, мы же едем на работу и опаздываем».

Остановили арабский микроавтобус. Шофёр и семь пассажиров. Задняя часть автобуса завалена хламом: вёдра, лопаты, насос. Все спокойно выходят из автобуса и становятся в рядок около машины, шофёр послушно отдаёт ключи. Полицейский начинает проверку с шофёра — он главный. Паспорт, документы на машину, страховка, разрешение на работу. Всё в порядке. Следующий...

– Эй, лейтенант, возьми последнего и проверь багажник, — крикнул полицейский.

Последний, не дожидаясь, подошёл к задней двери микроавтобуса, открыл её:

– Смотри, лейтенант, один хлам здесь.

– Ничего, побросай вперёд, потом уложишь аккуратно. Всё польза будет.

«Господи, что мы делаем, на что жизнь тратим, в хламе возимся», — подумала я и уже хотела прекратить досмотр. Но что-то остановило меня. Нет, не инструкция, в которой написано, что осмотр надо проводить тщательно. Чем меньше становилось хлама, тем медленней бросал араб вещи. Он как бы хотел, чтобы я устала и стала невнимательной, прекратила досмотр.

– Давай быстрее, досмотр твоих друзей идёт к концу.

– А мне спешить некуда.

Все вещи были переброшены. Задняя часть микроавтобуса чиста.

– Открывай крышку.

Крышка немного топорщилась, не закрывалась плотно.

– Не хочешь? Встань на место. Я сама открою.

Инструкция запрещала нам самим открывать двери и крышки. Только в экстренных случаях. Но что-то он не хочет подпустить меня.

– Ладно, смотри.

Араб открыл крышку и повернулся так, что закрыл мне обзор. Я отошла на шаг вбок и с ужасом увидела, что в его руках «узи». Он уже вставил обойму. В голове у меня пронеслись слова Михаэля: «Девочки, помните, что личное оружие — это оружие ближнего боя. Думать нет времени. Вы должны выстрелить раньше. Выстрел на опережение. У вас в запасе нет даже секунды. Стреляйте первой, если видите опасность».

Я выхватила свой пистолет. Он уже был ко мне вполоборота с поднятым «узи». Я выстрелила на опережение. Раз и ещё раз. У меня дрожали руки. Он рухнул прямо на машину. Я видела, как ко мне бежал Михаэль, я услышала голос полицейского: «Всем стоять на месте».

– А ему уже спешить некуда.

Араб был убит, он лежал, согнувшись наполовину, в кузове микроавтобуса. «Ничего не трогать, ни к чему не прикасаться», — кричал полицейский. Вызвали начальство, амбуланс, следственную команду из полиции.

Всё закрутилось.

Я подбежал к ней одним из первых. Она стояла бледная, растерянная, как бы неживая. В руке у неё все ещё оставался пистолет.

– Молодец, Нурит, молодец! Как ты?

Она подняла на меня глаза — в них был страх и ужас.

– Успокойся, ты всё сделала правильно.

Я обнял её.

– Нурит, ты стреляла по моему приказу.

Я поцеловал её. Подбежали её курсантки.

У Нурит началась рвота. Мы не смогли её остановить, и Нурит отправили на амбулансе в больницу.

Там поставили диагноз: тяжелый травматический стресс, вызванный участием в боевых действиях. По-видимому, эта ситуация привела к изменениям в психике.

Внешне всё казалось нормальным, но она стала более резкой, стала плохо подчиняться, не слушаться приказов и ещё хуже командовать. Часто ссорилась с подчинёнными, не выполняла служебных обязанностей в полной мере.

Я первым обратил внимание на её новое поведение и доложил начальству, с которым был согласован перевод Нурит в более тихое место. А слух пошёл — зачахла от любви без взаимности. Мне было всё равно – от любви так от любви. Меня состояние Нурит не удивляло. Я сам пережил нечто подобное, когда в первый раз стрелял в человека.

Я окончил курсы младших командиров и вскоре в составе группы высадился в Ливане. Меня и ещё одного солдата оставили охранять побережье: две лодки, на которых мы подошли к берегу и должны были на них уйти. Арабский патруль двигался прямо на нас. Один из них нёс сумку с едой. Наверное, они хотели сесть и перекусить. Я видел, как мой напарник растерялся и задрожал. Я из пистолета с глушителем выстрелил два раза. Трупы мы спрятали. Через полчаса группа вернулась, и мы доложили о случившемся. Трупы забрали с собой. А ещё через полчаса, когда нас подхватил «сатиль», раздался взрыв в Ливане. Именно тогда Ицхак и похвалил меня. А у меня началась депрессия, из которой я вышел с большим трудом.

Идёт война, на которой убивают. Но война для всех разная.

Лётчик или моряк не видят противника. Он для них абстрактен. В ближнем бою, когда стреляешь из пистолета, ты ощущаешь врага, слышишь его голос, видишь человека, который через секунду должен тебя убить. Побеждает тот, кто выстрелил первым. Первым, всегда первым.

Нурит выполнила свой долг, спасла себя и девочек. Ей все об этом говорили. Она слабо реагировала на поздравления. О травматическом стрессе никто не говорил. В этом я чувствовал свою ошибку.

Но у этого события были последствия. Нурит повысили в звании. Всему личному составу объявили благодарность. Нурит сильно изменилась. Оставлять её в училище не имело смысла, и её забрал к себе Ицхак.

Меня вскоре назначили замкомбата и присвоили звание майора.

4.

С Нурит раньше я виделся часто, но по-другому, в домашней обстановке. Она же как-то познакомила меня со своей младшей двоюродной сестрой, ещё школьницей, на которой я через несколько лет женился.

И вот теперь, после всех поднятых ей скандалов и стычек на блокпостах, мы стоим напротив и смотрим друг на друга как враги.

– Ах, дорогой Михаэль, всё о карьере думаешь, всё о карьере. Я думала о тебе лучше. Я постараюсь, я приложу максимум усилий, чтобы тебя наконец выгнали и как можно скорее.

– Не могу понять, за что ты меня ненавидишь?

– Видишь ли...

Она замолкла, подняла глаза, как бы рассматривая меня заново. И я словно заново посмотрел на неё. Красивое лицо, умные глаза, исчезла сморщенность «чернослива». А глаза заполняла ненависть, ненависть, ненависть. Неужели она меня когда-то любила?

Нурит словно прочла мои мысли:

– Ненависти у меня нет. Более того, к Михаэлю Шору, мужу моей сестры, моему бывшему командиру, я отношусь очень хорошо, и ты это знаешь. Я плохо отношусь к полковнику Шору, я его ненавижу, как впрочем, и всех, кто служит в этой полицейской армии. Вы наносите вред демократии, вы, и ты тоже, — военные преступники. Вас судить надо. Это мой гражданский долг.

– Нурит, ты права, ты даже не представляешь, как ты права. Карьера — очень важная часть моей жизни. В семнадцать лет я решил пойти в армию, полжизни я — военный, и я вижу себя в армии ещё много лет. Может быть, даже начальником Генштаба, а до генерала мне остался один шаг. Ведь плох тот солдат, что не носит маршальский жезл у себя в ранце. Для меня это такая же мечта, как для тебя стать профессором, заведующим кафедрой. Мне не стыдно об этом говорить. Можешь мне мешать, это твоё дело. Ты борешься не за честь страны, не за честь армии, а за ложное понимание войны. Я много раз говорил, что твои эмоции перехлёстывают разум. Каждый раз, когда вы вмешиваетесь в нашу работу, я потрясён мерой вашей, и твоей тоже, безответственности. Это ложное понимание гражданского долга во время войны.

– Но ты должна знать, — продолжал я, переходя на серьёзный тон. — Если меня уволят, и запомни это хорошо, я как гражданское лицо соберу пресс-конференцию и скажу: в смерти Сарры Фрумкин и Гиля Мизрахи виноваты твои подруги и ты лично.

— Это неправда, — почти задыхаясь, сказала Нурит. — Ты никогда этого не сделаешь. Я в суд на тебя подам за клевету. Ты запугиваешь меня.

— Сделаю. Ты знаешь, что сделаю. Каждый раз, встречая Фрумкина, ты будешь ему объяснять, что не виновата в смерти его внучки, а когда придёшь к своей матери, то же самое будешь объяснять матери Гиля.

Семейство Мизрахи жило по соседству с родителями Нурит, знакомы были много лет и дружили семьями. Нурит была старше Гиля на пять лет и помнила его с рождения. Гиль погиб от бомбы, заложенной в автобус.

Профессор Фрумкин был уже на пенсии, приходил в университет редко, но считался учителем Нурит.

Сарре Фрумкин было восемнадцать лет, она только что окончила школу и на следующий день должна была идти в армию. Она погибла при взрыве в кафе.

— Я объясню на пресс-конференции, что твоя компания и лично ты всё время мешали мне проводить тщательный досмотр, и что именно поэтому террористы могли проносить взрывчатку и совершать теракты.

Нурит вдруг смертельно побледнела, я даже испугался, где-то мне её стало жалко. Такая баба хорошая, умная, добрая, куда она влезла?

— Я на тебя в суд подам. Ты угрожаешь мне. Ненавижу тебя.

— Вот и хорошо, подай в суд. Это ещё лучше, чем пресс-конференция. Когда меня выгонят из армии и снимут все ограничения, я буду вправе сказать, что я думаю о вас и о тебе в частности. Я расскажу об том амбулансе, который вы заставили пропустить и в котором на следующем блокпосту обнаружили взрывчатку. Вот так. Я буду свободен и безответственен как ты.

– Слушай, — сказал я, смеясь, — в ближайшее время я введу досмотр женщин на гинекологическом кресле. Ведь они и там могут проносить взрывчатку. Заранее знаю, что не будет хватать специалистов. Хочешь пойти к нам в часть? Будешь досматривать! Там ты и проявишь бдительность и твёрдость характера. Это и будет выполнение гражданского долга.

Береги меня. Может быть, я ещё стану начальником Генштаба и назначу тебя консультантом по женскому корпусу. Ну, а если меня всё же посадят, принеси сухарей.

Подошла Шломит, подруга Нурит.

– О чём вы шепчетесь? О сухарях? О каких сухарях? — спросила она подозрительно. До неё долетали отдельные слова.

– Шломит, ты бестактна, — ответил я нарочито строго. — Я делаю женщине комплименты, можно сказать, соблазняю её, а ты вмешиваешься и всё мне портишь. Разве так можно? Сухари по-русски — сорт дорогих пирожных.

Шломит подозрительно посмотрела на Нурит и меня.

– А теперь ты всё испортила, Нурит передумала. Посмотри, как Нурит прекрасно выглядит. Какой цвет лица! Что я буду делать теперь на дежурстве?

– А ты меня соблазни! Я свободна.

– Договорились, в следующий раз. Сейчас я должен проверить другой блокпост. Ты у меня переночуешь, а потом напишешь, что я к тебе приставал и изнасиловал извращённым способом.

– Конечно, напишу прямо сегодня, но не о приставаниях. Ты меня с кем-то путаешь. Я своих мужиков не сдаю. Сдашь одного, а уйдут все. Я правильно говорю? Не хочу одна оставаться. Без мужей.

– Боже мой, где я нахожусь? И у тебя, Шломит, тоже русские корни? Кто бы мог подумать. Ты совсем не феминистка.

Нурит медленно уходила. Как я и предполагал, она почти перестала появляться на блокпостах, а когда всё-таки приходила, вела себя пассивно, почти ни во что не вмешивалась. Жалоб на меня больше не поступало.

5.

Однажды собрали старших офицеров и прочитали лекцию об этическом кодексе в израильской армии. Выступал главный армейский прокурор, потом профессор, написавший об этическом кодексе книгу, генерал, несколько офицеров. В целом энтузиазма не было. Стояла атмосфера тихой растерянности.

– Шор, — обратился ко мне председатель, генерал-майор, командующий одним из округов, — у тебя есть ведь проблемы с моральным кодексом. Почему ты молчишь? Самое время и место высказаться.

Я встал и хотел отшутиться.

– Иди ко мне.

Голос генерала прозвучал мягко и доброжелательно. Я его знал давно, но никогда не служил под его началом. Отношения наши оставались взаимно нейтральными. Но внутренне я был возмущён. Идёт общее обсуждение армейской морали, этики, а перед собранием офицеров и генералов он завёл речь о моих личных моральных проблемах. Кто дал ему право? Может, пронесёт?

Я уже стоял на трибуне и поворачивал микрофон.

– У меня нет никаких проблем ни с моральным, ни с уголовным кодексом. И у меня нейтральное отношение к этическому кодексу: он более или менее похож на директивы документов в ряде демократических государств. Мы не первые и не единственные. Но мы — единственные, кто обсуждает этот вопрос во время войны. Ни до и ни после. Во время.

Силовые структуры не одинаковы и работают по разным законам. Есть область полицейских законов — они в демократических странах более или менее одинаковы. И есть Правила ведения войны – это международный закон, обязательный для всех армий. Этический кодекс занимает какое-то промежуточное положение. Изменились войны, во всяком случае, в Израиле. Грандиозные танковые сражения, по крайней мере, для нас, остались в прошлом. Ежедневная война похожа на особые армейские операции, утяжелённые полицейскими функциями. Это создаёт разное понимание дозволенного и не дозволенного. Полиция не может произвести обыск и арест без ордера. Армия может. Полиция стреляет в крайнем случае, у армии другие инструкции.

Главное в кодексе — уважение к жизни. Чьей? Своих солдат или врага? Почему я должен уважать врага-убийцу? Террорист взорвал автобус или кафе, зарезал детей или женщин. И я должен его уважать? Да помилуйте! Это не моя обязанность.

Если армия уничтожает врага – понятно. Но если она должна уничтожить врага, которого она уважает, — это вооруженная банда. Я плакать не буду по убитому террористу. Пусть враг наймёт международных плакальщиц. Моя обязанность, как я её понимаю, — не допустить теракта, уничтожить врага. И задача армии такая же.

Если врагу повезёт, и он попадёт в плен — другое дело. С пленными я не воюю. Сохранение «чистоты оружия» — это забота о «мирном населении». Вражеском? Мирное население в Газе или Самарии — это фантом, фикция — его нет. Вы заходите в дом с обыском и видите население не мирное, а враждебное, агрессивное, не желающее сотрудничать. Оно не боится армии, оно прячет террористов и всячески им помогает.

Мы хотим быть моральными. Мы сбрасываем листовки, звоним по телефону — предупреждаем об опасности. Они в благодарность прячут оружие и террористов.

При этом внезапность и эффективность удара потеряна. Противник сохраняет силы и имеет время перегруппироваться. Положение на блокпостах напряжённое. Каждый день «мирное население» пытается пронести запрещённые предметы, а шахиды — проскочить контроль.

Ещё два слова о прессе и людях, которые протестуют против действий Израиля, якобы защищая права человека. Они работают с прессой в хорошей, завидной связке и абсолютно не реагируют на армейские требования. Такая практика лицемерна и лжива. Государство должно защитить армию от общественного террора. Общественность, как внутри страны, так и вне её, получает лживую и лицемерную информацию. Поскольку здесь представлено командование и прокуратура армии, я обращаюсь к вам — защитите солдат. Разработайте соответствующее законодательство. Солдат выполняет свой долг. И даже если он ошибся, это ошибка при выполнении долга, обязанностей в чрезвычайных условиях. Законы, как танки, должны идти впереди солдат, а не плестись в обозе.

А теперь личное. При разборе этических проблем меня опозорили перед всей армией. Мне в присутствии армейских прокуроров заявили, что у меня есть моральные проблемы. Сегодня по ТВ заявят, что я — аморальный тип, а завтра во всех газетах об этом напишут.

Зал взорвался: кто хлопал, кто кричал «молодец». Генерал встал и гаркнул: «Тихо». Все разом примолкли.

Затем выступил заместитель главного военного прокурора.

— Я очень доволен сегодняшним совещанием — и содержанием доклада, и прениями. Очень хорошо, что боевой офицер с безупречной биографией заговорил о законах, которые должны поддерживать армию. Это очень важно. Армия, как и любое го- сучреждение, нуждается в юридической защите. Мы иницииру- ем такие законы. Спасибо тебе, полковник Шор!

Утром, когда я только ехал в штаб бригады, у меня загудела рация.

– Шор, ты газеты читаешь?

Голос Ицхака звучал весело, я бы сказал, игриво. Это плохой признак.

– На ночь и выборочно.

– Плохо, полковник, даже очень плохо. И этому тебя учить надо. С утра надо читать газеты, а лучше с вечера ТВ смотреть. И знать, что начальство смотрит ТВ, на ночь глядя. Купи газеты.

Газеты я не читал, то есть читал неаккуратно.

Только остановился у киоска — опять звонок, от жены: «Купи газеты».

В штабе начал читать. А там статья обо мне. Не забыт курилка.

«На собрании старших офицеров командующий округом назвал полковника Шора аморальным типом. Мы-то это давно знаем. Наконец об этом узнало и армейское начальство. И вся страна. Аморальным не место на госслужбе, и особенно в армии, нашей армии, израильской армии».

И дальше расписано в ярких красках, как я зверствую на блокпостах и как я учу и заставляю зверствовать солдат. Под- пись – Шломит.

Мне стало смешно: как же сплетни быстро распространяют- ся. Даже у военных, даже с военных закрытых совещаний. Я не злопамятен, но подлости не прощаю. Не переспал и получил. Она ведь «своих» не сдаёт, а я был не её.

Я уже хотел выбросить газету, но увидел стрелку и ссылку «дискуссия» на последней странице. Там оказалась напечатана небольшая статья Нурит «Шломит, осторожно, остановись».

«Я пришла в редакцию, когда статья уже была сдана в набор. Я была против её публикации. Ни редактор, ни автор меня слушать не хотели. И я для общественного равновесия должна и обязана написать следующее.

Я знаю полковника Шора много лет. Он был моим командиром в офицерской школе. Более порядочного командира я не встречала. Я написала командованию армии на него много жалоб. И буду писать впредь, если подвернётся случай. Никакого отношения к морали мои жалобы не имеют. Это политические жалобы. Они касаются роли армии в современной, очень специфической войне между арабами и евреями, очень похожей на гражданскую войну. Мои жалобы на Шора — давление на армию, и через неё — на политику правительства. Шор в высшей степени дисциплинированный и ответственный офицер. Изменится политика правительства — изменится и Шор.

Шломит, ты уверена, что с увольнением Шора из армии, придёт на его место человек с той же мерой ответственности? Что мы рано хотим оголить границу? После политического дождя будь осторожна на политических поворотах».

Я позвонил Нурит. Я чувствовал, что она ждала моего звонка и была им довольна. Но сказала она совсем не то.

– Шор, Шор. Шломит бесталанна, как женская туфля, которая жмёт. Не попадайся мне на глаза. Я напишу о тебе такое, что твоя клизма с битым стеклом, патефонными иголками и скипидаром (кстати, ты схуг не пробовал?) покажутся тебе шоколадной пастой.

И бросила трубку.

6.

Прошло четыре месяца. Мы отмечали семейный праздник — день рождения отца.

— Здравствуй, Миша!

Я удивлённо поднял глаза и увидел Нурит. Она только вошла в комнату и стояла в дверях.

— Проходи, садись, — сказал я максимально приветливо. — Что будешь пить? Чай? Кофе?

— Кофе. И если можно, ты же знаешь, чёрное и покрепче.

Я хорошо знал её вкус: чёрное кофе должно быть горячим, крепким и сладким. Но глаза мои, наверное, выражали удивление.

Нурит была двоюродной сестрой моей жены, немного её старше. За годы, что я был женат, за десять лет, что я был знаком с Нурит, она много раз виделась с моими родителями, но никогда не была настолько близка, настолько дружна, чтобы приехать специально поздравить отца с днём рождения, да ещё рано утром.

Передавая отцу подарки, Нурит, как бы оправдываясь, сказала:

— Мирьям вчера вечером звонила, тебя не было дома. Она просила передать тебе вот эту книгу.

Всё это было неправдой или, в лучшем случае, полуправдой. Я накануне разговаривал с женой. Она уже месяц была в Англии и прекрасно знала, что наша квартира сдана и что я там не бываю. Никаких книг она не просила мне передать.

Однако я не стал ничего выяснять.

— Сейчас сварю.

Нурит знала, что я хорошо варю кофе. На первом году службы у меня был командиром батальон бедуин, который научил меня варить кофе и пить его обжигающе горячим и крепким. Он говорил нам, совсем молодым солдатам:

– Перед операцией надо отдохнуть, успокоиться, выпить кофе и подумать о жизни.

Но и здесь он делал выпад против евреев.

– В вашем еврейском кофе много воды, много сахара: от него хочется пить и писать. Это не для пустыни.

Насчёт кофе у меня и Нурит была общая бедуинская школа, хотя учителя были разные: моего комбата убили. Ицхак его, тяжело раненого, на руках выносил из боя.

Но странным выглядело другое. За всё время нашего знакомства Нурит никогда не называла меня Мишей. Она вообще была влюблена в иврит, и если в иврите было соответствующее слово, никогда не употребляла иностранное. Я всегда был Михаэлем и только Михаэлем. И вдруг она назвала меня Мишей. Во всём была какая-то фальшь. Но бог с ним, разберёмся.

Я вернулся с большим финджаном, рассчитанным на несколько чашек, и густой запах кофе поплыл по комнате. Нас сидело за столом семеро: отец, мать, две мамины сестры — тётя Соня и тетя Аня, и два моих двоюродных брата — Сеня и Саша. Сеня на американский манер называл себя Сэмом. На столе пыхтел настоящий русский самовар, подаренный отцу тётей Аней.

Пока я варил кофе, включили телевизор: захвачен командир одной из террористических банд К., в перестрелке были убиты ещё два террориста. С нашей стороны потерь не было. Это было повторение утреннего сообщения. Я его уже слышал на базе, в шесть утра, по радио. На экране мелькали спины солдат, лицо захваченного К. Ни одного лица из наших. Как удалось сделать такие съёмки?

От еды Нурит отказалась, а кофе выпила с жадностью, быстро. Затем отодвинула чашку. Лицо у неё было бледным, усталым, с опухшими глазами.

– Твоя работа? — спросил отец.

– Моя.

И вдруг я почувствовал, что ещё не отошёл. Уже прошло часов шесть, как закончилась операция по ликвидации террористической банды, но при внешнем спокойствии я ещё чувствовал себя в облаве, на бегу, отдающим приказы.

Отец к своему дню рождения купил пятилитровый бочонок пива и охладил его в холодильнике. Я налил себе полулитровую кружку. В комнатах было тепло, ещё не жарко, но чувствовалась нарождающаяся жара. Холодное пиво снимало с меня внутренний жар и настраивало на спокойствие.

– Пиво с утра?

Нурит от удивления протянула руку к чашке, как бы прося ещё кофе.

– Правильно говорят, что русские без пива и водки не могут двигаться. Алкоголики!

В слове «алкоголики» чувствовалось нескрываемое презрение. Вмешался отец.

– Пьют же французы и итальянцы целый день вино, даже в обеденный перерыв. И ничего с ними не случается.

Я не поддержал разговор о пиве. Это её дело — считать меня алкоголиком. Я думал о другом. Я всё время удивляюсь тому, с какой скоростью работает пресса. Только в пять закончилась операция, а в шесть уже сообщили по радио, чуть позже и по ТВ.

Мы охотились за ним всю ночь, мы гнали его как зайца на охоте. Я месяц разрабатывал эту операцию, с тех пор как Мирьям уехала. Я по крупицам собирал разведданные, я знал наперёд каждый его шаг.

Около девяти вечера он пошёл отдыхать, наверное, хотел послушать ТВ-новости, в десять окружили часть улицы и начали обыски в нескольких домах.

Испуганные лица, злобные глаза, молчаливая ненависть и покорность. С этой ненавистью я и мои солдаты встречались не первый раз и не первый год. Привыкнуть к ней невозможно. Не стреляйте, не взрывайте, не махайте ножами, не прячьте террористов, и в ваши дома никто никогда не войдет. Я чувствовал свою правоту, но всё равно делать «шмон» было противно. Как я от этого устал! Чёрт меня дёрнул выучить арабский язык. Командовал бы обычной бригадой.

Мы видели, как он уходил, и дали ему уйти. Для того чтобы всё выглядело случайным, армия продолжала обыски ещё в двух-трёх домах.

Младший брат Нурит работал в специальной съёмочной группе и был прикомандирован ко мне. Он был прекрасным кинооператором. К. ушёл в другую деревню и спрятался у своих друзей. Мы снимали весь его маршрут и опять через час повторили обыски в нескольких домах. И только на четвёртой квартире мы его взяли. Целёхонького. Он уже не пытался бежать. Он был сломлен. Отстреливались его телохранители. Но с ними всё было просто.

– Господи, — заговорила Нурит, — ужас меня охватывает. Вы гордитесь тем, что гонитесь за человеком, как за животным на охоте, провоцируете его друзей на помощь, а потом арестовываете, допрашиваете, бьёте. Сотня солдат с кинокамерами гоняет одного. Чем вы лучше фашистов? Чем?

Я увидел, как она раскраснелась, прошла желтизна лица, глаза стали гневными, сверкающими.

– Успокойся, Нурит. Эта безобидная овечка взорвала автобус и кафе. Послала террористов-смертников убивать наших детей.

И то, что ты не попала под взрыв, — чистая случайность. С оторванной ногой и выбитым глазом ты бы говорила по-другому. Во всех четырёх домах захватили много оружия, взрывчатки, поясов смертников, нашли туннели, по которым террористы могли уходить от погони. Теперь вся их группа арестована.

– Да ну вас всех!

И вышла из комнаты.

– Нехорошо получилось, — сказал отец. — Она приехала в гости, поздравить меня. Я пойду её успокою.

Компания стала распадаться. Отец ушёл утешать Нурит, мать — в кухню, братья завели вечный и бесконечный спор о левых и правых. Тётки пошли помогать матери. Они всё не могли наговориться.

Я встал из-за стола и пошёл спать. Усталость вдруг накатилась на меня. Последнюю неделю я мало спал. Дни уходили на текущие дела: проверка блокпостов, обучение солдат, обыски в домах террористов, отчёты, совещания у начальства. Ночь — на подготовку к захвату К. Теперь, когда всё было позади, когда К. схвачен, цепь его помощников разгромлена и арестована, а те, кто оказали сопротивление, убиты, усталость давала о себе знать.

«Я могу спокойно поспать, — подумал я. — Дела я уже сдал, завтра формальная передача командования. Сдал — принял. Слова напутствия и т. д. И завтра же самолёт. К вечеру я буду в Англии, с Мирьям и детьми. А сейчас в родительском доме я вздремну до прихода гостей». Засыпал я всегда быстро и спал крепко. Совесть у меня была спокойна.

Я поднялся по лестнице и уже подошёл к спальне.

– Подожди минутку, — услышал я голос Нурит.

Она стояла внизу за моей спиной.

– Мне надо с тобой поговорить.

Я обернулся, Нурит поднималась. Лицо у неё было перекошено, некрасивое, напряжённое, как после взрыва. Фигура отяжелевшая. Мне стало её очень жалко. Ведь была она такой веселой, симпатичной... Что с ней происходит? Мы же много лет дружили.

— Нурит, дорогая, что с тобой? Ты плохо себя чувствуешь? Ты больна?

— Не могу видеть, не могу слышать, как мы, и ты, мой друг, а значит и я, гоняемся за людьми как на охоте, стреляем в безоружных.

— Совсем не в безоружных...

— Оставь! У нас самолёты, вертолёты, танки, всякие электронные игрушки, а у них — винтовка. Разве это на равных?

— А ты бы хотела на равных?

— Я хочу мира и спокойствия. Не хочу никакой политики.

— И я не хочу политики, но они совсем не беззащитны.

— Ты можешь К. отпустить?

— Отпустить? Ты сума сошла! Я не могу, он передан уже в ША-БАК. Но если бы и мог, никогда его бы не отпустил. Он убийца, хитрый, жестокий, подлый и трусливый.

— Ладно. Остановись. Но увидеть я его могу? Разреши мне его только увидеть.

— Но я только что тебе сказал, что он передан ШАБАКу, и я ничем помочь тебе не могу.

— Но ведь я хочу его только увидеть.

— Зачем?

Нурит замолчала. Посмотрела на меня в упор тяжёлым взглядом и тихо сказала:

— Я беременна от него.

Я как бы споткнулся. Больше говорить было не о чем.

«Бедная Нурит, куда же тебя занесло?».

7.

Я вспомнил, как Нурит познакомила меня со своей сестрой. Она уже работала в юридическом отделе Генштаба. Ицхак первый обратил внимание на её феноменальное знание иврита. Помощница она была превосходная: быстрая, чёткая, писавшая без ошибок на прекрасном иврите.

Нурит очень хотела закрутить с Ицхаком роман. Но он, во-первых, был женат, а во-вторых, был против романов на рабочем месте. «Это, в конце концов, кончается скандалом и увольнением из армии, — говорил он. — Сколько прекрасных ребят сгорело на этом. Нельзя — и всё».

Ицхак познакомил Нурит с профессором Фрумкиным и перевел её в юридический отдел. Фрумкин подсовывал талантливой девочке книжку за книжкой, которые она проглатывала и требовала ещё и ещё. Когда она закончила армию и поступила в университет, старый Фрумкин принял её в свои объятья. Так началась её научная карьера. Она была предана Фрумкину, часто бывала в его семье. Но и дружба с Ицхаком осталась. В этой дружбе был свой подтекст: «Я любила тебя, а ты мною пренебрёг» – «Я любил тебя, но служба — не место для романов».

Нурит блестяще училась в университете, подрабатывала в разных газетах и журналах. Юридические и дипломатические связи, заложенные в армии, давали приличный заработок. Она вечно что-то редактировала, правила, иврит она знала безукоризненно.

Замуж она вышла на первом курсе университета за гениального математика, но прожила с ним недолго и разошлась. После этого у неё были бурные короткие драматические романы, к которым она относилась пренебрежительно. Своего бывшего мужа она очень уважала, иногда встречалась, но повторной попытки совместной жизни они не предпринимали. А потом он уехал в Америку и стал профессором.

Мы спрашивали её о причинах развода. «Он по-своему любил, а может ещё и любит сейчас. Кроме математики, он ничего не хотел знать. В моей стройности и гибкости он видел интеграл, который надо взять, и брал меня как интеграл, а я хотела быть женщиной», — таков был ответ.

И вот теперь роман с арабом, да ещё террористом, да ещё беременна от него. Вся история ужасна и трагична.

— Скажи мне, пожалуйста, насколько ваши отношения серьезны?

— Он обещал на мне жениться.

Это была ложь, самая настоящая ложь. Я ещё вчера держал папку со всеми данными К. Ему было 40 лет, из богатой семьи, первая степень по инженерному делу, две жены, пятеро детей, все — девочки, магазин электротоваров, там в подвале изготавливались телефоно- и радиоуправляемые бомбы. Дом взорван, магазин по продаже подержанных автомобилей, в основном ворованных в Израиле, разрушен бульдозером, так же, как и магазин продовольственных и промышленных товаров, которым он владел, но не управлял.

Через неделю назначена ещё одна свадьба, третья. И как две первые жены, невеста из богатой семьи. Да там для Нурит и места не было даже в гареме.

Но разве это ей объяснишь? Во всяком случае, не теперь.

Жалко, безумно жалко Нурит. Я набрал телефон офицера ШАБАКа, который должен вести допрос.

— Хаим, как твой подопечный?

— Соскучился? А он говорит, что тебя видеть не хочет. Обидел, не дал поспать.

– Да и я его не жажду видеть. Скажи ему, что теперь он отоспится. Но вот одна дама его бы хотела увидеть. Разрешишь?

– Это черносливина? Сейчас спрошу... Говорит, что не хочет видеть и ругает её. А вот я бы с ней поговорить хотел, но не сейчас. Вот я закончу допросы и тогда, пожалуйста, разрешу свидания. Недели через две. Пусть сама позвонит. Привет Лондону.

И он знал о моём отъезде. Я развёл руками.

– Сегодня нельзя. Позвони через две недели.

– Во всяком случае, спасибо тебе.

Я пошел её проводить до машины. По лестнице я шёл сзади, и меня поразила её старческая сутулость. Около машины она повернулась ко мне.

– Ты всегда был верен долгу, а я чувству. Ты никогда меня не любил. Если б любил, всё было бы иначе. Спасибо за сочувствие.

Я вдруг вспомнил, как на моей свадьбе она подошла ко мне и сказала:

– Давай убежим. Бросим всё и всех. Уедем в Америку, Канаду, Австралию, Исландию и заживём в любви и согласии. Быстро решай.

Мне это показалось смешным. Я ей ответил:

– Я люблю тебя, но другую больше. Опоздала. Меня увела другая. Раньше надо было.

– А как же поцелуй? Я ждала, что это приглашение на хупу. А на самом деле, ты меня считал приложением к пистолету.

Это был намёк, на то, что я научил её стрелять из личного оружия.

Всё. Она села в машину и уехала.

– Куда ты?

– К Ицхаку. Может, он поможет?

Никогда, никогда ей Ицхак не поможет. Думать об этом бесполезно, надеяться смешно.

Спать, только спать. Голова стала тяжелой. Но сквозь сон на ходу я услышал призыв ко мне: «А давайте позовём Мишу, пусть он рассудит».

Пришлось вернуться за стол и терпеть разноголосицу мнений.

8.

В Москве вся наша большая семья жила очень дружно. У мамы были ещё две сестры — Аня и Соня. Приблизительно в одно время сёстры вышли замуж и нарожали детей. В городе часто виделись, а летом снимали одну большую дачу на всех. В отпуск шли поочередно, так что, кроме бабушки, всегда была одна из сестёр, которая решала все детские конфликты. Главным лозунгом было «Разберитесь сами» и «Не ябедничать». Мужья оказались сговорчивые и хорошо ладили между собой.

Идиллия закончилась, когда мы решили ехать в Израиль.

Сонин муж работал в «почтовом ящике» и был засекречен. Даже думать об Израиле он тогда мог только поздней ночью, засунув голову под подушку.

Анин муж решил ехать в Америку — Израиль был маленькой провинциальной страной для его инженерного размаха.

Ну а мы, особенно отец и дед, настаивали на Израиле. Семья разлетелась.

Аня несколько лет в Америке пыталась сдать экзамен на врача — было трудно и обидно. Хотелось плакать и проклинать всех и всё. Наконец, она прошла все экзамены и получила разрешение на работу врача в доме престарелых, который финансировал штат. Это был хороший постоянный заработок. Муж начал свою американскую карьеру чертёжником, потом стал техником, перешёл в большую компанию инженером, набрался опыта и открыл маленький завод, который успешно расширялся. Наконец он был счастлив, перестал ворчать. Заводик слаженно работал. Да и с сыном Сеней особых проблем не было. Была образцовая семья. Учился он хорошо, но ни математика, ни физика, ни биология его не интересовали: ему в школе объяснили, что даже плохонький адвокат зарабатывает больше, чем хороший школьный учитель.

На Гарвард в семье не хватило денег, и Сеня, уже Сэм, поступил на юридический факультет университета штата. Жил в студенческой коммуне, за учёбу не платил. Нашёл работу в юридическом отделе университета. С первых студенческих лет стал подрабатывать в различных юридических компаниях. Закончил первую и вторую степень по юриспруденции и экономике, перебрался в Вашингтон.

Дальше судьба сыграла шутку: затосковал Сэм по Израилю. В Израиле он открыл юридическую контору и давал консультации американским бизнесменам, которые пытались работать в Израиле, и израильтянам, желавшим открыть бизнес в Америке. Зарабатывал он очень хорошо. Купил большую квартиру в Тель-Авиве и квартиру для офиса. Женат он не был. Жил весело. Перезнакомился со всей израильской богемой, и от неё потянулась кошмарная левизна.

Он жил в Израиле несколько лет, выучил его законы, хорошо говорил на иврите, зарабатывал деньги, но страны он не знал и не чувствовал. Последний год он писал книгу — как ликвидировать арабо-израильский конфликт. Помирить арабов и евреев. Не больше и не меньше. Я много раз читал отдельные главы его книги. Он хорошо разбирался в экономике и Израиля, и палестинцев, а политику не понимал. В политических предложениях ни одной свежей мысли, перепевы левых сил в Израиле. В целом

— поддаться. Арабы должны втянуться в нашу игру и смириться с нами.

Саша был правым, по-олимовски правым. И мой отец, и Саша, и многие приятели нашей семьи были правыми. Может быть, они были и правы в своей правоте, может быть. Но в их правоте было такое незнание, непонимание Израиля, что даже то, что было абсолютно верно, смотрелось как безграмотность. Спор братьев был схоластичен и выдуман.

Я слушал их с трудом.

– Дорогие братья, я устал, хочу спать. Отпустите меня. Я 18 лет в армии. Я 18 лет гоняюсь за террористами, я выучил арабский язык, но так и не знаю, что делать. В мои обязанности входит стрелять, а «не стрелять» — это политика, которой я не занимаюсь. Вот стану генералом и займусь политикой. Отпустите меня спать.

Я рухнул и заснул раньше, чем голова коснулась подушки. Снилось детство, школа, невыученные уроки.

Проснулся я от прикосновения материнских рук.

– Миша, проснись, вставай.

– Ну, дай ещё минуточку поспать, я же сделал все уроки.

– Вставай, вставай, тебя Ицхак ищет.

Я сразу проснулся. Если меня сегодня начал искать Ицхак, значит, произошла беда.

– Михаэль, только что захвачен твой брат Сэм. Собирай всех. Ты ведь ещё командир. Я тоже скоро приеду.

– Где Сеня? — спросил я мать.

– Уехал, как только ты лёг спать.

– Куда?

– Какие-то у него есть дела, связанные с книгой.

– Его захватили террористы. Я еду туда. Поберегите тётю Аню.

Я уже садился в машину, когда услышал крик тёти Ани, но я не вернулся, нажал на газ.

9.

Я приехал первым и остановился на горке перед деревней. Ещё никого не было. Чуть ниже лежала арабская деревня. Было тихо, никакого движения, ни одна машина не проезжала по улицам, ни одного пешехода. Даже птицы и собаки притаились. И в этой благостной тишине где-то, связанный и избитый, лежал мой двоюродный брат Сеня.

Подъехал микроавтобус с торчащими антеннами — передвижной узел связи, из которого выскочил капитан Левин.

– Командир, вот телефон, по которому можешь связаться с террористами.

Капитан Левин был мне глубоко симпатичен. Высокий, стройный, всегда подтянутый. Выпускник Техниона. Это было новое поколение армейских офицеров. У него была безупречная дисциплина, и вся его радиотехника безукоризненно работала. При этом он не боялся начальства, не лебезил. Не в пример моим друзьям, которые, добравшись до полковника, потеряли смелость. До пенсии оставалось пять-семь лет!

– Хорошо, попробуем. Соедини.

На другом конце провода ждали звонка.

– Говорит полковник Михаэль Шор. Я уполномочен вести с вами переговоры.

Моя задача — заставить террористов разговориться, затянуть переговоры, собрать группу захвата и т. д.

– Кого вы захватили?

– Мы с тобой, полковник, говорить не будем.

– Ну и зря. Подумайте, вы меня знаете.

– Да, знаем, ты, полковник, дерьмо (дальше пошёл поток ругательств на арабском и иврите), и говорить с тобой мы не будем.

– Зря вы ругаетесь. Не хотите говорить — ваше право, но тогда ждите начальства. А когда вас захватят, будете просить, чтобы я вас допросил. Я вспомню эти слова.

Арабы знали, что я никогда не бью арестованных и просились на допрос ко мне.

– Будем ждать, но недолго. Смотри, чтобы не выбросили голову на улицу. И не твоего брата, а твою.

И бросили трубку. Первый тур проигран. Группа уверена в успехе, агрессивна.

– Михаэль, — сказал капитан Левин, — у них есть сотовые телефоны и они находятся в разных зданиях.

– Вот за что я тебя, капитан, люблю, что ты всё знаешь наперёд. Установи точное расположение зданий, фиксируй все переговоры между собой. Куда запропастилась эта «рыжая ведьма»?

«Рыжей ведьмой» я прозвал лейтенанта Алону Шмуклер, или, как мы её называли, Алька. Алька действительно была рыжей, веснушчатой («поцелованная солнцем», как она о себе говорила), белокожей, наверное, была бы красивой, если бы не веснушки. Но, к удивлению, она от этого не страдала, или, во всяком случае, не показывала вида. Она была переводчицей с арабского, притом превосходной, наверное, лучшей, чем я сам. Языки ей давались легко, и знала она их прекрасно. Алька ещё в школе начала учить арабский и французский, разумеется, в придачу к английскому, а русский она знала с детства.

Когда она пришла на призывной пункт и написала, что знает пять языков, ей не поверили. Вызвали офицера из армейской разведки, специалиста по арабскому. Он настолько был удивлён её знанием языков, что тут же написал письмо ректору Тель-А-вивского университета с просьбой обратить на неё особое внимание. Ей дали отсрочку от армии, разрешили поступить в университет. По окончании университета была армия и кева (сверхсрочная служба по контракту). Случай редкий, если не единственный. Она учила диалекты арабского языка, различала на слух выходцев из Газы и из Хеврона или Ливана. Кроме арабского, она выучила турецкий и собиралась учить персидский.

После университета её направили в военную разведку. К нам она попала случайно и сразу всем понравилась. Мы сдружились. Иногда она ходила с нами на операции. Это один из арабов, которого она допрашивала, назвал её «рыжая ведьма», поскольку по акценту, по специфическим словам, которые употребляются в определённой местности, она определила, откуда он.

В минуты отдыха она могла придти в солдатский домик с гитарой и петь песни. Все ухаживания обрывала. Никто не знал ничего про её личную жизнь. На все личные дела накладывался запрет.

– Так где же эта «рыжая ведьма»? — переспросил я нетерпеливо.

– Сейчас найдём, — сказал Левин и весело рассмеялся.

Не в телефонной трубке, а в динамике я услышал её голос:

– Командир, ты меня хочешь угробить? Никакой личной жизни! Только я вернулась домой (она вместе с нами всю ночь была на операции по ликвидации К.), как врывается в ванну Янкель размером два на два, отодвигает мою маму, хватает полотенце, заворачивает меня в него и куда-то везёт. Говорит, что Михаэль приказал. Это же ужас.

Автобус сотрясался от смеха, даже я засмеялся. Все знали, что в этом вопле не было ни слова правды. С первого до последнего слова выдумка, шутка, чтобы разрядить атмосферу. Завтра вся бригада будет шутить над Янкелем, везущим голую переводчицу. Янкель был её соседом, добродушным парнем, относившийся к ней с почтительным доброжелательством.

— Рыжая, мне не до смеха, ты мне нужна, очень нужна.

— Раз я очень нужна, то я на месте.

Со скрипом остановился автомобиль, и из него вышла Алька, как всегда, подтянутая. Левин опять засмеялся:

— Где твой халатик, дорогая?

Он за ней немного ухаживал. Но она прошла в микроавтобус и не обратила на него никакого внимания.

«Молодые, — подумал я. — Сейчас стрелять начнём, а им ещё и побалагурить хочется».

— Аля, задача простая — выяснить, в каких домах и сколько человек. И где мой брат.

— Понятно. Почти как в ТАНАХЕ.

И захлопнула дверку микроавтобуса.

Здесь я был спокоен. Эта пара сделает всё возможное. И невозможное тоже.

Я вспомнил, что был когда-то спор: в чём состоит главная задача командира. Все были молодыми, занозистыми. Все всё знали лучше других. И я тоже.

Возбуждённый такими разговорами я спросил деда. Ведь он провоевал длинную и тяжёлую войну. Его ответ был: «Армия как одно лицо только у плохих командармов и историков. Армия — это дивизии, полки, роты, солдаты, группы солдат. Главное в армии, кроме стрельбы и беготни, — чувство локтя, уверенность, что товарищ тебя не подведёт, а командир знает, что надо делать. Внутри солдатской группы люди ведь разные, может быть дружба, а может быть и не дружба. Могут быть даже драки (из-за баб-то ещё какие). Но когда ставится боевая задача, всё умирает, чувствуется плечо, уверенность, что тебя не подведут. Главная задача командира — создать такую атмосферу. Подобрать людей так, чтобы в бою они были одним организмом».

Я проникся его мудростью и старался ей следовать. Сегодня я пожинал плоды.

10.

Бригада уже окружила деревню. Тишина была разорвана: медленно спускались танки и бульдозеры. Подъехал Ицхак.

– Доложи, что здесь происходит?

– Со мной говорить не хотят, чином не вышел.

– Ещё успеешь, будешь генералом.

– Банда находится в трёх домах. Зафиксированы три функционирующих мобильных телефона и два обычных. В каком доме заложник, устанавливают.

– Кто этим занят?

– Капитан Левин и лейтенант Шмуклер.

– На этих положиться можно. Спустимся ниже в деревню, и я начну переговоры.

– Внимание, — начал Ицхак. — С вами говорит командующий военным округом генерал Ицхак. Я уполномочен правительством вести с вами переговоры. Я предлагаю вам отпустить господина Рубина, Господин Рубин — американский гражданин, и я уполномочен заявить, что американское правительство настаивает на его освобождении.

Я не стал слушать дальше. Надо было готовиться к ликвидации террористической группы. Первое, что я сделал — пошёл в кафе, где был захвачен Сеня. Хаим из ШАБАКа подъехал одновременно.

— Вот ты и увидишь К., — сказал Хаим. — Где твоя страдалица? Кто-то чётко всё спланировал. Не она ли?

— Остановись, Хаим, так ты и себя подозревать будешь.

— Мне бы недельку с ним поработать, а потом я бы его отпустил. А ещё через неделю его бы сами арабы убили. От страха он болтливым стал бы.

Нас там ждали хозяин кафе Набиль Сфарони и адвокат Аяд Аджауа. Я заказал для себя и для Хаима кофе.

Аяд рассказал, что он с Сэмом знаком несколько лет. У них случались юридические контакты и отношения были очень тёплыми. Он знал, что Сэм пишет книжку об арабо-еврейском конфликте и предлагает новое его решение.

Сегодня часов в 11 утра Сэм позвонил и предложил встретиться. Они встретились в этом кафе, как обычно. Аяд пригласил его на обед, но он отказался. Книгу обсудили в общих чертах и Аяд обещал найти переводчика на арабский. В этот момент ворвались трое в масках и забрали Сэма.

Хозяин кафе тоже ничего нового не сказал: ворвались люди в масках, с оружием, и забрали Сэма. Он даже не заплатил за кофе.

Больше мне там нечего было делать. Я расплатился и в сдачах увидел маленький клочок бумаги, где по-арабски было написано «Ибрагим Махзума».

Я вернулся к штабным машинам. Левин и Алька установили три дома, где находились террористы. Два из них располагались напротив друг друга на одной улице. Третий был на соседней улице и стоял изолированно. Принадлежал он отцу Ибрагима Махзума.

Ицхак вёл переговоры. Требования банды были жёсткие: Освобождение К. Немедленное. Обязательство освободить 1000 арабских заключённых в течение трёх дней, вертолёт из Иордании, который заберёт К. и их компанию прямо сейчас.

– Ну, что скажешь? — спросил Ицхак.

– Соглашаться надо, но тянуть время. К. им показать. Готовить вертолётную площадку рядом с третьим домом. Они должны думать, будто мы предполагаем, что Сэм находится в одном из двух домов, стоящих напротив. Нам готовят там ловушку. Держаться надо осторожно. Относительно шума будешь говорить, что иорданцы требуют хорошей площадки для вертолёта.

– Добро, обо всём я договорюсь. Кто возглавит захват?

– Группу захвата возглавлю я, управление будет на Якове. Вот и увидите, на что он способен.

– А, может, Яков?

– Яков тоже может. Но если бы твой брат попал бы в ловушку, кто бы возглавил штурмовую группу?

– Сам бы возглавил.

– Тебе же по рангу уже не положено. Ты же генерал.

– Попросил бы тебя, не приказал, а попросил.

– Вот и ответ.

– С Богом.

И подал мне руку.

Группа была уже готова. Я посмотрел на них: мои дети.

– Даю вводную. Каски, бронежилеты, ботинки с металлической стелькой и металлическим носком, личное оружие. Это у всех. Лейтенант Р., твоя группа наземная. Ты начинаешь. Стреляешь из базуки в дверь. Через секунду стреляешь шумовыми снарядами по двери и окнам. 10–15 секунд все в доме будут оглушены. Одновременно с первым выстрелом с вертолёта в раскачку вламывается первая группа захвата, через две секунды — вторая группа. Все стреляют на поражение. Заложник находится на втором этаже в одной из задних комнат. Решёток на окнах там нет. В первой группе пойду я и...

Янкель встал и тихо спросил:

— Можно мне?

— Почему ты хочешь?

— Завтра надо мной все смеяться будут, что я Альку вёз в простыне.

— Ух, «рыжая ведьма»! Я ей всыплю завтра, если завтра будет. Вторую группу возглавит капитан Мотя Д. и пусть он подберёт себе напарника. Все по местам. Сверим часы.

Всё произошло, как и планировали. Выстрел из базуки, шумовая атака. В эту же секунду мы на специальном тросе выпрыгнули из вертолёта и ногами выбили рамы.

Трос отстегнулся, когда я влетел в комнату. Оглушённый взрывом террорист стоял, прислонившись к стенке. Я дал очередь из автомата. Он рухнул.

Одновременно я выбил стул из-под Сени. Он грохнулся на пол. За стенкой прогремела очередь. Я бросил гранату в коридор и закрыл дверь. Грохнуло.

— Командир, — услышал я голос Янкеля, — у меня чисто.

— Янкель, в каждую комнату по гранате.

Тут же заговорил капитан Мотя Д.

— Командир, всё в порядке, но подвернул ногу. Есть раненый террорист.

На полу около лестницы лежал раненый. Увидев меня, он поднял автомат, но я опередил его. Вроде, всё было тихо. В прикреплённый микрофон я скомандовал Р. «Входите» и вернулся в комнату, где на полу так и лежал Сеня, мой брат. Я поднял его и отрезал веревки.

— Сеня, жив?

— Жив.

— Ицхак, — сказал я опять в микрофон, — первая стадия закончена. С нашей стороны нет убитых и раненых. У одного вывих.

Мы подошли к Ицхаку. Он сидел в своей машине с вытянутыми ногами, руками прикрыл глаза. Все знали, что это поза раздумья.

— Рад, что жив. Посмотри, сколько людей рискует жизнью, чтобы освободить тебя. Ну, писатель, тебе, наверное, много раз говорили, что играть со спичками опасно. Отправь его домой. Позвони в посольство. Я бы тебя в 24 часа выслал. Ну да хрен с тобой, пусть решает посольство. Я уехал докладывать начальству. Ты остаёшься за старшего. Быстрее кончай. Будь готов к поездке в американское посольство. Конфетку получишь. Да отгони ты этих шлюх, посмотри, как на парня насели.

— А завтра появится в газетах, что я их публично изнасиловал прямо на базарной площади.

— Воображаю, как это приятно. А ты не насилуй, веди себя достойно. Пока я в армии, тебе нечего бояться. Не съели ведь тебя. Но хамить министру не советую. Быть генералом не просто. Это лейтенант болтлив от недостатка опыта и ума, ему ещё хочется перед девками выпендриваться, а генерал должен быть молчалив. Это большое искусство. Левину и, как ты её зовёшь, «рыжей ведьме», от меня привет. Всё.

Привет от генерала — большая награда, Ицхак был скуп на похвалу.

11.

Я занялся своими делами — надо было ликвидировать две группы террористов, засевших в домах.

Сеня сел на землю и привалился к камню. Он ждал свою машину, которую должны были пригнать солдаты, и было непонятно, то ли он задремал, то ли впал в тихий транс. Военный психолог и офицер ЩАБАКа ещё не взяли его в работу.

Наконец я подошёл к «чёрным дамам».

— Привет, вам бы надо было отойти отсюда подальше.

— Это почему? На каком основании армия на нас оказывает давление?

Сегодня Шломит была здесь за главную. Нурит, вся поникшая, больная стояла в стороне.

— Шломит, успокойся. Здесь стоять небезопасно. Возможно, будут стрелять. Шальная пуля может задеть.

— Вы будете опять врываться в дома мирного населения?

— Как ты могла такое подумать? Никогда!

Мне смешно было на неё смотреть. Идёт война, вокруг стреляют, убивают друг друга, ещё полчаса назад я проламывал окно и стрелял, освобождал Сеньку — дурака, который сам сунул свою голову в петлю, а она рассуждает о мирном населении. Ведь хозяин дома не попытался защитить своё жилье от захвата его террористами. При том количестве оружия, что у него нашли, при том количестве мужчин в его семье, к его дому никто бы за километр не подошёл. А теперь он — мирный житель, и о его детях заботится эта дура Шломит! О Боже, отпусти ей грехи, и наставь её на путь истинный.

Вдруг Нурит встрепенулась.

— Смотри, вон сидит Сэм. Его отпустили?

Она пошла навстречу Сене. За ней потянулись Шломит и её подруга.

Я вернулся к своим делам. Подошли группы захвата. Снайперы засели на соседних домах. Фасадные окна все простреливались. Тыльная сторона домов была выбрана для штурма, если он понадобится.

Я опять взялся за микрофон. Теперь я говорил на арабском:

– Говорит полковник Шор. Генерал уехал. Командование передано мне. Вам предлагается сдаться. Порядок сдачи следующий. Первыми по одному выходят мужчины с поднятыми руками. Снимают рубашки, затем брюки и бросают их в сторону. В таком виде идут направо. Их одежду поднимает робот и возвращает её хозяину. Затем выходят женщины. По одной, с детьми, идут налево, в палатку, где проходят досмотр в присутствии только женщин. Подготовьтесь. Я даю вам 30 минут.

Я прошёл к солдатам. Им надо быть готовыми. Через тридцать минут, если не начнётся сдача, придётся стрелять, выкуривать, а может быть и штурмовать.

Нурит разговаривала с Сеней.

– Сэм, — спросил я, — кто знал, что ты едешь в деревню?

– Все, я ни от кого не скрывал.

– И Нурит тоже?

– Конечно, — ответила Нурит. — А в чём дело?

– Дело в том, что банду кто-то предупредил. Кто?

– Уж не думаешь ли ты, что это сделала я? Я сказала об этом только Шломит.

Меня позвали. Штурмовые группы были построены. И вдруг я увидел, что на одном из солдат старый бронежилет.

– Почему одет не по форме?

Вразумительного ответа не было. Я жутко разозлился. Небрежность, «авось, понадейся на меня», меня сильно раздражали. Я всё время требовал тщательности, знал, что за глаза и начальство, и подчинённые меня называют занудой, но это меня не трогало, не смущало. И вот в последний день вдруг я вижу, что вся работа пошла собакам под хвост. Я снял с себя бронежилет и бросил его солдату.

— Пусть тебе будет стыдно.

Командиру группы я приказал отстранить всю группу от операции. В боевой ситуации это постыдное наказание — почти как за трусость. Командиру батальона была сказана пара ласковых слов с глазу на глаз.

Опять выплыла Шломит. Только её здесь не хватало.

— А дорогая, как я рад тебя видеть!

— А ты приходи ко мне вечером, кофе попьём, поговорим. Ты же сегодня холостой.

Господи, откуда она всё знает?

— С радостью, ты только мне завари хороший чай. Умеешь? Скажи, пожалуйста, ты арабов тоже позовёшь?

— Каких арабов, о чём ты говоришь?

— Да тех, кому ты сказала, что Сэм едет в деревню.

— Но ведь они обещали только пошутить.

— Пошутить?! Вот они и пошутили. Ты хоть понимаешь, что всё, что творится здесь, происходит по твоей вине?

— А что здесь творится? Обычный обыск в деревне. Завтра будет мой очерк в газете.

— Что?

Злость захватила меня. Я чуть не встряхнул её, сдержался.

И позвонил Хаиму.

— Хаим, виски за мной, убери отсюда Шломит! Ещё одно слово — и я её убью.

— Михаэль, что с тобой? Ты уж и на красивых женщин бросаешься?

— Она арабам сказала, что мудак Сэм придёт в ресторан со своей дребеденью.

Я услышал, как Хаим крякнул в трубку.

— Иду. Да, со мной твой друг. Хочешь дать ему свидание с Нурит?

– Видит Бог, не хочу. Но, наверное, надо.

Появились солдаты и уговорили отойти Шломит на почтенное расстояние. Я уже не мог с ней разговаривать.

Я послал за Нурит. Солдаты готовились к штурму. Все лишние уходили в сторону. Вбивали флажки, за которые нельзя было заходить — всё за флажками простреливалось палестинскими снайперами

Подошла Нурит, и почти одновременно появился Хаим. К. был в наручниках, на ногах — специальные кандалы. Нурит бросилась к нему.

– Стоп, — сказал Хаим. — Не подходить друг к другу. Ничего не передавать.

– Зачем пришла? Сначала навела на меня собак, а теперь наслаждаешься моим унижением. Я — в кандалах и бессилен. Ты этого хотела? Уведи меня, я не хочу её видеть. Не уведёшь — брошусь за флажки.

Он повернулся и сделал шаг в сторону флажков.

К. был не прав. Вся информация исходила от его арабских друзей и, в частности, от жён. Но ему об этом не надо было знать.

– Я ни в чём не виновата. Я люблю тебя.

Нурит замолчала и, как бы пересиливая себя, продолжала:

–Я беременна, у нас будет сын.

Она надеялась на ласковые слова, на то, что он скажет: «Береги себя, я очень рад, что будет сын». От других жён у него были только девочки, и это унижало его в глазах его арабских друзей. Ты не мужчина, когда вокруг тебя одни бабы.

К. говорил на арабском, как бы пренебрегая ивритом. Но мы его ясно понимали. И я, и Хаим, и Нурит хорошо знали арабский. На последние слова Нурит он повернулся к ней и заговорил на иврите.

– Грязная еврейка! Как ты посмела подумать, что у меня будет от тебя сын?

Из его рта вылетел поток грязных оскорбительных слов на иврите и арабском. Последними словами были:

– Придорожная биять.

Вот куда дошёл великий и могучий русский. Он ругался, совершенно не стесняясь солдат. Нурит стояла оплёванная, униженная.

Хаим быстро увёл его в сторону. Нурит сидела на земле бледная, с лицом, измазанным землёю, абсолютно несчастная. Мне было не до неё: через несколько минут должен был начаться штурм двух зданий.

– Да куда же ты?

Я увидел, что Нурит бежит к огневой полосе. Двумя прыжками я догнал её и повалил на землю. Она на метр зашла за оградительные флажки.

Неожиданно я услышал крик радиста. Падая, я почувствовал, как что-то ударило меня в спину. Было не больно. «Неужели убит, — подумал я и услышал крик: "Говорит лейтенант Шмуклер, штурм отменить, дома заминированы. Говорит лейтенант Шмуклер, штурм отменить, дома заминированы"!»

Вторую часть её крика я уже не слышал.

– Шмулик, — обратилась Аля к командиру танковой роты, — сделай одолжение, по два снаряда — в каждый объект. Ответственность на мне.

Через час после окончания операции Альку отстранили от должности и вызвали к командующему округа. Ицхак орал на неё так, что она перестала понимать и бояться. Накричавшись, он спросил:

– Чего молчишь? Описалась, что ли?

— Я не помню, есть ли в уставе право командира так кричать на женщину-офицера. Это первое. Второе — мне что, прямо здесь сейчас раздеться надо и показать свои трусы?

Девушка была смелая. Да, с пятью языками никакой генерал не страшен.

Ицхак рассмеялся.

— Ты знаешь, за что я люблю Михаэля? Он подбирает команду под себя. Ты его ученица, не моя. А кричать на тебя было за что, было. Начальство, если не уважать, то бояться надо.

И через минуту добавил:

— Из зависти.

12.

Мне оказали первую помощь на месте и отправили вертолётом в больницу. Я был полутруп. Скорее, на 90%. Хотели, чтобы меня оперировал профессор. Послали за ним. Но дежурный врач сказал, что ещё час я не выдержу, и начал делать операцию.

Операция оказалась очень сложной. Пулю сразу не вытащили. Она застряла в сердце, и только через 18 дней её смогли вынуть. Меня положили в реанимацию, подключили к разным приборам.

Надежда на выздоровление была ничтожной. В Генеральном штабе посчитали, что я долго не протяну, и присвоили мне звание бригадного генерала. Как бы посмертно. Так принято в Израиле — погибшему в бою солдату или офицеру присваивают следующее воинское звание.

18 дней я лежал в реанимации. Я не могу сказать, что я всё время был без сознания. Иногда я видел жену, родителей, незнакомых людей в белых халатах. Каждый день ко мне на кровать

садился какой-то парень и говорил мне, как я теперь понимаю: «Ты уж меня не подведи, потерпи, и я сделаю тебе операцию. Я тебе эту проклятую пулю выну». Я не говорил, открывал глаза и опять засыпал.

И вдруг, когда он сидел у меня на кровати, я открыл глаза и вроде бы улыбнулся ему. Улыбку я не помню. Но врач утверждает, что я именно улыбнулся в тот момент, когда он сказал, что надо сделать операцию. Улыбнувшись, я как бы подтвердил: «Давай, давай, да побыстрее». Он так и сказал сестре: «Быстрее готовьте к операции».

После операции профессор сказал своему ученику: «Учить тебя больше нечему. С этого дня ты можешь считать себя врачом — специалистом в области хирургии сердца».

Пулю распилили вдоль. Каждую половину прикрепили к золотой пластине и поместили в рамку. Врачу подарили одну часть сувенир, на котором было написано: «Эту пулю ты вынул из моего сердца. Полковник Шор». На моей части стояла подпись: «Эта пуля вынута из моего сердца».

Я ещё месяц пролежал в больнице. За мной ухаживали, учили ходить и делали бесконечное число анализов. Но самое главное — мне дали физиотерапевта. Это был ещё не старый человек, который в СССР окончил медицинский институт, санитарный факультет, и работал врачом-травматологом. В Израиле санитарный факультет не признавался за медицинское образование и ему не дали разрешение на работу врача. Пришлось плюнуть и закончить в Бэер-Шеве двухгодичные курсы физиотерапевтов.

Дальше у него было всё нормально: поликлиника, больница, частный кабинет. Зарабатывал он деньги лечением спортсменов и артистов. Он меня поставил на ноги, рекомендовал, как надо вести себя. Второй доктор.

Как-то я спросил его, почему он так много возится со мной. Моё лечение оплачивала армия, бутылка виски или коньяка к празднику — не гонорар.

– Видишь ли, во-первых, тебя рекомендовал твой врач, которому я многим обязан. Во-вторых, я всё-таки врач-травматолог, и мне интересно знать, как влияет ранение в сердце на опорно-двигательную систему. Здесь заложен медицинский интерес. Так что ты мой подопытный кролик.

Дней через 10 после второй операции ко мне ворвался Ицхак: большой, весёлый, с мешком апельсинов. Я полулежал в кресле, похожем на шезлонг, вокруг меня лежали газеты.

– Как ты?

– Да вроде выбираюсь. Уже пытался ходить по палате, правда, в присутствии врача. Что с Нурит?

– ШАБАК твою дурёху забрал. Судить их будут. Тебе её жалко?

В голосе его звучало сочувствие.

– Жалко. Такая девка была хорошая. Да вот сломалась. Это университет её излевил. Там если не левый, то не учёный и не наш.

– Может быть, может быть. Но я думаю, что сломалась она в тот момент, кода застрелила араба. Помнишь?

– Помню, я её тогда к себе взял. Но может, ты и прав. Мы тогда с психологами не работали.

– Суд задерживается до твоего выздоровления. Ты будешь главный свидетель обвинения.

Я промолчал и подумал: «Обвинителем я не буду».

– Расскажу я тебе, как судили твою Альку, — продолжал Ицхак.

Произнося «Алька», Ицхак не смягчал «Л» и произносил твёрдо «Аллка».

– Я только с процесса.

В Израиле Военный трибунал является специальным судом,

под юрисдикцию которого попадают все военнослужащие. Во главе каждого окружного военного трибунала стоит председатель, профессиональный военный судья и два представителя армии, как правило, офицеры.

– Народу собралось много, — описывал в подробностях Ицхак. — В основном офицеры. Особый случай. Все в большей или меньшей мере посвящены в суть дела. Все примеряют на себя подобную ситуацию. Председатель суда был полковник юстиции, два других — полковники, командиры бригад. Кто-то назвал их тройкой гнедых. Прокурором был бригадный генерал, заместитель Главного военного прокурора.

В своей речи он сказал, что потрясен разгильдяйством, отсутствием дисциплины в бригаде полковника Шора. В Израиле, в ЦАХАЛе никто не идёт против норм международного права. Израиль выполняет все международные нормы по отношению к гражданскому населению на вражеской территории. И вот находится лейтенант, только что начавший службу в армии, который отменяет приказы старших, командиров, и отдаёт приказы, противоречащие гуманной политике армии. И в личном плане какая-то нечистоплотность: она во всеуслышанье объявляет, что едет к месту службы голой! И тебя боднул.

– А меня-то за что?

– Отстранил батальон от выполнения боевого задания.

– Но это неправда, я отстранил от выполнения штурмовую группу за её неподготовленность.

– Всё это пустяки. Хорошо выступил комбат. Он сказал о своей ответственности. И это, в конце концов, чепуха. Наконец предоставили слова Аллке. Вот она и выдала: «Я прошу суд снять с меня наручники. Неужели два таких богатыря, которые охраняют меня, дадут мне убежать? Всё-таки я слабая женщина».

В зале поднялся смех. Наручники сняли.

«Я не понимаю, в чём меня обвиняют. Хочу понять, не могу. В обвинительном заключении всё написано правильно, а понять, в чём моя вина, невозможно. Всё неправильно. Как можно понять, когда правильно и неправильно одновременно? Вроде бы, иврит я знаю хорошо. Я находилась на узле связи. На меня были заведены и ивритская, и арабская информация. Я всё время арабов прослушиваю. За минуту до начала атаки я поняла, что арабы готовят ловушку. Они принимают бой и уходят в туннель, а когда штурмовая группа входит в дом, взрывают его. Я вижу — подполковник Клюк отключил связь. Что мне оставалось делать? Что? Вот я и крикнула: "Не штурмовать!"

И в эту же минуту я услышала голос радиста: "Михаэль убит. Убит полковник Шор". Согласна — превысила полномочия. Я знала, что превышаю власть, но я также знала, что в доме от 10 до 20 террористов. Я выполнила свой долг офицера. Я не должна жалеть террористов. Не должна. Это не входит в мои обязанности. Мирного населения там не было. Но я согласна — превысила полномочия».

А потом она обратилась к прокурору, бригадному генералу Геллеру:

– Скажите, пожалуйста, генерал Геллер, младший лейтенант Ариэль Геллер — ваш сын или внук?

– Я протестую, это не имеет никакого значения.

– Имеет. Вы знаете, что он был командиром штурмовой группы? Не знаете? Жаль! Его группа вошла бы в дом первая и там была бы взорвана. Вы обвиняете меня в том, что мои действия, «узурпация командования», сохранили жизнь вашему внуку?

Адвокат Альки попросила прервать заседание. Геллера увели под руки. Не знаю, жив ли он.

Шмуклер оправдали. Она стала героем. Слова «ответственность на мне» стали солдатской поговоркой.

Ицхак вынул коробочку и протянул её мне – там лежали генеральские погоны.

– Похоронные?

– Иди ты к черту. Это мои.

Мы обнялись.

Следующий раз он спросил:

– После больницы что ты собираешься делать?

Я сделал вид, что не понял вопроса.

– Посижу несколько месяцев дома, а потом пойду за назначением.

– А как же диссертация? Похерил? Жаль.

– Да нет. Ты видишь, — я показал на лежавшие журналы, — читаю и пишу. А что, командование интересуется моими планами? Хотят, что ли, выгнать?

– Интересуются, но выгнать не хотят. Пока не хотят. Меня переводят в другой округ.

– Ну, так возьми меня к себе начальником штаба.

– Не дадут.

В больнице я пролежал больше двух с половиной месяцев и был выписан под наблюдение врача.

13.

А ещё через две или три недели меня вызвали в суд в качестве свидетеля по делу о содействии врагу.

Обвинялись Нурит и Шломит. Это было очень неприятно. Мне разрешили участвовать в процессе в присутствии врача. Я не стал рассказывать все подробности наших взаимоотношений. Выглядела Нурит плохо, смотрела косо, исподлобья.

Как свидетель я заявил, что знаком с Нурит много лет и даже являюсь ей дальним родственником. Мы вместе служили в армии, и она считалась прекрасным офицером и участвовала в боевых операциях. Потом она работала в штабе округа, в Генеральном штабе и в МИДе. Везде, насколько я знаю, она была прекрасным офицером.

Утром того дня она приехала поздравить моего отца с днём рождения. Я её там видел. Рано утром в новостях она услышала об аресте К. и приехала просить с ним свидание. В доме родителей она услышала, что Сэм назначил встречу с адвокатом.

Я подтвердил, что моё ранение напрямую не связано с Нурит. Это небрежность командира взвода. А ещё я обратил внимание, что дома рассказал подробности операции. Наши действия не подпадали под секретность, но подробности можно было опустить, поскольку телевидение на несколько часов раньше сообщило о нашей операции с куда большими подробностями.

Нурит подняла на меня глаза и ответила:

— Виновата только я.

Нурит была арестована, она провела несколько месяцев в больнице и получила год тюремного заключения, который отсидела полностью. Шломит получила полтора года. С учётом следствия и хорошего поведения — 8 месяцев.

Первым, кто навестил Нурит в тюрьме, был Роберт Вайсбергер. Он не задавал много вопросов, молча слушал.

— Дура, понимаешь, что ты — большая дура, сломала себе жизнь и чуть не убила Михаэля. Он теперь всю жизнь будет инвалидом. Его скоро демобилизуют из армии. Кому нужен молодой мужик с пулей в сердце? За что ж ты его так?

А потом решительно заявил:

– Добейся разрешения заняться переводами. Я обеспечу тебя компьютером, словарями, бумагой и работой. Аванс положу на счёт сегодня.

Удивительно, но она добилась разрешения работать в тюрьме переводчицей. Работы было много и переводческой, и редакторской.

Я у неё не был, но моя жена её несколько раз навещала в тюрьме. Появилось новое слово «сострадание». Дура — дурой, но всё же родственница, сестра.

И вдруг опять всё поехало в «никуда». Месяца через три-четыре после суда К. написал ей письмо, в котором извинялся за сказанное и клялся в любви. Срок у него был относительно небольшой — четыре года. ШАБАК не хотел предоставлять суду всю оперативную информацию, так как это могло навредить его агентам. Почти всё остальное отбили адвокаты.

Снова между Нурит и К. закрутился со страшной силой теперь уже тюремный роман. Окончился срок — Нурит вышла на свободу, приняла мусульманство и вышла за К. замуж. Не хочу рассказывать, какой скандал среди родственников вызвало её замужество. Даже «левые друзья», которые поддерживали её во время следствия и суда, стали отворачиваться. Но никто ничего с ней не мог поделать.

Родился мальчик. Нурит продала свою квартиру, взяла машканту и купила большой дом в деревне, где жила семья К. Покупка дома была совсем не простой операцией — гражданка Израиля покупает дом в арабской деревне на своё имя. Нурит пригласила арабского адвоката, и тот за некоторые деньги получил согласие мухтара и местного шейха на покупку дома.

Семейный кодекс (шариат) в мусульманском мире для иноверца очень сложен. Согласно Корану мужчина может иметь до

4-х жён. Это правило богатого: у каждой жена должен быть свой дом и равное мужское внимание. Иметь четыре жены означает обеспечивать четыре дома. Сколько человек могут содержать открыто четыре семьи? У арабов приблизительно 5% имеют 4 жены.

У К. уже было две жены. Находясь то в тюрьме, то в розыске, то на нелегальном положении, ничего или мало зарабатывая, он и одну семью достойно содержать не мог. Помогали родители, помогали различные международные антиизраильские фонды и «товарищи по оружию». К. имел две четырёхкомнатные квартиры. Но дома не было. Это сильно его унижало. Со своим террористическим начальством у него были сложные отношения. Израильские законы не могли запретить материальную поддержку семьи.

Жениться в третий раз, да ещё в тюрьме, да ещё на еврейке, было отнюдь не рядовым событием. Против были и его, и её родители.

К. и Нурит всё преодолели. Нурит приняла мусульманство. На новую женитьбу К. получил разрешение у двух первых жен. Это было сложно. Но особенно сложным было получить согласие на жизнь всех трёх жен вместе. Нурит должна была купить дом на своё имя и поделить его для совместного проживания на три части. Да и взять на себя «скромное» («достойное») содержание семьи.

Женщинам по шариату разрешается работать, и на личное усмотрение Нурит — тратить деньги на содержание семьи. И дом, и деньги принимались, а согласия не наступило. Ей во всём мешали и взрослые, и дети. Особенно её раздражало, что игры на её компьютере велись в её отсутствие. Часть материалов загонялось неизвестно куда. Культуры интеллектуальной работы в семье не было. Попытки научить детей бережно относиться к её работе приводили к очередному скандалу. Интересно, что никакой ревности к первым жёнам Нурит не испытывала. Её раздражал интеллектуальный беспорядок, отсутствие интереса к чему-либо другому, кроме сплетен, рынка и детских соплей.

К. тоже устал от вечных стычек с жёнами. Ему хотелось в Тель-Авив, в среду израильской богемы, левой интеллигенции. Он хотел быть там признанным, вещать и учить. Из Самарии это было сложно организовать. И тогда он предложил купить квартиру в Тель-Авиве. Рефреном служило её желание жить ближе к работе.

– Давай, купим квартиру в Тель-Авиве, тебе близко будет к работе.

Купили большой пентхаус. Всё большое стоит дорого, к сожалению, и пентхаус тоже. На кафедре у неё работала «русская» женщина, которая рассказывала, как она жила в советской России. Студенческое общежитие находилось в длинном доме, по обе стороны коридора были расположены комнаты. В день, когда студенты получали стипендию, она шла по правой стороне и стучалась в каждую дверь: «Добрый вечер, дружок, возьми должок». Потом шла по левой стороне коридора, опять стучалась в каждую дверь: «Добрый вечер, дружок, дай в должок». И так пять лет.

Сначала Нурит недоверчиво смеялась: рассказ казался анекдотом, она была далека от нищенских проблем русского студенчества. Но вдруг как-то незаметно сама вошла в туже стадию: «Дай — возьми», «Дай сейчас — отдам попозже». Бесконечные долги.

В новый пентхаус стали собираться гости. После принятия ислама моя жена перестала бывать у Нурит. Там было весело и интересно, но упали заработки. Гостей стали приглашать реже. Денег стало больше.

14.

Среди гостей К. расцветал. Нурит раздражал его не очень хороший иврит. Ей очень хотелось, чтобы её левая среда признала К. своим, и она старалась ему помочь: иногда писала за него статьи. Надо отдать ему должное, он понимал, что хороший иврит ему необходим. Так они и жили.

И вдруг всё кончилось.

Из показаний Нурит

Был вечер. Стояла какая-то тишина, густая, непрозрачная. Я захотела есть и вышла на кухню. Сделала большую яичницу: яйцо, сыр и молоко. Я понимала, что это слишком обильный ужин. И, конечно, заварила свежий крепкий чай. Это то немногое, что я себе разрешала.

Я сильно устала, но работу закончила и отослала её с курьером. Одновременно я читала статью на арабском, подчёркивая обороты, которые я должна была прокомментировать. Необходимо было сегодня закончить и завтра сдать материал в редакцию.

Обычно я пью чай Дарджилинг, он дорогой, но я не скуплюсь. Я его покупаю в чайном магазине на Дизенгофе. Меня там знают и дают хорошие упаковки. Чай в пакетиках, состоящий из мелкой чайной крошки и сухой пыли, держу только для неприхотливых гостей. Пробовала пить чифир. О нём я узнала от «русских». Увы, никто из них не знал, как надо его заваривать. Мне ведь не нужен был чифирный дурман, а удовольствие я от него не получала.

Утром я встала, успела выпить кофе, закончить перевод и побежала на встречу с Робертом Вайсбергером.

Я всегда хорошо одевалась. Но особенно я любила красивое

нижнее белье. И вообще, одежда — как высшее образование — поднимает статус женщины.

А после замужества с К. моя одежда изменилась. Хорошая мусульманка носит скромную одежду, которая подчёркивает её женственность, но скрывает сексуальность. Могу сказать, что у мужчин такая одежда вызывает уважение. Но качественное и изысканное нижнее белье я сохранила.

У меня был набор очень красивых хиджабов, без которых я не выходила из дома. Хиджаб подчёркивал, что я покорилась Божьей воле и надеюсь, что меня оценят за характер и хорошую работу.

Мой редактор Роберт понимал меня и ценил мою работу. В молодости Роберт сам был хорошим переводчиком, потом он открыл бюро переводов и стал нанимать переводчиков с любого языка на любой. У него были связи и с МИДом, и с правительственной канцелярией, редакциями газет, всякими неправительственным фондами, которые обращались к нему за помощью. Какие-то просьбы поступали из-за границы. Не знаю, как другим, но мне он платил хорошо, не скупился, давал срочную работу, которую оплачивал по повышенному тарифу.

Хорошо-то хорошо, но тянуть такую семью у меня уже не хватало времени и сил. Заработка у К. не было. Так, пустяки, как говорят мои «русские» коллеги, «на чулки». Они ещё помнили времена, когда женские чулки носились на специальном поясе.

Роберт был замечательным редактором — внимательным, тонким и знающим. Мои переводы он читал. И правил в основном в комментариях. Потом были лекции в университете, посещение редакции, где меня печатали. И везде кофе.

Кофе бодрит, но когда его пьёшь в большом количестве и очень крепким, начинается эффект похожий на депрессию —

быстрая утомляемость, которой я очень боюсь. Какая-то связь есть между чифиром и 10–15 чашками кофе в день. В голове образуется дурь.

Пришёл К. Он как-то умудрялся входить в квартиру бесшумно. Увидев свет, он прямо прошёл на кухню.

– Будешь ужинать?

– Нет. Впрочем, свари кофе. Что там у тебя в дверях стоит? Чуть голову не сломал.

– Купила кетмень. Отвезёшь своим.

Он подошёл и обнял меня. От него шла мужская сила и спокойствие. Я прильнула к его груди. Это и есть счастье. Ну и пусть мне завидуют. Пусть. Все, кто могли мне нагадить, навредить, заткнулись. Моё счастье никто не может разрушить. В мусульманской семейной жизни должна царить гармония, любовь, помощь, доверие. Если муж сходу обнимает — значит, что-то ему нужно, в чём-то виноватым себя считает. Но объятья всё равно приятны. Я сильнее прижалась.

– Ну-ну. Оставь на ночь. У тебя есть что-нибудь вкусненькое?

Он любил мою ашкеназскую кухню. И особенно кофе, мой кофе.

– А как ты умудряешься варить кофе по-бедуински?

– Со мной служил бедуин. И когда мы уставали бегать и прыгать, он садился и варил кофе. В поле, в городе на асфальте, в помещении, на кухне — ему было всё равно. Садился, вынимал газовую горелку, финджан и варил кофе. Все учились у него варить, а он, смеясь, говорил: «Та, кто сварит кофе, как я люблю, выйдет за меня замуж». Девушки старались. Но насколько я знаю, он ни на одной из них не женился.

На самом деле всё было немного не так. Мы учились на офицерских курсах. С нами учился бедуин. Он говорил нам: «Вы, ашкеназийки, ничего не умеете приготовить. Мясо женщина вообще не знает, как жарить. Кофе варить не умеете. Остаётся пилаки (пилаки — это турецкое блюдо, которое готовится из фасоли в соусе из лука, чеснока, моркови, картофеля, помидоров, сахара и оливкового масла. Фасоль подаётся холодной.), кускус, чечевица да ваш чёлнт. Разве это еда? Но мне не хотелось напоминать об офицерских курсах.

– Я знаю его. Это майор Х. Сволочь. В своих арабов стрелял. Я сказал ему об этом, а он: «Уйди и не попадайся на глаза. А то сам убью, и глазом не моргну». Ещё посмотрим — кто кого.

В таком контексте мне не хотелось вести разговор.

– А где ты был?

– В Яффо, у МММ.

– Понятно, значит, там был НПМ. Он любит хорошо поесть, особенно, когда за него платят, как за дорогого гостя.

– Кто не любит. Ты — страшная женщина, ты всё видишь и знаешь.

Я подумала: раз там был НПМ, значит, разговор шёл об оружии. Вот откуда вся нежность. Значит, что-то будет просить. Ну и наплевать.

НПМ всегда занимается оружием, наркотиками или взрывчаткой. Он был хитрый и жестокий. Я его знала. Он никогда не попадался израильской полиции. Ловили других, а он уходил. Это значит, что К. опять посадят. Успеть бы родить. А что дальше? Как жить, если муж в тюрьме? Я уже ждала. Уже испытывала и испытываю унижения — и семейные, и общественные. Шариат предоставляет мне право на развод, если К. в течение четырёх месяцев не будет иметь со мной супружеских отношений. Кто знает, сколько продлится тюремное заключение? Год, десять, всю жизнь. Приходить к нему раз в месяц на личное свидание? Жуть!

Пока я варила кофе, К. снял куртку. Куртка была кожаная, без рукавов, то есть жилет, с накладными и внутренними карманами. Красивая. Это был мой подарок. Почему-то мне она показалась немного тяжеловатой. Странно. Когда я её покупала, она была очень лёгкой.

15.

К. пил кофе очень маленькими глотками, никогда не обжигаясь, наслаждаясь вкусом и запахом. На него было приятно смотреть. «Как мне, в конце концов, повезло: такой сильный и красивый человек — мой муж».

– Нурит, мне деньги нужны.

– Возьми в ящике письменного стола, ты же знаешь где.

– Ты меня не поняла. Мне нужно много денег.

– И мне тоже.

– Тебе-то зачем?

Мужчины, которые не зарабатывают, придумали легенду о жадности женщин. Но вслух я сказала:

– Я бы расплатилась за дом, за квартиру, за машину, и поехали бы с тобой путешествовать в холодные страны: Канаду, Гренландию, Норвегию и Россию. Устала от жары. Да, вот ещё: я нашла магазин, где продается очень свежая баранина. Ты не хочешь поехать в Гренландию? Сколько тебе надо...

К. допил кофе, отодвинул чашку и что-то рассматривал на столе.

– Нет, в Гренландию не хочу. Когда мы построим наше Палестинское государство, я предложу переселить в твою Гренландию всех евреев. Вот там во льдах пусть они построят своё сионистское государство. Я тебе всегда говорил, что я гуманист. А денег мне надо 100 тысяч долларов.

В его всегда уверенном голосе слышалась тоска. Ладно, Гренландия, трансфер, гуманизм — я много раз слышала подобный трёп. Трёп и трёп. Мне стало его жутко жалко. Безнадёжная тоска. И всё о деньгах. Но сумма жалости не вызывала. Есть у мужика размах.

— Сколько!? 100 тысяч? Я не ослышалась?

Я хотела помочь, я хотела достать деньги и ничего не могла придумать.

— Чего замолчала?

— Зря ты связался с НПМ. Ты заплатишь деньги, ШАБАК конфискует товар, НПМ опять будет ни при чём, а ты сядешь на много лет.

К. рассмеялся. Он был в прекрасном настроении.

— Ты действительно ведьма: всё видишь и всё знаешь. А как ты узнала, что я хочу купить оружие?

— НПМ — это всегда оружие. Он не любит тебя, за версту видно, он завидует тебе, он подведёт тебя. Или просто сдаст ШАБАКу.

— Ладно. Хватит о моих друзьях. Если ты кого не любишь, то это на всю жизнь. И всё же где взять деньги? Лучше прошерсти своих друзей.

— Думаю. Если я не люблю кого-то из твоих друзей, то ты знаешь за что. Взять у родителей я не могу: у них ничего нет. Сестра купила новую квартиру и всё, что у неё было, она вложила туда. Хорошо, что она не просит нас вернуть долг. У брата деньги есть, но он не даст и шекеля. Мы ему много должны, и он говорит, пока не вернёшь — не проси. Банки задерживают постоянные платежи. Работодатели такую сумму не дадут. Вайсбергер может дать ещё тысячу, если очень попрошу — пять тысяч, и баста. Посмотри, может, что-нибудь осталось от моих драгоценностей.

— Эта жирная еврейская свинья? Я с ним сам поговорю!

– Поговорить ты с ним можешь, а получить деньги вряд ли. Пригрозишь ему? А он испугается и вообще не будет давать мне работу.

К. принёс коробку с моими драгоценностями и высыпал содержимое на стол. Как я и предполагала, ничего дорогого там не было. Бижутерия, хорошая бижутерия. Иногда авторская. Несколько изделий с цирконием, несколько позолоченных, но в общем копейки. Всё вместе — сотни шекелей. Всегда покупаешь дорого, продаёшь задаром. Всё дорогое мы уже подарили его родственникам. Даже «шабку» продали. («Шабку» — это свадебный подарок жениха, состоящий из четырёх колец: одно — с бриллиантом, второе — золотое, и ещё два кольца с драгоценными камнями. Подарков должно быть много — жених не должен выглядеть бедным и жадным. Подарки — это выражение любви. В случае развода или расторжения помолвки четыре кольца остаются у женщины). Поскольку подарки выбирала и оплачивала в основном я, все они были очень красивые, и я их любила. Увы, они уже были проданы. Я удивительно легко расставалась с безделушками.

– Ты же знаешь, мои друзья безденежные.

Я опять замолчала. Образовалась тоскливая тишина, которую прорезал гудок амбуланса. Как бормашина по зубам.

– Может быть, продадим дом?

В моём вопросе прозвучало отчаяние. Я знала, что он очень любил дом.

– Дом!?

Голос его стал хриплым и злым. Звук шёл из груди, из печени, из сердца.

– Там же живёт моя семья, моя кровь. Ты их ненавидишь, но выкинуть их некуда.

Меня очень задели слова «ты их ненавидишь». В доме жили

его первые жены и дети, но мне среди них было физически плохо, я задыхалась там. Они дали разрешение на его третий брак со мной, но относились ко мне очень плохо, презрительно, всячески подчёркивая, что я — не настоящая мусульманка, перекрашенная еврейка, что вышла замуж не девушкой, что сидела в тюрьме. Им было за что меня не любить! Хотела прижиться и не смогла. Но действительно, куда им деться?

— Не сердись. Я ведь просто прикидываю, где можно взять такую большую сумму. Да и здесь за стенкой твоя кровь спит. Пророк Мухаммад (мир ему и благословение) сказал: «…И жена имеет на тебя право».

— Давай продадим квартиру, купим маленькую, или совсем бросим город, переедем в дом.

— Раз мы уже пробовали. Ты ведь знаешь, если мы переедем, я перестану работать. У меня же там не было своего угла, даже компьютера своего не было. Каждый садился за клавиши и делал что хотел, пропадали тексты. Нет-нет, не нарочно, а от непонимания, что это — работа, и к ней надо относиться бережно.

— Одним словом, плохая арабская семья.

— Не придирайся. Просто у меня не было своего места. Если мы всё же переедем обратно, с такой интенсивностью я уже работать не смогу. На что жить будем?

Опять повисла тишина, гнетущая, тяжёлая. К. открыл окно. Ворвался вечерний холодный воздух, а вместе с ним из соседнего пентхауса — скрипичный концерт, от которого хотелось плакать.

— Закрой окно. Скрипка душу рвёт.

— Ну, чего ты ещё придумала?

— Попроси деньги у своих родственников.

К. опять взорвался.

— Опять не твои родственники. То дом продать, то деньги

взять у родственников. А сами не можем? Евреи из воздуха делают деньги.

– Может и могут. Но я-то уже не еврейка.

Сказала я очень миролюбиво, но внутри всю меня перевернуло. Он что, забыл, что я перешла в мусульманство? Или моё мусульманство для него ничего не значит?

– Дело идёт о родственниках. Мне мои помогли. У тебя состоятельные родители, братья и сёстры. Если тебе так нужны деньги, то могли бы и скинуться. В конце концов, часть их имущества — твоя.

Я знала, что ещё давно, после первого ареста, отец К. перевёл его долю другим членам семьи, чтобы не последовали конфискации имущества. Деньги очень аккуратно считались и откладывались.

– Я заработала на дом, на пентхаус, купила тебе машину. Больше я не могу заработать. Это всё. Я устала, безумно устала. С того дня, когда меня посадили, я ни одного дня не отдыхала. Каждый день переводы, статьи, переводы. Больше я не смогу. А ты стесняешься попросить свои же деньги у родителей... Хочешь, я попрошу их?

– Кто ты такая, чтобы мне указывать, как мне разговаривать с родными и что просить у них?

Я знала об очень сложных отношениях К. с его роднёй. Отец был категорически против его антиизраильской политической деятельности. Он был лоялен к Израилю. Ссоры были частые и долгие. Отец пытался занять сына в бизнесе, но всё кончалось приходом израильских солдат, закрытием магазина и конфискацией товаров. Отец выплачивал какие-то небольшие деньги на содержание семьи, которых всегда не хватало, но к управлению близко не подпускал. К. был очень обижен.

Я тоже разволновалась, тоже обиделась.

– Жена я тебе, жена, и имею право на обращение к твоим родителям. Теперь ты понял, кто я? Надеюсь! И не кричи на меня.

В ту же секунду он ударил меня по лицу. Я почувствовала вкус крови во рту. За что?

– Какая ты жена? Какая ты мусульманка? Мандовошка, шлюха подзаборная, тюремная баланда, шальмута.

Даже не обида, а что-то другое опустилось на меня. Я перестала дышать, перестала понимать, что происходит. Вся квартира была в тумане, я хорошо видела каждую деталь, но словно каша была вокруг, какой-то густой туман... Неужели я люблю этого человека? Это я-то — мандовошка, шлюха подзаборная, тюремная баланда, шальмута? Я, Я, Я.... Были бы деньги, я была бы любимой женой, а без денег — мандовошка. Я вдруг увидела на его лице намордник. Кто он — собака, волк?

К. ещё что-то кричал, захлёбывался, повторял... Но я его больше не слушала и, как мне казалось, очень тихо сказала:

– От тюремной баланды у тебя сын растёт, а мандавошка беременна твоим вторым мальчиком.

Я знала, что это его обидит. От прежних жён у него были девочки, только девочки. В глазах друзей он смотрелся не как настоящий мужчина.

– Да разве от тебя дети рождаются? Это же всё мамзеры, выблядки жидовские. Чтоб вы все сдохли, да побыстрее, вместе с тобой.

– Сдохну я, сдохну. А что ты и твоя бабская хамула жрать будете? Глава семьи — тот, кто счета оплачивает.

Я не то хотела сказать, я хотела слов примирения. Ну, погорячились, наговорили друг другу глупостей, о которых уже жалеешь. Но язык не подчинялся мозгу и сам выбирал особенно злобные, презрительные слова. «Жрут» свиньи, даже собака не жрёт, лошадь не жрёт.

– Вы же все живете за счёт шлюхи подзаборной, шальмуты. Не мужчина ты, альфонс, жиголо, сутенер, кот ... А я ведь тебя любила!

Слова мои были справедливы, но очень жестоки. Такие утверждения принимались бы в разводном процессе как веская причина для развода.

Я ещё что-то хотела сказать, не успела, он ударил меня в скулу, под глаз. Стало темно. Туман пропал. Я закричала, дёрнулась, глухо упал стул, на котором висела куртка.

– Я тебя, сука, научу, как с мужем разговаривать. Забудешь все еврейские штучки.

Глаз открылся, и я увидела разъяренное лицо. Боже мой, разве это К.? Это кто-то другой. Зверь какой-то.

– Я тебе покажу жиголо! Я научу тебя, как надо вести себя, тварь ползучая.

Зачем я говорю глупости, помириться, поскорее помириться, но изо рта сыпалось:

– Не научишь! Как был убийцей, так и остался. Уходи!

И наперекор словам выскочила фраза: «ДАВАЙ ПОМИРИМСЯ!»

По шириату причиной для развода может быть материальная несостоятельность мужчины — мужчина не обеспечивает семью материально.

– Что ты сказала? Уходи? Это я тебе говорю: «Талак, талак, талак».

«Помиримся» он не слышал или уже не хотел слышать.

У арабов, когда муж говорит жене три раза: «Талак» (уйди) – это означает развод. Женщина должна уйти из его дома, взяв с собой только то, во что была одета. Женщины на всякий случай согласно традиции всё подаренное мужем золото носят на себе. Мужчины вместо цветов дарят золото. Чем тяжелей подарок, тем сильнее любовь. Согласно местной поговорке, женщина без золота — голая. Моё «шабку» было давно продано. Я и была голая.

— Я не уйду отсюда, я умру здесь. И если я доживу до завтра, я продам пентхаус, продам дом, продам машину и уеду в Канаду, куда тебе не добраться. Все твои жены, твои дети вылетят в трубу вместе с тобой. Мне будет весело смотреть на ваши танцы зимой. Кто оплатит тебе счета за электричество?

Я истерически захохотала. За стеной замолчала скрипка. Обрыв показался мне катастрофой.

Я стояла у кухонного стола, прикрыв глаза. Я не заметила, как К. подошёл к столу и взял нож.

— Ты хочешь увидеть их пляски из Канады, с Северного полюса? Увидишь из Израиля.

И ударил меня ножом в грудь. На груди у меня висел агаф.

Агаф — украшение в виде пластины. Агаф выполняет роль застёжки, делается и бронзы, серебра, золота и гравируется.

Мой агаф был бронзовый, плоский, но старинной работы. Я его очень любила. Он служил застёжкой и прикрывал грудь. На моё счастье, а может быть, несчастье, нож попал в агаф, скользнул по пластине, соскочил и ударил меня в живот. Я упала, дико закричала, пошла кровь.

— Что ты наделал! Я же беременна. Ты убил собственного ребенка.

Я очень неудобно лежала. Подо мной в его безрукавке лежала что-то жёсткое, тяжёлое. Левой рукой я зажала рану, а правой вытащила из кармана его куртки пистолет. Я вспомнила слова К.: «В следующий раз я не сдамся».

— Я и тебя убью.

Он метнулся в коридор и вернулся с занесённым над головой кетменем.

— Конец твой пришел, шальмута!

Я вдруг услышала голос Михаэля:

– Стреляй, Нурит, стреляй на опережение, не бойся, ответственность на мне: «Раз, ещё раз».

Увидев наведённый пистолет, К. закричал:

– Не стреляй, остановись, остановись.

Я уже стала опускать оружие, он опять схватил кетмень и замахнулся.

С того несчастного дня, когда я убила террориста, я никогда не держала оружия в руках. И вдруг я вспомнила: «Девочки, оружие — не игрушка, не подарок ко дню рождения, не играйте с ним, не наводите его друг на друга. Есть старая солдатская пословица: "Ружьё раз в год само стреляет". И перед зеркалом не играйте с оружием — плохая примета. Только когда вам или вашим близким угрожает опасность, вынимайте и быстро, не раздумывая, стреляйте. На опережение, на поражение — раз, и контрольный выстрел — два. Если вас судьба занесёт в спецгруппы, вас научат стрелять в ногу, руку, плечо. Это очень трудно. Не все и не всегда это умеют делать даже в спецгруппах. На сегодня у вас только один вариант — раз, два».

– Раз, два.

Грохнул выстрел. Я видела, как он падал, так и не выпуская кетмень из рук. Я закричала и потеряла сознание. Это всё, что я могу рассказать.

16.

Соседи услышали звук выстрела и вызвали полицию и амбуланс. К. был убит, каждая пуля была смертельна. Нурит ранена. Её увезли в больницу. Беременность сохранили. Быстро возбудили уголовное дело и поставили охрану.

Мы узнали об этом утром. В больницу проведать Нурит поехала жена. Я позвонил Хаиму:

– Скучаешь?

– Да, уж конечно.

– Нурит убила К. Сама она, раненая, в больнице. Мне её очень жалко.

– И мне тоже. Она всё время будет попадать в какие-нибудь истории. Это твой крест, и неси его. Спасибо, что позвонил, я поехал к ней.

Прошло несколько дней.

– Рад тебя видеть, Нурит. Как ты себя чувствуешь? Не спишь?

Нурит подняла глаза. В распахнутых дверях палаты стоял Хаим из ШАБАКа и весело улыбался.

Полицейской, сидящей в комнате, он сказал:

– Оставь нас на полчаса. Пойди попей кофе и съешь мороженое. И отстегни наручники. От меня она не убежит. Закончу — позову тебя.

Хаим в упор рассматривал Нурит. Бледная, бескровная, огромные чёрные, глубоко посаженные глаза, в которых всегда играл огонь, были пугающе черны, не то что огня — жизни в них не было. Револьверные стволы и то были теплее.

– Надо умереть, чтобы заслужить от тебя такую улыбку, — сказала Нурит. — А встречи с тобой никогда мне не доставляли удовольствия.

– Ты мне всегда была симпатична. Ты помнишь, я дал тебе свидание? А мог бы и не дать.

– Лучше бы не дал!

– С тобой всегда всё сложно. Разрешил свидание — «лучше бы не разрешал», не дал свидание — «ты не человек, у тебя нет ни капли сострадания к уже поверженному». Всегда не в ту сторону.

– Ты пришёл поговорить со мной о совести? Я уже всё рассказала полицейскому следователю. Он хуже тебя, глупее. Обещал мне пожизненное заключение.

– Спасибо. Если есть кто-то глупее меня, то я ещё не зря живу. Никакого пожизненного не будет. Я подготовил решение прокуратуры о передаче дела в ШАБАК и закрою его. Этот толстый Шамрони твой адвокат? Он мне поможет закрыть дело. Так что же произошло?

– Нужно ли меня спасать? Я ведь убийца.

– Давай оставим это до Шамрони. Так что было?

– Пошло и банально. Он стал просить у меня деньги. Я не смогла их ему дать. Он сначала стал меня оскорблять, затем ударил ножом, замахнулся лопатой, хотел убить, тогда я выстрелила.

– Всё-таки из-за денег? Не верю. Чей пистолет?

– Не мой же. Он у него давно.

– На нём несколько убийств. Сколько же он просил у тебя денег?

– 100 тысяч долларов.

– Немного.

– Но дать их надо было сразу. Сразу я не могла. Я выплачиваю за большой дом в деревне, за пятикомнатный пентхаус, за две машины, за всякие житейские мелочи. Хаим, поверь мне, с того момента, как ты меня отправил в тюрьму, не было ни одного дня, чтобы я не работала. Ни одного! И в день свадьбы, и при родах я переводила, переводила, переводила. С арабского, с английского, с иврита... На арабский, на английский, на иврит. Все переводчики входили в моё положение и отказывались от работы в мою пользу. Я им безмерно благодарна. И здесь я выбрала всё возможное. Я мечтала пойти на пляж, в сауну, в конце концов, просто понежиться в кровати. И не могла себе этого позволить. Я взяла деньги у родителей, брата, сестры, и мне нечем с ними расплатиться. Банк закрыл мне кредит. Я устала, Хаим, устала.

Она говорила монотонно, не поднимая и не опуская голоса. Глаза оставались холодными.

— Хаим, у меня к тебе просьба. Ребенка пусть передадут моим родителям. Ты поможешь мне?

Хаим молчал. Он встал, отошёл к окну, потом опять сел около неё. Нурит напряжённо ждала. «Наверно, что-то случилось», — подумала она.

Мысль была ленивая, расплывчатая, без желания получить ответ.

— Нурит, я ничем не смогу помочь тебе. Мы передали сына твоим родителям. Но вмешалась Шломит, привела в суд всех своих социальных тёток, и судья вынес решение передать детей родителям твоего мужа как опекунам. Они взяли твою машину и поехали к себе. На перекрестке «Тапуах» трое арабских подростков закидали их камнями. Машина перевернулась. Твой сын и бабка погибли на месте. Старик с переломами в больнице и вряд ли выживет. Это было часов в пять вечера. Ночью три арабских дома, где жили эти подростки, были взорваны. Сколько там погибло, не знаю. Этим занимается арабская полиция.

— Иди, я сейчас умру.

Хаим посмотрел на Нурит, лицо было искажено от боли. Он бросился за врачом. У самой двери он услышал:

— Они собирались в Яффо в ресторане у МММ, там был НПМ, значит, разговор шёл об оружии.

Хаим крикнул:

— Врача, она умирает.

Часа через два Хаим позвонил хозяину ресторана МММ.

— Говорит Хаим из ШАБАКа. Ты меня знаешь?

— Понаслышке, видел пару раз.

— Вот и хорошо. Познакомимся. Приходи в Бат-Ям на набережную, в русский ресторан А. Я тебя там буду ждать. Не опаздывай. Часа тебе хватит? Хорошо, через полтора.

— Слушай, Хаим, от русской пищи можно отравиться. Они же готовить не умеют.

— Не преувеличивай. Посмотри на своё Яффо, оно уже полурусское. И ничего, никто ещё не умер.

Через полтора часа Хаим сидел в русском ресторане. Заказали кофе.

Кофе было вполне приличным.

— Вот видишь, не отравился. Когда у тебя будет НПМ?

— Не знаю. Он приходит нерегулярно.

— Мне нужен НМП и вся его команда. На меня можешь надеяться. Я тебя защищу. Если ты не захочешь мне помочь, завтра утром к тебе придёт налоговый инспектор. Во-первых, он закроет ресторан на месяц-полтора, пока пройдёт проверка. Во-вторых, наложит штраф на миллион, и тебе придётся продать ресторан. А я пока закажу мороженое. Будешь?

Они договорились. Хозяин МММ завтра уезжает на три дня на Мёртвое море лечить ноги. Послезавтра вечером Хаим делает в МММ обыск и забирает всю компанию.

— Последний привет от Нурит, — подумал Хаим.

17.

Но она, к счастью, не умерла. Сбежались врачи, отвезли в операционную. Начался выкидыш. Ребёнка сохранить не удалось. Была большая потеря крови. После операции она ещё месяц пролежала в больнице. Для израильской медицины это очень длительный срок. Вышла и больницы она совершенно седая.

Поселилась у матери и стала отдавать долги. Сначала продала дом. Если купить дом в арабской деревне для еврея была проблема, то продать дом еврею было смертельно опасно. Но образовали цепочку: Нурит продала дом американскому арабу, который продал дом греку, грек продал дом армянину, армянин уехал во Францию, а перед отъездом он продал дом еврейскому благотворительному фонду.

Судьба родственников К. её не интересовала. Единственно, к кому она хорошо относилась, был отец К., которого она навещала и сохранила с ним хорошие отношения. После аварии он остался калекой. О К. они не говорили.

Пентхаус сначала сдали, а потом продали. Этим занимался брат. На остатки купили маленькую квартиру на севере Тель-Авива и тоже сдали.

Нурит вернулась в иудаизм. Отступничество является тяжёлым грехом. Она это знала и чувствовала. Здесь есть тонкости.

Еврей, перешедший в другую религию, с точки зрения иудаизма продолжает оставаться евреем, хотя и считается грешником, не просто грешником, а тяжёлым грешником, отступником, мумаром. Его возвращение в иудаизм сопровождается специальной процедурой — «гиюром лэ-хумра» и обязательной миквой. «Гиюр ле-хумра», или «гиюр ми-таам сафек» (гиюр — «на всякий случай») совершают, когда почти все данные свидетельствуют, что человек и так еврей, но какой-то детали не хватает. Этот человек должен соблюдать шаббат и кошрут. Гиюр такого типа, как правило, не занимает много времени. Ведь, как говорится, и так почти всё ясно. Мумар-отступник своё раскаяние должен произнести в присутствии трёх религиозных евреев. Это одно из обязательных условий.

Нурит продолжала много работать: читала лекции в университете, переводила, бесплатно работала в одной из ешивот. Всякой общественной деятельностью перестала заниматься. Общалась только с родственниками.

Однажды на каком-то слёте родственников жены я столкнулся с ней, как говорится, нос к носу. Выглядела Нурит хорошо, седину не прятала. Держалась она по-дружески, доброжелательно и даже предложила отредактировать мою книгу. Я согласился, но спросил, сколько будет стоить редактура.

– Стоить?

Она усмехнулась

– Я твоя должница.

– Должница? Что и когда ты мне задолжала?

– Говорить «раз-два».

Я вспомнил, как в офицерской школе я учил девушек стрелять из личного оружия: «Личное оружие — это оружие ближнего действия. Ваш противник рядом. Вы видите, чувствуете, наконец, знаете, что он хочет вас убить. Не ждите, пистолет не игрушка, если обнажили — стреляйте. Раз, и ещё раз. Второй раз — контрольный выстрел».

Не сразу наши отношения выровнялись и стали дружеским.

Ицхак так и не стал начальником Генерального штаба. Он был командующим тремя округами, зам. начальника Генштаба. И вдруг совсем неожиданно его направляют учиться в Америку. Перед отъездом он мне сказал:

– Через год я вернусь, и мне скажут «Шалом».

После ранения я прослужил в армии ещё несколько лет. Я стал заместителем — в аналитическом отделе, в арабском отделе, заместителем начальника разведки…

Однажды я спросил у одного из начальников Генштаба:

– Почему я вечный заместитель?

И получил ответ:

– Политическая элита против тебя. А значит, и газеты, а за ними и министры. Где-то ты насолил им, и они тебе простить этого не могут. На повышение твоя кандидатура забаллотирована. Ни Ицхаку, ни мне не удаётся её продвинуть.

Вскоре я ушёл в отставку, начал академическую карьеру и не жалею.

Да, вот ещё. Нурит стала очень религиозной. Кошер, миква, молитвы. Мне это не слишком нравилось. И я практически перестал с ней видеться.

Вскоре она вышла замуж за тоже очень религиозного человека, бездетного вдовца, и родила ему сына. Жена говорила мне, что они живут очень дружно. Дай-то им Бог.

Post Scriptum

Левая идеология в Израиле — явление неслучайное. Есть точка зрения, что это реализация русского толстовства на Святой земле. Я думаю, что это не совсем правильно. Идеология не существует сама по себе. Она подпитывается кем-то, кто имеет от этого некую выгоду. Выгода бывает разной — материальной, политической и всякой другой. Я не знаю ни человека, ни организации, которая в течение 150 лет могла бы «содержать» толстовство. Другое дело государство — Советский Союз в течение нескольких десятилетий.

«Женщины в чёрном» — левая международная организация женщин, возникшая в конце 1987 года в Израиле. Эти женщины считали, что Израильское правительство проводит слишком жёсткую политику на присоединённых в результате Шестидневной войны территориях. В частности, они были против поселенческой политики правительства. Женщины перекрывали главные магистрали, тем самым заявляли протест против оккупации. Они считали, что их деятельность способствует достижению мира с арабами.

В разгар первой палестинской интифады в Израиле проходило единовременно несколько десятков пикетов. Первую интифаду называли «войной камней», так как палестинцы использовали против израильтян в основном камни.

Если считать, что движение «ЖЧ» возникло стихийно, то совсем не случайно ООП пыталась ими руководить или, во всяком случае, контролировать.

После «Соглашения "Осло"» количество пикетов сократилось. Террор, последовавший за соглашениями «Осло», привёл к ужесточению контроля за террористами и возобновлению пикетов. Женщины опять стали выходить на главные магистрали. Изначально движение носило левый характер. Через несколько лет то ли женщины устали, то ли постарели, но деятельность «ЖЧ» ушла из активной политической жизни.

Сейчас появилась новая левая поросль — организация «Мистаклим лекибуш бээйнаим» («Смотря в глаза оккупации»). Левые идеи не исчезли. Но они сильно мешают государству по наведению порядка на территориях.

В борьбе за права арабов бывают курьёзы. В апреле 2024 года некая дама, представительница движения «Мистаклим лекибуш бээйнаим», приехала попасти скот вместе с арабскими пастухами и защитить арабов от поселенцев. «Бедные арабские пастухи», увидев одинокую еврейку, избили её и отобрали машину. Защитили бесстрашно глядящую в глаза оккупантам женщину израильские полицейские.

В то же время 14-летний Биньямин Ахимеир пошёл пасти овец недалеко от израильского форпоста Малахей ха-Шалом. Вечером он не вернулся домой. Начались поиски с участием израильской армии (наземных и воздушных сил), полицейских, спецслужб и волонтёров. Возглавили поиски командующий Центральным военным округом Йехуда Фукс и командующий территориальной дивизией Иудеи и Самарии бригадный генерал Яаков Дольф.

На утро нашли тело Биньямина Ахимеира с проломленной головой и ножевыми ранениями. Ахмад Дуабше, житель палестинского городка Дума, арестованный через 10 дней, признался в убийстве подростка. Представительницы движения «Мистаклим лекибуш бээйнаим» не приехали смотреть в глаза убийцы. Поиски Ахимеира израильскими поселенцами в палестинских деревнях сопровождались актами возмездия, усилившимися после обнаружения трупа. Два палестинца были убиты и несколько ранены.

Министр обороны Йоав Галант заявил, что опечален смертью мальчика, и призвал поселенцев не препятствовать силам безопасности в поисках террористов, отметив: «Ваши попытки отомстить затруднят нашим солдатам выполнение их работы — поиска убийц. Не следует брать закон в свои руки».

Премьер-министр Биньямин Нетаньяху сразу и резко осудил убийство Биньямин Ахимеира и призвал израильтян не вставать на пути сил безопасности. Для восстановления порядка (и среди поселенцев, и среди палестинцев) ЦАХАЛ ввёл в район дополнительные войска и пограничную полицию. Никаких дополнительных мер не было принято.

Шло время, пролетали события.

В апреле 2024 года тюремное Управление сообщило, что в

тюремной больнице умер от рака 62-летний Валид Дакка, отсидевший в израильской тюрьме 37 лет за участие в похищении и убийстве солдата ЦАХАЛа Моше Тамама. До окончания срока ему оставалось ещё два года.

В 1984 году 21-летний араб-гражданин Израиля Валид Дакка был приговорён к пожизненному заключению. После апелляции суд снизил ему срок заключения до 37 лет. В 2017 году у Дакки нашли «контрабандный» телефон. Это посчитали грубым нарушением тюремных правил. Новый суд добавил ему ещё два года.

В тюрьме Валид Дакка занялся писательством. С разрешения тюремного начальства по его пьесам в Израиле ставили спектакли. У террориста Дакки были и детские книжки.

В 2023 году у Дакки диагностировали четвёртую стадию рака. Тюремный врач дал заключение, что Дакка находится в «конкретной опасности», и Управление тюрем просило отпустить заключённого умирать домой.

Но суд в досрочном освобождении Дакке отказал. Специальная комиссия постановила, что «терминальная стадия рака не является достаточным условием для освобождения осуждённого за терроризм».

В августе правозащитная организация Amnesty International («Международная амнистия») обратилась с просьбой к правительству Израиля освободить смертельно больного заключённого, так как заключённому Дакке было отказано в трансплантации костного мозга, необходимого онкологическому больному. «Случай Валида Дакки иллюстрирует жестокость израильской правоохранительной системы к палестинцам — даже тяжело больным и умирающим», — заявила представительница Amnesty International («Международная амнистия»).

Преподаватель кафедры философии Тель-Авивского университета Анат Матар обнародовала восторженную речь по поводу недавно скончавшегося в тюрьме террориста Валида Даки: «Прощай, дорогой и любимый друг, ты был и будешь нескончаемым источником вдохновения. Моё сердце с твоей семьей. Со всем палестинским народом, который потерял сегодня одного из самых замечательных своих сыновей».

Реакция на прощальное письмо Анат Матар была ожидаемой — студенты Тель-Авивского университета потребовали увольнения доктора Анат Матар. Президент университета заявил, что доктор Матар опубликовала собственную точку зрения, и её нельзя уволить, так как «её защищает закон о свободе слова».

Вот такие дела.

РАКЕТНАЯ АТАКА

1.

Я остановила машину, почти уткнувшись в ворота. Не глуша мотор и не выключая дальний свет, я нажала кнопку дистанционного управления. Ворота медленно раздвинулись, образуя чёрный проход в гараж.

Дом стоял тёмный, непроницаемый, и казался холодным. Было десять часов вечера, накрапывал не летний дождь. Большие тяжёлые ставни стягивали стены дома, как обручи большую бочку.

Я вошла и зажгла свет. В доме было тихо, неожиданно тепло и очень чисто. Пыль убрана, подметено, вещи разложены по местам. Я хорошо платила тёте Паше, и она добросовестно убирала. Конечно, я следила за её работой, тыкала, не стесняясь, когда что-то мне не нравилось, и тётя Паша меня побаивалась. «Домработницу надо держать в строгости» — я помнила мамины слова.

Пахло Геной. Поразительно, но в каждой комнате я чувствовала его запах. Он как будто ещё жил здесь. Но раньше, ни в этом доме, ни в московской квартире, я никогда не ощущала так ярко его запах. Как он появился?

Я отлично помнила, вернее, чувствовала запах Гены. Нет-нет, это не запах мыла или мужского одеколона, это даже не запах пота, это какой-то индивидуальный мужской запах, присущий только Гене.

Всё выглядело странным. Гены уже не было, Гену похоронили, а запах наполнял дом, он чувствовался в каждой комнате, в каждом шкафу, в ящиках письменного стола, на книжных полках.

Мне вдруг стало жарко. От стен шло тепло, шёл уют, а хозяина не было в живых. Тепло и уют без хозяина. Разве это жизнь?

Я не то что бы не любила этот дом, а, скорее, оставалась к нему равнодушной. И была не права. Этот дом — моя крепость, убежище, построенное специально для меня, и мне в нём всегда хорошо. Почему же я была к нему равнодушна? Нет-нет, я люблю этот дом и каждый уголок в нём. Я люблю Гену и всё, что с ним связано. Я почувствовала, как нежность к дому, к вещам в нём заполняет меня.

Купил этот участок Гена случайно, играючи, ещё до нашей женитьбы, с подачи Толи.

Ах, Толя, Толечка, с кем ты теперь будешь строить планы туннелизации всей планеты?

Толя был школьным другом Гены. Собственно, они не учились вместе в одном классе или даже в одной школе. Познакомились они то ли в девятом, то ли в десятом классе на олимпиадах по математике, которые систематически проводились в Москве. Оба получили какие-то призовые места. Там они и подружились.

Гена пошёл в Бауманский на ракетный факультет. Толя хотел стать архитектором. Но в архитектурный его не приняли — мама была еврейкой. Гена рассказывал, что вроде бы Толя не очень расстроился, но как-то сжался. Во всяком случае, вида не подавал. Поступил он в строительный институт, но и там что-то произошло, и на гражданское строительство его не взяли. Так Толя попал на факультет дорожного строительства.

Недавно, когда разговор зашёл об архитектуре, он насмешливо сказал:

— Я хотел, как Щусев, построить сорок церквей и один мавзолей, но государство сказало мне, что еврею ни церкви, ни мавзолеи строить не положено. Нам не хватает дорог в рай. Наверно, это правильно. Но если я еврей, если меня туда зачислили, то обязательно построю хоть бы одну синагогу.

Гена про мосты, дороги и туннели знал со слов Толи. Тому, как их строить, он никогда не учился, да и не хотел этого. Ему хватало своих ракет.

Но у них была замечательная игра: «Давай построим мост». Выбиралось наугад какое-то место. Потом следовал вопрос «Зачем?» Нужно было дать общее грамотное объяснение — не профессиональное, а на общую эрудицию. Если это объяснение выдерживало критику, опять же не профессиональную, Толя говорил, что мост или туннель принимается к проектированию, а эскизы, расчёты, всякие наброски, записи аккуратно складывал в папку, на которой было написано: «С нами и после нас». Так они играли.

Были построены мосты и туннели через Ламанш и Берингов пролив, на Геркулесовы столбы был подвешен мост, а под ними вырыт туннель. Из Швеции в Данию они проектировали несколько туннелей: через Малый и Большой Бельт, из Хельсингера в Хельсингборг, из района Фредериксхавна через пролив Каттергат в Гетеборг. Не обошли и Турцию — с двух сторон Мраморного моря, под Дарданеллами и Босфором прорыли туннели. Соединили Англию с Ирландией, Таллин с Ханко, Огненную землю с Аргентиной.

Сегодня, когда многое из их игры построено без их участия, можно только удивляться точности их прогнозов, а может быть, и гениальности идей и технических решений. Была другая жизнь, и Толечка был в ней пасынком.

Играли они с азартом, кричали друг на друга, ссорились и втягивали в игру других, особенно детей. Карты расползались по полу, в воздухе крутились иностранные географические названия.

Да, Толя, Толечка, теперь ты после Гены. Но ведь ты с Геной попрощался раньше всех.

Интересно, что в «ракеты» не играли. Ракеты были исключительно областью Гениной работы. А небо давно было расписано и рассчитано фантастическими романами. Среди этих мужественных кретинов им нечего было делать.

Толя после института не поехал строить дороги ни в Сибирь, ни на Дальний Восток.

— Архитектором я бы поехал в Магадан, а строить дороги в Магадане не хочу, обойдутся без меня. А то построю дорогу, разбегусь и прыгну на Аляску. До какой начальной скорости я должен разогнаться, чтоб допрыгнуть до Америки? Если я перепрыгну, кто будет строить хорошие дороги под Москвой? Под боком нет качественных дорог.

Устроился он работать в институт, который проектировал дороги в Подмосковье. Много разъезжал, рисовал, фотографировал и даже издал очень красивую книжку «Мосты и туннели», где были фотографии и рисунки многих мостов, туннелей и акведуков. Рисунки были выполнены карандашом и тушью или акварелью.

2.

Как-то, через несколько месяцев после женитьбы, я спросила Гену:

— Зачем тебе нужен этот участок на краю света?

— Не могу объяснить. Ворвался в один прекрасный вечер Толя, весь заведённый: нашёл деревеньку в восьмидесяти километрах от Москвы. 10 дворов. Один дом недавно сгорел. Продают сгоревший дом и участок очень дёшево. Купи, а я тебе построю дом.

Утром поехали, посмотрели, и мне понравилось. Тишина. Ни железной дороги, ни шоссе. Обгорелый дом, хороший сеновал, внизу корова, наверху сено. Участок большой, чуть с уклоном, речушка внизу. За деревней лес. Первобытно. Даже не верилось, что эта идиллия меньше чем в ста километрах от Москвы.

Гена ударился в воспоминания:

– Деньги у меня были. Я начал подрабатывать студентом. Мой двоюродный брат, инженер-приборист, искал себе помощника для вечерней халтуры и пригласил меня. В Москве стали появляться иностранные приборы. Обслуживания практически не было. Вот мы и занялись ремонтом, то в одном институте, то в другом. Нас брали на временную работу — иногда на месяц, иногда на два, в зависимости от сложности ремонта. У нас были свои субподрядчики, которые изготовляли или доставали разные детали. Работали мы много и быстро.

Потом в аспирантуре я мог разобрать и собрать любой прибор. Очень мне это помогло. А когда окончил институт, пошла другая халтура, лучше оплачиваемая. Я много делал всяких расчётов и экспертиз. Ты же знаешь, я и сейчас имею проекты со стороны. Так что деньги были.

А расходы были небольшие. Я не пью, девушки, с которыми я встречался, были порядочными, самостоятельными, и не требовали расходов, а конфеты и цветы я мог купить и на стипендию. Родители в моей поддержке не нуждались. Отпуск мы с Толей проводили в палатках, в компании таких же бескорыстных ребят и девушек, мотаясь по всей стране в поисках мостиков, водосбросов и т. д., которые он фотографировал. Поверь мне, это не самый худший отпуск.

Будучи аспирантом, хотел купить большую кооперативную квартиру, но поскольку я тогда был не женат, разрешили только однокомнатную. А здесь Толик подсуетился: «Купи, да купи участок, построишь дом». Я и дрогнул. Подумал «хуже не будет». У Толи уже была семья, и он строил дом в другом месте. Его лозунгом было: «Жить надо от друзей далеко, а видеться только когда хорошее настроение».

Многое из того, что Гена мне рассказал, я уже знала. Его компания состояла из действительно порядочных ребят, и почти все стали моими приятелями.

Но я была избалована. У нас всегда была большая квартира, обустроенная дача, машина. Никаких палаток в отпуске. Родители отдыхали в хороших санаториях в Крыму, на Кавказе, в Прибалтике. Проблемы, которые возникали в нашей семье, были другого рода.

Этот дом Гена строил для меня. Я где-то это понимала, но именно его желание построить для меня дом, не спрашивая меня и не выясняя, какой я хочу, раздражало меня. Но худшее заключалось в том, что я не знала, чего я хочу.

Дом строили как-то играючи, несерьёзно. Гена очень рано защитился и быстро стал завлабом. Работал он много, часто бывал на ракетных полигонах. Однажды на одном из полигонов он увидел бетонные короба. Проводили испытания разных центров управления войсками. После испытаний целые центры складывались. Что с ними делать дальше, не знали. Занимали они огромную площадь.

Гена предложил продать их. Начальник полигона и хотел освободить площадь, и боялся продать. Гена через Министерство обороны получил разрешение.

Когда мой отец узнал, что мы строим дом из военного имущества, он сказал мне в присутствии Гены: «Твой муж надолго хочет сесть, жить на свободе ему надоело». Гена покопался в папке, на которой было написано «Дом», вынул бумагу и громко прочитал:

— Разрешить вторичное использование бетонных блоков за наличный расчёт, замминистра обороны генерал-полковник Глебов.

— Сильно, — сказал отец. — Завидую.

3.

Был погожий осенний день. На дачу меня привёз Толя. Правда, за рулём сидела Соня, его жена, с которой он добродушно переругивался.

Соня была красивая женщина с роскошными чёрными волосами, собранными в огромный пучок. Она только начинала работать врачом. Держалась строго и недоступно. Я подумала, что с ней Толя успокоится со своими туннелями. Но я ошиблась. Как Толя был одержим архитектурой, так она была одержима медициной, помощью больным. Её можно было поднять ночью, позвать к больному во время обеда, когда дом полон гостей. Она садилась в такси и говорила: «Скоро вернусь». Это «скоро» было по-разному скорым. Она, наверно, единственная в мире серьёзно воспринимала медицинское правило «не навреди».

Мы дурачились, играя в подкидного дурака, когда трейлер, гружённый громадным бетонным блоком, рыча и фыркая, продавливая землю, подъехал к участку, где уже был выкопан котлован. За трейлером пыхтел автокран.

Толя быстро подошёл к крану. «Вира — майна», и блок повис в воздухе, трейлер сдал назад и откатил в сторону. Ещё раз «вира

— майна», и бетонная громадина стала медленно опускаться в котлован. Все замерли, и только Толин голос звучал громко, чётко и уверенно.

Потом выверяли по уровню, двигали блок чуть левее, чуть правее, но мне это уже было неинтересно.

– Кормить надо, — крикнул Гена.

Мы занялись стряпней. Я смотрела на длинные тонкие пальцы Сони. Они работали быстро и уверенно. «Не неженка», — подумала я. И Соня, как бы прочитав мои мысли, сказала: «Я не боюсь никакой работы. Готовить, убирать — это отдых, работа — у кровати больного». И тяжело вздохнула.

Потом много ели и пили, пели пьяные песни, танцевали. Собрались деревенские. Им тоже поставили.

Вечером, когда мы остались одни, Гена спросил:

– Где спать будем?

В блоке было холодно и грязно.

– Давай я на сеновале постелю.

В сене было тепло, пахло сухой травой, внизу мычала корова.

Господи, неужели это было?

На следующий день привезли двойной блок, и кран, напрягаясь, поставил его сверху, образуя два козырька. Потом там были сделаны террасы.

И опять ели, пили — гуляли. Потом я уехала. У Гены был отпуск, и он крутился там день и ночь. Но главным был Толя, он отдавал приказы, проверял работу. Гена был присутствующим.

Я там появлялась раз в неделю. И всякий раз там были Толя и Соня.

Почти через месяц, когда дом уже кончали, я даже сказала Гене: «Тебе надо было жениться на Толе, может быть, лучше на Соне». Гена внимательно посмотрел на меня и расхохотался:

«Мать, ты ревнуешь Толю к Соне. Ты бы хотела иметь Толю у своих ног не для любви, а на всякий случай, только для того, чтобы удостовериться в своей женской силе». Я возмущённо бросила в Гену грязной тряпкой. А он весело смеялся. Я подумала: «Он прав. Ведь один уже лежит как мёртвый».

Но больше всего меня удивил мимолётный разговор с Соней. Мы мыли уже настланные полы. Это произошло через полчаса после моего разговора с Геной. Я ещё не отошла после брошенной тряпки.

Соня неожиданно повернулась ко мне и сказала:

— Маша, ты зря на меня злишься. Мне нужен Толя, только Толя и один Толя. Я однолюб. Мне ведь ничего не стоит сделать, чтобы мы к вам не приезжали.

И вышла из комнаты. Мне показалось, что у неё в глазах слёзы.

«Чёртова баба, рассекла меня как мышку скальпелем, всё увидела, что есть внутри. И опять этот намек: она однолюб, а я нет. У меня уже был первый муж, Гена — второй, а Толя что — третий? Муж, любовник, жена любовника, жена мужа. Да пошли вы все...»

Я запнулась. Ругаться я не могла. Я слышала, как ругаются в институте, да и первый мой муж, особенно в последнее время, не стеснялся в выражениях, но я плохо понимала ругательные слова.

Рыча от возмущения, что у меня нет нужных слов, я схватила ведро с грязной водой и выплеснула в окно.

— Помотай, помотай — раздался Генин голос и весёлый дружный смех нескольких мужских голосов.

Я знала этот анекдот (в кинотеатре «Ударник», где два этажа, во время сеанса из партера раздаётся крик: «Помотай, помотай, ссышь на одного, сволочь»). Поняла этот смех и тем более разозлилась.

— Сейчас помотаю, подожди минуту. Дай мне только топор найти, головы как курам поотрубаю, пошляки, сволочи.

— Машка, быстрей, топор под лавкой, я их придержу.

И опять весёлый смех.

У меня на душе отлегло. «Ничего мне Соня плохого не сказала. Ну, любит она Толю, так это хорошо, она — его жена, жена должна любить мужа. А что я была замужем, так это не тайна. Гена знал Игоря, учился с ним, дружил, даже был на моей первой свадьбе. Мы разошлись давно, и, видит бог, это не моя вина».

Я пошла на кухню. Соня стояла и чистила картошку. Я обняла её сзади за плечи.

— Прости меня, дуру. Тошно что-то на душе.

— Да что ты, Машенька, что ты, милая, какие обиды, ты просто беременна.

— Да откуда ты знаешь? Я ведь и сама точно не знаю.

— Беременна, беременна, я точно знаю. Я тоже беременна, и об этом тоже пока никто не знает.

И мы разревелись, громко всхлипывая, размазывая по лицу краску. Вошёл испуганный Толя.

— Что случилось?

— Изыди, сатана, дай бабам поплакаться всласть.

Мы стали подругами, общаться с Соней было легко и просто. Говорить можно было обо всём. Она не сплетничала, не передавала частных разговоров.

Потом приехал отец. Походил по участку, осмотрел дом.

— Дура ты, Машка, ей богу дура, дом прекрасный, я бы себе такой же построил. Толя, есть там ещё такие блоки?

— Я ведь только собираю. А есть или нет, это за Геной.

— Есть, Николай Иванович, кое-что ещё осталось. Мы привезём Вам блок верховного главнокомандующего. Большому начальнику — большую дачу.

— Ну, Геннадий Васильевич, ты слишком дёрнул вверх. Мне бы подошёл блок командующего армией или округа.

4.

Дом строился, оборудовался, уже можно было в нём жить, но душа принимала его медленно, с трудом. А сейчас он родной, близкий. Неужели для этого нужно было убийство Гены? Кому это было нужно? Зачем?

Когда это всё было? Десять лет пролетели как один день. А теперь счастье кончилось. Всё, крышка. Баба я невезучая, гнилой корень во мне. Первый муж спился и ушёл, второго убили.

Всего две недели назад, всего четырнадцать дней назад, мы были здесь последний раз. Можно сойти с ума.

Была пятница, часов пять вечера, кончался рабочий день. И вдруг я почувствовала безумную усталость. Всё болело, всё было трудно. Я позвонила Гене.

– Гена, нет сил, еле языком ворочаю. Может, на дачу подскочим?

– С радостью. Ты же знаешь. Но у меня завтра встреча с профессором Зотовым. Поезжай без меня.

– Хочешь, я приглашу Зотовых к нам на обед, и пусть они прихватят Филатовых, они теперь без детей.

– Умница, и ведь знаешь, что умница, и умеешь всё просчитать заранее. Я тебя люблю, ну просто по-сумасшедшему люблю.

Ничего я не продумала заранее, но слышать было приятно. Какая женщина не млеет от слов «люблю», а если это говорит муж, да ещё после десяти лет совместной жизни, хватайся за ухваты, баба.

– Я привезу детей, договорюсь с учителями, а ты как обычно побольше купи еды, с расчётом на гостей.

Была середина мая, ещё работала школа, но с учителями договорилась быстро. Дети визжали от удовольствия. В шесть с копейками я подъехала к магазину, который был через дорогу от работы Гены. Он стоял с большим картонным ящиком, набитым едой. Гена сел за руль.

Я водила машину с шестнадцати лет. Отец и меня, и брата сам учил водить, и только потом мы прошли через курсы ДОСААФ. Водила я машину хорошо, «безаварийно», как говорил отец, но водить не любила. Зато Гена, только в институте сдавший на права, купивший свою машину только после женитьбы, был влюблён в вождение. В его присутствии, так же, как и в присутствии отца, я, как правило, не садилась за руль.

Машина практически была у меня: утром мы отвозили детей в школу, потом Гену на работу, и уж потом я ехала к себе. Дети после школы шли домой, где их ждала домработница, а Гена после работы двигался самостоятельно. На мне были покупки.

В тот день я задремала, дети негромко резвились сзади. В чуть приоткрытое окно врывался холодный воздух, сначала насыщенный шумом и бензином, затем лёгким гулом встречных машин и, наконец, запахом цветущих садов и сирени. Стало холодно коленкам, я поёжилась и почувствовала, как Гена накрыл колени своим пиджаком. Я утонула в тихом блаженстве.

Было за восемь, когда мы подкатили к даче. Стояли не густые сумерки, тишина и прохлада.

Нас сразу пригласила соседка:

– Пошли ужинать к нам. Я с утра здесь и наготовила.

Все десять домов деревеньки с лёгкой руки Толи и Гены были распроданы. Толя всем спроектировал и построил дома. Это была его левая работа, она хорошо оплачивалась. И люди подобрались близкие по возрасту, схожего уровня, все удачливые, с похожим отношением к жизни. И жены у них были молодые, не сварливые и не жадные, и дети одного возраста. Шутя, они называли свою деревню Малым академгородком.

Коммуны никакой, конечно, не было, но часто объединялись или звали друг друга то на обед, то на ужин. А можно было просто напроситься, сказать что-нибудь вроде «Умираю, кушать хочется, покорми, Христа ради».

Ужин был непоздний, весёлый, шутливый. В десять разошлись — надо было укладывать детей.

– Завтра обедаем у нас, — сказала я, уходя.

Дети быстро угомонились. У Гены нашлась срочная работа: надо было подготовиться к встрече с профессором Зотовым.

Я рухнула. Вся усталость, все заботы, все, что накопилось за неделю, отодвинулось, я уснула раньше, чем голова коснулась подушки.

5.

Я проснулась в час или два ночи. Гена ещё не ложился. Я встала и как была, в ночной рубашке, прошла в кабинет.

Горела настольная лампа. Мягкий свет словно отвоевал у ночи кусок письменного стола. Стол был гордостью Гены. Ремонтировали какое-то общественное здание и выкинули входную дверь. Эта дверь была обклеена паркетом, выстругана и отполирована. Ножки стола были сделаны из нержавеющих труб, тумбочки заказали отдельно. Стол получился большой, тяжёлый, но очень удобный. Я шутила, что на нём можно играть в пинг-понг или проводить совещания. Но втайне он мне тоже нравился. Часто мы работали за этим столом вдвоём и сидели с двух сторон. И только колени иногда соприкасались. Удивительно было хорошо.

Однако Гены в кабинете не оказалось. Я спустилась на первый этаж. Там было темно и тихо. Свет пробивался из подвала, значит, Гена сейчас в бане.

Баня располагалась в подвале в пристроенном специальном блоке. Всё это были игры взрослых мужиков. Я к ним оставалась равнодушной: никогда активно не любила, снисходительно терпела. Электрический нагрев воды, вентилятор с подогревом, парообразователь, раскалённая плита, которую поливали пивом, и т. д. Что в этом было замечательного? Разве что электрический шкаф со всеми выключателями. Техника безопасности была высокой.

В первой комнате всё был пластиковым, чтобы бельё не гнило и не пахло сыростью, виднелся шкаф, где лежали полотенца, купальные простыни, халаты. Посредине комнаты стоял стол, в углу — холодильник, в котором всегда были водка, пиво, кола, селёдка, солёные огурцы. Здесь раздевались и отдыхали после парной.

Во второй комнате, поменьше, были две душевые кабинки и кабинка с ванной. В парную никогда не заходили немытыми. Любители после парной могли принять холодный душ.

Потом шла собственно парная, небольшая комната с деревянными лежаками. Потолки в бане были низкими, тяжёлыми...

Я городская женщина, и всякие парные не для меня. Я люблю ванну, люблю в ней лежать, нежиться. Иногда я растворяю в воде всякие пахучие экстракты. Очень не люблю коллективные «помывки». В парной мне становилось плохо. Но Гена приучил меня, и время от времени он меня там парил. Это действительно было хорошо: я расслаблялась, кости становились мягкими, эластичными.

Я спустилась в баньку. Гена сидел в парной с закрытыми глазами. Через приоткрытую дверь ударил влажный жар. Я отступила на шаг и вскрикнула. Гена приоткрыл глаза и сказал:

– Я рад, что ты пришла. Я очень ждал тебя. Если можешь, попарь меня.

Я вошла в парную, плотно прикрыла дверь, окунула голову в шайку с холодной водой и взялась за веник.

Веник был новый, берёзовый, чистый, размоченный. Я принялась сначала легонько, а потом всё сильнее хлестать по телу. Гена переворачивался, иногда забавно кряхтел.

Наконец я устала.

– Всё, теперь моя очередь.

Я помню удары веника, помню, что голову поливали холодной водой, а потом наступил провал: я заснула. Смутно, сквозь сон помню, что Гена на руках отнёс меня в кровать.

Проснулась я легко. Тело, ещё вчера такое тяжёлое, казалось невесомым. Позвоночник, руки, ноги стали гибкими, будто сделанными из резины.

Я подумала, что Гена ищет прокладки для герметизации двигателей. Всё, что ему предлагали, было очень жёстким. Надо сказать ему, чтобы он попарил прокладки.

Дом был пуст, тих. В кухне на столе лежала записка, написанная младшим сыном. «Мама, спи. Мы ушли гулять в лес» — и три подписи. На душе стало ещё теплее. Боже мой, чего я мечусь, что мне надо? Вот где радость и счастье.

Я не торопясь позавтракала и принялась готовить обед.

Гена с детьми вернулся часам к 11. Я уже во всю кочегарила: всё крутилось, варилось, пеклось и жарилось. Было очень спокойно. Дети разбежались по соседям. Соседка почти молча стала мне помогать.

Появились первые гости. Гена с Зотовым поднялись в кабинет и часа два работали. Я им приносила чай.

На террасе накрыли стол. Было весело, шумно, немножко пьяно. Разъезжались поздно, усталыми и довольными. А мы почти замерли на сутки: Гена работал, я спала, дети носились по деревне.

В воскресенье вечером мы вернулись в Москву.

6.

А теперь я одна, одна, одна. Боже ты мой, за что мне такое наказание? За что? Было тихо, очень тихо, и Бог или меня не слышал, или не хотел отвечать.

На прошлой неделе мы не были здесь. Приехал в Москву в командировку мой брат, и на отцовской даче собрал своих друзей. Брат был полковником, заместителем командира воздушной дивизии, ждал нового повышения, и друзья его были такие же молодые полковники и генералы. Все разговоры крутились вокруг ракет, самолётов, радаров, противовоздушной обороны. И Гене, и мне было очень интересно.

В каком-то смысле, то есть в смысле интересов, это была и наша компания. Среди прочих был генерал-майор Чистяков. Ванечка Чистяков, мой давнишний знакомый. Встретила я его, как всегда, со смешанным чувством. Переделывая строки Есенина: «...и не нужна твоя мне суета, и ты мне сам ни капельки не нужен». С другой стороны, приятно сознавать, что тебя кто-то любит, ждёт, добивается твоей руки.

— Маша, как поживаешь?

— Да всё так же, Ваня, всё так же. Старею. Скоро ты меня разлюбишь.

— Не кокетничай, ты знаешь, что моё сердце принадлежит только тебе.

– Ну, а моему так просто не прикажешь. «Но я другому отдана и буду век ему верна». Ты не расстраивайся, в другой жизни я буду твоей.

– В другой жизни, говоришь? Может быть, может быть...

– Про ту мы всё хорошо знаем, а про эту... Может быть, завтра будет всё, как ты хочешь.

Он резко повернулся и отошёл.

– О чём вы шептались так мило?

Ко мне подошёл брат. В руках у него были фужеры и бутылка вина.

– Давай выпьем за тебя. Посмотри, какое у неё трагическое лицо. — Брат показал мне глазами на жену Вани. — Будь осторожна. Как там мама говорила о висящем ружье?

Женщина прошла мимо меня, не повернув головы. Я её видела не в первый раз и всегда удивлялась её выдержке. Но упрекнуть меня ей было не в чем. И вот наступило время, когда меня начинают предупреждать об опасности. В девичество, что ли, я опять впала?

– Валентина Анатольевна, очень рада Вас видеть! Вы прекрасно выглядите.

– Я тоже рада. Вам бы надо было сказать: «Вы прекрасно сохранились». В этом вся разница: вы «выглядите», а я «сохранилась».

Я почувствовала, что ей не хочется говорить со мной, но просто прервать разговор я не могла.

– Что-нибудь случилось? Я могу Вам чем-то помочь?

Она повернулась и в упор посмотрела на меня. У меня ёкнуло сердце — сейчас она мне скажет что-нибудь резкое.

Но Валентина Анатольевна ответила очень спокойно:

– Дети, взрослые дети. Живут в Москве, отдельно от нас, и делают что хотят. Я знаю, что всё пройдёт, нужно терпение, но нет сил терпеть и нет времени ждать. Да и Ванечка генералит... Извините, мне неприятно говорить о домашних делах.

Она повернулась и ушла. А что такое «генералить»?

7.

К вечеру в воскресение мы вернулись домой. Неожиданно позвонил Толя.

— Маша, хорошо, что я вас застал. Я бы хотел к вам заскочить на несколько минут.

Я хорошо знала эти «несколько минут», они затягивались и на час, и на пять. В воскресный вечер хотелось полежать, почитать, посплетничать о друзьях брата, да и заснуть пораньше — завтра, в понедельник, и для Гены, и для меня ожидался тяжёлый день.

Обычно мы заранее договаривались о встречах. Мы все были очень заняты, много работали, в том числе и дома. Для отдыха надо было так запланировать встречу, чтобы время совпадало. Поэтому вечерний звонок в воскресенье удивил меня.

— Что-нибудь случилось?

— Да, вроде бы ничего особенного. А может и случиться.

— Хорошо, через час ждём.

Ровно через час Толя позвонил в дверь. Но был вместе с Соней. В руках у него была большая папка.

— Это вам подарок.

Прошлым летом мы вместе отдыхали на границе Молдавии и Одесской области. По Толиному проекту строился новый мост. Он был в командировке, жил с семьей гостинице, а для нас снял дом. Толя получил в своё распоряжение микроавтобус и, пока он трудился в поте лица, мы с удовольствием мотались между

Чёрным морем, Дунаем и Днестром.

Мост создавался не на случайном месте. Раньше там был каменный турецкий мост. В 1941 году его взорвали наши отступающие части. Рядом немцы построили новый деревянный мост. Его разбомбили. Наступающая советская армия построила ещё один мост. Он просуществовал много лет, и ему в подмогу на автостраде теперь строился очень красивый четвёртый мост из железобетона. Два первых разрушенных моста заросли камышом, кустами и под ними водились раки. Третий осел, почернел, ремонт его проводили кое-как.

Собственно, вся поездка задумывалась, чтобы показать нам турецкий мост. Толя был одержим старинными постройками. Гена поддался и неожиданно проникся картиной четырёх мостов. Когда-то ещё студентом он имел «отлично» по техническому рисованию. Гена и раньше баловался рисунками карандашом разных Толиных находок, а здесь разошёлся и, конечно, под Толиным руководством много зарисовал.

Теперь Толя открыл папку. Собранные вместе фотографии, акварели, рисунки и Толи, и Гены, и детей производили впечатление. Дыхнуло югом, солнцем, дружбой.

– Спасибо. Время почти позднее. А теперь-то что случилось? Рассказывайте, зачем приехали. Папка могла подождать ещё неделю.

Толя придвинул к себе стакан чаю, отпил глоток и сказал, как выплюнул:

– Приехали попрощаться. Больше видеться не будем. Завтра мы подаём документы на выезд в Израиль.

Наступило молчание.

– Вы с ума сошли? Зачем вам Израиль?

– Там нам будет спокойней и безопасней жить, — объяснила Соня.

– Соня, перестань, там война, там пустыня, там нет воды. Чего вам здесь не хватает?

– Равенства, Маша, равенства, — тихо сказал Толя.

– Равенства? — взорвалась я. — Равенства ты захотел? Чего именно тебе не хватает? Ты — кандидат, автор прекрасных книг. Вот ещё одну принёс, мост построил. Что ты воду мутишь? Разве все русские добиваются такого?

Я говорила возбуждённо и резко и никак не могла понять, почему молчит Гена. Наконец Гена сказал «хватит» и положил свою руку на мою. Я обиженно замолчала.

– Хватит так хватит, — огрызнулась я. — Но русский чай вы будете пить?

– Будем, но чай не русский, индийский, его просто хорошо заваривает русская женщина.

– Гойка, — простонали хором Гена и Толя.

Но я на них не обратила внимания.

– Ох, Сонька, баба ты вредная. Ну, куда ты едешь? Нам ведь славно с тобой жилось.

И процитировала невпопад: «А сало русское едят».

– Вот-вот, хороший еврей не ест сала — ни русского, ни венгерского. Видимо, автор этого не знал. А те, кто ел, хотели стать русскими, но их в рай не пустили.

Толя заговорил серьёзно.

Но я отключилась.

8.

Отношения мои с Соней были идеальные. После той далёкой стычки мы никогда не ссорились, наоборот, иногда встречались наедине, сплетничали о мужьях и детях, о работе, о мужиках, которые время от времени к нам приставали. Ей одной я рассказала о Ване. Кремень, могила, ни одной сплетни.

Вдруг я обратила внимание на Сонин профиль. Какое точёное лицо. Смоляные, тёмные как воронье крыло волосы были закручены в тугой пучок. Глаза чёрные, а когда посмотришь в них, то увидишь за зрачком отблеск внутреннего огня. Потрясающе красивая женщина. Ей, как и мне, уже за тридцать, а ни одного грамма лишнего жира, ни одного седого волоса. Я купалась с ней, даже в прошлом году в совместном отпуске в баню ходили вместе. Все мужики должны быть у её ног. И, наверное, Генка тоже.

– Чего замолчала?

– А что говорить? Вы, мужики, всё планы строите. Мост туда, туннель обратно. Скоро радугу одним концом закрепите в Москве, а другим — в Тель-Авиве.

– В Иерусалиме, — поправил Толя.

– Ну, в Иерусалиме, если хочешь. Сколько между ними? Сто вёрст? А что нам бабам делать? Закроешь глаза и чувствуешь, как в одной руке мужа держишь, а другой детей прикрываешь. Куда ты Соню везёшь? Ведь редкой красоты женщина. У её ног, если бровью поведёт, пол-Москвы мужиков лежать будут. А ты её в пески, на стройки сионизма, в перевёрнутый верх ногами Магадан. Взгляни, как Генка на неё смотрит, глазами ест.

– Нашла время ревновать! Надо было на десять лет раньше!

– Да не ревную я, не она тебе, а ты ей «ни капельки не нужен».

– Может, вы перестанете меня обсуждать! — возмутилась Соня. — Я ведь уже большая и сама знаю, кому на шею сесть, а кому шею сломать.

– Да не о том я, не о том. Вот живёшь рядом с человеком, знаешь его много лет, а ничего о нём не знаешь. Весь «культурный слой» — другой, тонкий, его можно легко сменить.

— «Культурный слой тонкий», «легко сменить»... Не стыдно?! — не выдержал Толя. — А ты когда-нибудь чувствовала, как тебя не принимают в твой «толстый» слой? Спроси свою подругу Сонечку, как ей вслед доцент Яковлев, не стесняясь других больных, пропел: «Эх, как бы мне трахнуть эту жидовочку». Жидовочку, именно жидовочку ему захотелось. За человека не считает, за женщину не принимает. «Культурный слой», интеллигент, шляпу носит, в очках...

Толя как бы хлестнул меня. Яковлева я хорошо знала, он даже был моим дальним родственником. Я знала, что он антисемит, но чтобы так вульгарно...

Повисло тягостное молчание. Потом Гена, словно раздумывая, произнёс:

— Маша, стыдно тебя слушать, ты же не на собрании. Ты же знаешь, что есть государственный антисемитизм. Посмотри на Толю. Золотую медаль в школе не дали, в архитектурный не приняли, в аспирантуру не зачислили. Всё, что он успел, сделал вопреки государству, оно этого не хотело. У Сони то же самое. Кому твой отец оставил завод? Рубинчику? Нет, Иванову. Ты хотела взять к себе Гольда. Взяла? Мне не дали взять Нину Хайкину. Она же блестящий математик. Дело не в этом. А в том, может ли в такой обстановке человек спокойно жить. Если может, если у него кожа толстая, пусть остаётся. Не может — пусть уезжает. Соня и Толя свой запас прочности исчерпали.

Я опять взорвалась.

— Не приняли, не оценили, не дали! Как будто государство — корзина, черпай вдосталь. Ты, Гена, знаешь, почему я стала инженером?

— Папа помог, — быстро сказал Толя.

— Нет, Толя, блата не было. Мама у меня филфак кончала и

бредила искусством. Стихи, театр, балет. В шесть лет меня привели в балетную школу, а там дяди и в основном тёти меня как лошадь рассматривали. До сих пор помню. Подними ножку, опусти ножку, нагнись и присядь. А потом приговор: длина ножки не та, не соответствует стандарту, попка не той формы и не на том месте.

— На месте, на месте, могу письменно подтвердить, — засмеялся Гена.

— Пошляк, заткнись.

— Я чайник разобью об твою сионистскую голову, — быстро добавила Соня.

— Да, его сионистскую. Потом в музыкальной школе первое место дали Раппопорт, а не мне. Так что, мне бежать из Москвы надо?

— Что ты мелешь? Тебе у корыта стоять надо, а не о политике рассуждать.

Я почувствовала в словах Гены злость. Но я разошлась.

— Ленин сказал, что каждая кухарка должна управлять государством, так что не затыкай рот прачке.

— Если ты будешь управлять государством так, как ты любишь стирать, мы не то что Америку перегоним, мы и Уганду догоним.

Это был удар по мне. Я ужасно не люблю стирать. Отец подарил мне французскую стиральную машину. Бельё отсортировала, бросила, выставила на режим и пошла спать. Машина стирает и отжимает сама. Эту почти единственную работу по дому делал Гена.

— Не надо ссориться, не надо нас уговаривать. Мы пришли с вами попрощаться. Не знаем, увидимся ли мы ещё. И не только о нас идёт речь. Дети не должны бояться и скрывать свою национальность. А я должен построить свою синагогу.

Я опять впала в меланхолию. Сначала уедут они, потом Гольд, потом Хайкина, потом Рубинчик, потом учителя и врачи. А доцент Яковлев останется и за неимением «жидовочки» придёт трахать меня. Наступило ощущение, будто жизнь кончается.

Гена встал, принёс бутылку коньяка и разлил по рюмкам.

— Поровну, поровну разливай. Прачки и кухарки пьют «стаканьями».

— Чтобы и вам, и нам было хорошо!

Стали прощаться. Толя обнял меня, тихо на ухо прошептал:

— Люблю тебя, антисемитку поганую.

— Чего шепчетесь? — ревниво спросил Гена.

— Отстань. Дай мне в первый и последний раз слова любви сказать твоей жене.

— Сонька, посмотри на них. Они на наших глазах разгулу и разврату предаются. Давай и мы предадимся любви, поцелуемся у них на глазах.

— Хватит, хватит. Толя, она соблазнит его, честное слово, соблазнит! — закричала я то ли шутя, то ли всерьёз.

— Уезжайте быстрей! Забирай свою Суламифь.

Я сняла с крючка ключи.

— Я не знаю, как сложится ваша жизнь до отъезда, но если негде будет ночевать, приходите сюда. Как говорил электрик: «Я на всё начальство хрен с прибором положил». Мальчики, что это значит?

Все весело рассмеялись.

Что за день сегодня. Двое объясняются в любви, двое прощаются навеки. Уже ночь, будет ли третий? Я, дочка замминистра, даю ключи от дома сионистским врагам. Я расплакалась.

— Сонька, Сонька, как мне без тебя будет плохо.

Уже перед сном Гена мне сказал:

– Плохо мне, Маша, плохо. Плохо, от того, что уезжает друг, плохо от того, что страна выдавливает таких людей. Всегда сначала евреи, потом армяне, потом...

– А когда русские? Или им не положено?

– И русские побегут. Дай срок. Вот Соня уедет. И кто будет лечить тебя и твоих детей? А ты, Машка, молодец, люблю тебя.

– Генеральские дочери, если они становятся кухарками, страха не ведают и друзей не предают, в антисемитизм не играют.

9.

Я спустилась в баню. Там было холодно, пахло прелостью, и через этот тошнотворно-гнилой запах пробивался тонкий запах Гены.

– Гена, где ты? — закричала я.

Гулко ответила тишина.

Но я знала, знала, что он там, в парной прячется от меня. Я включила свет и весь нагрев. Стало жарко. Захотелось пить. Я налила себе кружку пива. И треть выпила залпом. Тонкая, как нитка, мысль проскочила по голове: «Зачем я пью пиво, я ведь его не люблю. Не женский напиток. Сейчас я его точно сделаю мужским. Может, Гена захочет выпить?» И я до краев долила кружку водкой. Слышала, что такая смесь может поднять человека из могилы.

– Гена, не прячься, где ты?

Я шагнула в парную. Свет был тусклым. Жара быстро нарастала. Открыла какой-то кран, и белый пар с шипением вырвался наружу. Я схватила шайку, наполнила её водой и опрокинула на себя. Одежда стала мокрой и прилипла к телу. Всё жало и мешало. Я сбросили на пол всю одежду и начала хлестать себя веником. Но распаренные прутья веника больно врезались в холодное, не разогретое тело. Было больно. Я то выла, то жалобно стонала: «Гена, Геночка, где ты?»

И вдруг я увидела улыбающегося Гену. Он был в чёрном костюме, в белой рубашке с каким-то разноцветным галстуком, дружески улыбался и протягивал руку. В голове со стороны виска виднелась рана с запёкшейся кровью. Я сползла на пол. Нечем чем было дышать. Гена исчез, а я ползала по полу, всё ещё разыскивая его.

– Геночка, ты любишь, когда я парюсь. Посмотри!

И я опять начала хлестать себя веником.

Потом всё стало белым. Гена в белом костюме, в белой рубашке протягивал мне руки.

– Иди ко мне, Маша. Где же ты? Я жду тебя. Быстрее.

Я ползу в его сторону. Но вижу Ваню. Он тоже в белом. Он говорит: «Иди ко мне. Я лучше Гены, я живой. Посмотри, какая у меня красивая форма, это твой подарок».

Но я никогда ему ничего не дарила. Нет, дарила один раз — галстук, а совсем недавно генеральские погоны.

Уже почти не видно лампочки, всё бело. И опять появился Гена, и снова стал звать к себе.

– Маша, Маша, мне без тебя плохо. Где ты?

Я поползла к нему. Внезапно появилась Соня и тоже вся белая.

– Маша, ты должна идти ко мне, я доктор, я знаю, что тебе нужно.

– Но ты же уехала, ты нас бросила. Это не ты. Почему ты вся белая, и волосы белые, ты же чёрная, некрашеная. Ты за морем.

– Не говори глупости. Иди ко мне. Помни о детях. Пока я с ними. Ваня не вариант...

Белый туман, белая жизнь, белое...

И вдруг стало темно. Шипение прекратилось.

«Всё, — подумала я, — это конец жизни. Это ад. В раю светло, в аду темно. Пока ползёшь из рая в ад, всё бело. Бог наказал меня. Я не уберегла Игоря, он спился, ушёл от меня. Но он ведь жив, он просто с другой. Вот Гену я не уберегла, не поехала с ним на эту вшивую защиту. Он убит. А я в аду».

Выскочил белый чёрт в генеральских погонах, пришитых прямо к коже, с лицом Ванечки. Он кричал:

— Я жду, ты ждёшь, мы ждём. И дождёмся. Я дождусь, ты дождалась, а он не дождётся....

Сколько я пролежала без сознания, я не представляю. Вдруг я почувствовала тянущийся по полу холодок и поползла к нему. Дверь в парную была неплотно закрыта, и оттуда тянуло прохладой. Но и там было темно. И в первой комнате тоже. Ползком я поднялась на первый этаж. И здесь темно.

Я полежала на полу и чуть-чуть пришла в себя. Надо бежать отсюда. Я взяла ключи и вышла на улицу. Шёл сильный майский дождь. Где-то гремел гром. Я открыла гараж, затем ворота. Последнее, что я помню, — выключила главный электрический рубильник. Я не замечала, что я голая.

Была глубокая ночь. Только фары разрезали толщину тьмы. Не помню, ехала я быстро или медленно. В полуоткрытое окно врывался ветер с дождём. Он охлаждал меня, приводил в порядок. Я обратила внимание, что я голая, только около дома. Так, голой, я и поднялась в квартиру.

Дети спали. В кресле около включённого телевизора дремала Соня. Я разбудила её. Она посмотрела на меня и всё поняла.

— Пожалуй, я поеду. Я тебе больше не нужна.

10.

Прошёл месяц. Следствие никуда не двигалось. Меня два или три раза вызывали в прокуратуру, опечатали Генины служебные бумаги и замолкли.

Вдруг вечером звонок.

– Мария Николаевна?

– Я вас слушаю.

Голос смущённо замолк, человек не решался начать разговор.

– Раз набрались смелости позвонить, то говорите. Я не кусаюсь, особенно по телефону.

– Мне необходимо с Вами встретиться наедине.

– Кто Вы? И почему Вам необходимо со мной встретиться?

– Я подполковник Щеглов из комитета госбезопасности

Голос окреп, и в нём появились начальственные нотки.

– Разрешите мне к Вам сейчас зайти. Мне нужно задать Вам несколько вопросов, касающихся смерти Вашего покойного мужа.

Время было относительно позднее, настроение плохое. Я только что раскидала детей по кроватям, только что вышла из ванны, а к приходу этого подполковника нужно было опять одеться, привести себя в порядок, быть любезной, заварить чай и т. д. «Не хочу, устала» — решила мгновенно.

– Товарищ подполковник, я не приглашаю к себе домой незнакомых мужчин. Перенесите свидание на другой день и в другое место.

– Да не надо меня бояться, — подполковник вроде бы засмеялся. — Я в данном случае не мужчина, а представитель госбезопасности. Я защищаю людей, а не нападаю.

– Вот и хорошо. Но у меня дома встречи не будет ни сегодня, ни завтра, ни послезавтра.

– Тогда я вызову вас повесткой. Не думаю, что это доставит Вам большое удовольствие. Я хотел встретиться с Вами тихо, по-домашнему, за чашкой чая.

– Послушайте, Щеглов, мне нечего бояться, вызовите меня повесткой, письмом — как Вам угодно. Так на когда Вы назначаете встречу?

– Жаль, что мы не договорились.

На секунду разговор повис.

– Но на работу я смогу к Вам зайти?

– Конечно.

Теперь я замолчала, прикидывая удобное мне время.

– Завтра, после обеда я буду свободна. Пропуск я Вам закажу. Вы знаете, где я работаю?

– Не заблужусь.

– Тогда спокойной ночи.

И тут же перезвонила отцу. Отец отнёсся к этому звонку спокойно.

– Если бы что-то было новое и важное, они бы вызвали к себе. А так новые веянье, новые методы, насмотрелись плохих детективов.

Назавтра, минут через 15 после моего возвращения с обеда, в дверь моего кабинетика постучались. Вошёл человек чуть выше среднего роста, с густыми седыми волосами и с залысинами. Глаза глубоко посаженные, напряжённые, губы тонкие.

– Здравствуйте, Мария Николаевна. Я подполковник Щеглов.

И сел напротив меня.

– Разрешите взглянуть на Ваш паспорт.

– Не верите своим глазам?

– «Верю — не верю» к делу не пришьёшь. Надо быть уверенным.

Я протянула паспорт. Он на него только взглянул, даже в руки не взял.

– Вот теперь я знаю, с кем я имею дело.

– А я не знаю. Я бы хотела увидеть Ваше служебное удостоверение.

– Я же вам сказал, кто я.

– «Сказал — мазал» к делу не пришьёшь. Может, Вы брачный аферист или специалист по дамским шубам. Шубник.

Он засмеялся:

– Прекрасная специальность.

Но вынул удостоверение.

– Щеглов Николай Павлович, подполковник, старший следователь Московского областного управления КГБ.

– Ну, вот и познакомились. А Вы женщина серьёзная. Не боитесь, что с Вами будет беседовать офицер КГБ? Всё-таки мы — «карающий меч».

Я пожала плечами.

– А чего мне бояться? Законов я не нарушаю. Разве что на красный свет на переходах шла, да и то в молодости. Ну, иногда остановит гаишник, не без этого, но я даже рубль не даю, улыбаюсь — и сердце гаишника тает. Но за это ведь «меч революции» голову не рубит.

Я действительно никогда не боялась ни КГБ, ни даже милиции. Я слышала, что когда-то сажали, даже была знакома с теми, кто вышел из сталинских лагерей, но меня это не касалось. И политика меня не интересовала.

Помню, ещё жива была мама, я принесла какие-то стихи. Мама прочитала их и сказала: «Жалко, что они тебе нравятся». Она подошла к книжным полкам и стала на выбор открывать томики стихов и читать стихи.

– Нравится? — каждый раз спрашивала она.

– Нет, — отвечала я.

Но потом она сказала:

– Это всё о том же. Просто ушло время, и перестали волновать и быть понятны причины возмущения. Это удел гражданской лирики. А любовная лирика не уходит.

После этого разговора у меня пропала тяга к диссидентству. Так что бояться мне было нечего. Даже наоборот.

11.

Приход чекиста меня обрадовал — может быть, поскорее найдут убийцу Гены.

– Так чем я обязана Вашему приходу?

– Убит профессор, известный ракетчик, его работа связана с обороной. Его смерть затормозила обороноспособность страны. Это только говорят, что незаменимых людей нет. Кто и когда заменит Вашего мужа? Да и в полном ли объёме будет замена? Что же удивительного, что органы безопасности заинтересовались этим преступлением?

– Разве убийство произошло не на уголовной почве? Мне в прокуратуре так и сказали.

– Возможно. Я ничего не утверждаю. Они разрабатывают один вариант, мы — другой. Победит тот, кто сумеет доказать свою версию. Вот ведь у вас в инженерном деле тоже бывает конкурс проектов. И у нас что-то в этом роде.

Мне определённо стал нравиться этот мужик. Говорил он не торопясь, логично, спокойно.

– Когда Вы последний раз видели вашего мужа?

Я всё подробно рассказала. Он задавал разные вопросы о

знакомых. С каждым его вопросом и моим ответом росла моя симпатия к нему.

— Николай Петрович, давайте выпьем кофе. Или Вы больше любите чай?

— Да не знаю, что Вам ответить. Кофе — это экзотика, к нему не привыкаешь. Чай, если можно, крепкий.

Я тоже любила крепкий чай. Из нержавеющей сетки мне сделали разъёмный шарик, куда закладывался чай. В специальной кружке я вскипятила воду, забросила шарик с чаем и разлила по чашкам. Чай получился крепкий, ароматный и горячий.

— Мария Николаевна, мы ищем американский след в связи с убийством Вашего мужа.

— Американская разведка добралась до Гены? — в моём голосе прозвучал неподдельный страх.

— Возможно. Но, может быть, через израильских субподрядчиков.

— Как это через субподрядчиков?

— Не прикидывайтесь дурочкой. Вы ведь русская женщина и жена, и дочь русских профессоров, дочь замминистра, государственного человека, вы должны знать лучше меня еврейские козни. Ну, скажите, были ли у вас еврейские знакомые?

— Помилуйте, — сказала я в полной растерянности, — конечно, были. Да у кого из советских людей не было еврейских знакомых? И у Вас, наверное, тоже. В детском саду...

Николай Павлович весело рассмеялся.

— Мария Николаевна, опустите пока детский сад. К нему, может быть, мы вернёмся позже.

Я совсем запуталась. Подняла глаза на Николая Павловича. Лицо его сияло от удовольствия. Я чувствовала себя как шар на краю лузы — вот-вот упаду.

— Все школьные знакомые стали уже давно взрослыми. Кто стал врачом, кто учёным, кто филологом. Но мы очень редко видимся. Может быть, чуть чаще с Юрой Гофманом. Он когда-то за мной ухаживал, да и мне он очень нравился. Сохранилась какая-то симпатия. Сейчас он доцент, хирург.

Юра Гофман клялся мне в любви в 16 лет. Но я была холодна и неприступна, я дала Игорю слово «ждать» и верно его хранила, хотя Юра мне очень нравился.

— С институтскими друзьями вижусь не часто, — продолжала я. —Большинство из них в науке.

— В науке, в науке. Только в какой. Но у Вас с мужем ведь были друзья-евреи.

С лица подполковника сползла улыбка, с моего, наверное, тоже.

— Были. Левины Толя и Соня.

Голос мой стал глухим и дрожащим.

— Так вот, Геннадий Борисович по-дружески рассказывал о своих делах. Анатолий Абрамович пересказывал их также «по-дружески» специальному человеку, агенту разведки.

— Не может этого быть! В доме был порядок — никогда о рабочих делах не говорить. И потом Вы ошиблись: Анатолий — Александрович, а не Абрамович.

— Перестаньте чушь молоть. Разве Вы присутствовали при всех разговорах? Да они вдруг все стали Александровичами, Ивановичами, Михайловичами.

— Нет, конечно, нет. Но в нашем доме вообще не велись секретные разговоры. Это я говорю Вам точно.

И подумала: «Почему у всех знакомых евреев русские имена? Сонька, а у неё действительно золотые руки, наверное, должна быть Саррой. "Сарра Моисеевна, наш отряд хочет видеть поросят". Режет слух, но красиво. А вот у грузин свои имена. Ираклий Андроников… Хочется сказать: "царь Ираклий"».

Но насчёт секретов было не совсем точно. Конкретных разговоров не велось, но принципиальные позиции, какие-то теории, конечно, рассматривались. Но всегда только с теми, у кого был допуск.

– Не верю я Вам, Мария Николаевна. Наверное, с Зотовым Ваш муж в кроссворды играл да шарады разгадывал. А как Вы могли допустить эту шлюху к Вашему мужу? Не ожидал! Бдительность потеряли. Где твоя женская интуиция?

– Какую шлюху? О чём Вы?

Я почувствовала, как стала съёживаться.

– О том, о том.

Голос Николая Павловича стучал как молоток. Слова звучали угрожающе резко.

– Что делала около Вашего Геночки Сонька? Не знаете? Так я тебе скажу. Ложилась под Геночку, чтобы Толечка мог секреты выдоить. Вы этих евреев ещё плохо знаете, мадам.

Я закрыла глаза. «Боже мой, откуда он ВСЁ знает?» Я вдруг увидела, как Гена раздевает Соню. Ни его, ни её лица я не видела — только её спину, шею, потом профиль. Вспомнила, как в прошлом году в отпуске мы купались, и я поймала тогда Генкин взгляд на Соню. Я снова почувствовала этот же взгляд, только ещё сексуальней, откровенней.

Я слышала слова подполковника, слышала, как он перешёл на «ты», но это меня не волновало. Значит, Сонька была любовницей Гены? Подлая. Тварь. Прикидывалась подругой. А Гена тоже хорош.

12.

Мне сделалось плохо. Я протянула руку и взяла чашку с уже холодным чаем. Там было несколько капель. На секунду стало легче. Пить, пить... Но никто мне не предложил воду. «Господи, помоги мне!»

Я открыла глаза. Николай Павлович смотрел на меня в упор. Я подумала: с такими глазами расстреливают.

– Тебя как девочку за нос водили. Дурочка ты! Русская наивность и честность. А эта курва тебе мило улыбалась, а «золотую ручку» засовывала в брюки к твоему мужу.

Заломило грудь. Лифчик стал мал. Я тяжело задышала. И вдруг идиотская мысль пришла мне в голову: «Если наклеить на грудь танзиметр, то можно определять, врёт женщина или нет. Что-то вроде детектора лжи. Боже мой, какой бред, какая грудь! Женщина может быть молодая, а может старая, грудь будет вести себя по-разному. Датчик должен быть наложен на тонкую кожу, может быть на шёлк. Хорошо приклеен. А что с мужчинами? Подростками?»

В такую минуту и такая чушь.

– Николай Петрович, а откуда Вы знаете?

– У нас есть оперативная информация

– И фотографии?

– И фотографии, и признание.

– Так зачем же я Вам?

– Мне надо твоё признание, что Гена передавал секретную информацию Левину.

– Но при мне никто никому никакой секретной информации не передавал.

Господи, грудь жмёт, лифчик мал. Интересно, что нужно мерить — набухание груди или растяжение кожи?

– Расскажешь, всё расскажешь. Когда ты стала любовницей Левина? Чем он тебе платил?

– Кто, я? Я не ослышалась?

– Да, да. Ты, ты.

Я видела разгневанные глаза, перекошенный рот. Он не кричал, он говорил шёпотом, и от этого было ещё страшней.

Но я почувствовала, что он перебрал. Раз он уложил меня к Толе в постель, значит, и Гену с Соней он уложил точно так же.

Я успокоилась. Грудь сразу опала, прошёл страх. Подумалось: «Но зачем тогда он всех в одну постель уложил?»

– Николай Павлович, извините, давайте прервём нашу беседу на десять минут.

– Почему? Я ещё не получил твоего согласия подписать протокол.

Только теперь «ты» меня резануло. «Ты» — будешь говорить своим бабам, сексотам, стукачам. А мне только «вы».

– Коля, — он удивлённо на меня посмотрел. — Не догадываешься? В уборную хочу, писать.

И сразу перешла на официальный тон.

– Товарищ подполковник, мне надо выйти из комнаты.

– Ну, иди.

Он ещё не понял, о чём идёт речь.

– Согласно инструкции я не могу посторонних оставить в комнате.

– Но я подполковник КГБ. На меня твоя инструкция не распространяется.

– Хорошо, оставайтесь, но я вызову вахтера.

И потянулась к трубке.

Через десять минут мы опять встретились. Но разговаривать

было не о чем. Лицо его было серым, усталым, как у экстрасенса после работы. Но мне его жалко не было. Будешь помнить, как из меня шлюху делать.

– Жаль, очень жаль, что мы ни о чём не договорились.

А мне вдруг стало легко. Весело. Жутко весело, ну прямо страшно весело.

– Спасибо за беседу. Вы мне рассказали очень много интересного. Глаза открыли на мир. Звоните. Всегда буду рада напоить Вас чаем. Очень Вас прошу сообщать мне новости по вашей версии.

– Ох, как вам это аукнется.

Он вышел, а я села и расплакалась. Ушли ещё два часа жизни как десять лет.

Ну ладно, евреи, оставим их в стороне. Они по определению плохие, но Гену, русского профессора, и меня, тоже русскую, как Гена говорил «генеральскую дочь», зачем в дерьме засаливать? Зачем покойному Гене шить шпионаж? Зачем из меня шлюху делать? Только для того, чтобы Левиных посадить?

Да он русофоб (я с трудом вспомнила это странное слово). Он русских не любит! Уж не выкрест ли он? А может, он под отца копает?

И мне опять стало страшно. «Сонька, бежать надо. Возьмите меня с собой. Да кому я, русская, нужна буду!»

13.

Прошло ещё три месяца. Следствие не двигалось или же двигалось очень медленно. Но жизнь, по-видимому, шла. Последняя разработка Гены была принята армией, и я получила довольно большие деньги. Вышла из печати Генина книжка, и я опять получила деньги. Профессор Зотов обещал закончить общую книгу. Гена всё ещё помнил о семье. Эта забота была мучительно приятна.

Брат получил генерала и перебрался в Москву. Да и мои «лилипутики» прошли летные испытания. Из моей группы обещали сделать отдел. Но жить, жить не хотелось.

Погода была осенняя, переменчивая. То лил холодный дождь и дул зимний ветер, то всё замирало, просвечивало позднее низкое солнышко, ласковое и мягкое, как бабушкины руки.

В обед я вышла прогуляться. После смерти Гены всё изменилось. И даже обеды на работе стали другими.

Раньше, как правило, мы с сотрудницами обедали вчетвером. Не то что мы были очень близкими подругами, но были одного возраста, замужние, с детьми, со своей успешной карьерой и карьерой мужей. Мы называли себя «запоздалым девичником». Все насмешливые, все острые на язык.

Иногда кто-то из нас не мог во время пойти обедать, и мы приглашали какого-нибудь мужика, «мальчика или жениха», как мы их называли. Тогда ему, бедному, доставалось. Но были острословы, которые и сами об себя готовы поточить зубы. Стол погружался и медленно тонул в смехе и шутках.

Теперь мне не хотелось шутить. Я со своими заботами, со своим несчастьем, со своей усталостью была бы всем в тягость. Зачем я им была нужна? Я знала, что они мне сочувствуют. Но разве можно на других переложить свои беды?

Во время обеда я или выходила на улицу и обедала в кафе, или чаще, по примеру Гены, запирала изнутри свою комнату и съедала принесённые с собой бутерброды.

Он не любил общепита. В буфетах или столовых было всегда грязновато, стоять приходилось в длинной очереди, притом кормили невкусно. По дороге на работу Гена покупал 200 грамм колбасы, городскую, в прошлом «французскую» булку, и пакет молока. Это был его обед. После этого он пересаживался в кресло и спал или читал. Так он отдыхал. Я тоже стала делать как Гена.

Когда мне удавалось вырваться из стен института, я бродила по улицам бесцельно и бессмысленно. С Толей или Соней я встречалась редко и, наверное, случайно. Но, может быть, Толя «случайность» организовывал. Однажды он мне протянул пачку карандашей «кохинор»: «Попробуй, рисуй. Рисование успокаивает».

Ах, Толя, Толечка... Мальчик ты мой. «Рисование успокаивает». Просто ты любишь меня и Соню любишь. Вечные треугольники. Гена, Ваня, я. Я, Соня, Толя. Я была в вершине двух косоугольных треугольников. Один из них превратился в прямую линию, другой — вот-вот в точку.

А может быть, это был многоугольник, где много вершин и все — главные? И все разом поменяли углы?

Я стала делать эскизы домов, сначала неуверенно и плохо, затем лучше и лучше. Отец мне говорил: «Инженер должен уметь делать эскизы». Я носила альбом в сумке и, когда у меня набралось штук двадцать рисунков, показала их Толе. Он с неким удивлением посмотрел на меня, потом на рисунки и сказал: «Прилично. Попробуй портреты сделать».

В тот день я вышла на солнышко. Не успела пройти два квартала, как пошёл дождь, подул мокрый и холодный ветер. Стало холодно, сыро и неуютно. Я зашла в кафе. Это было кафе, где я иногда обедала.

Мне только что принесли двойной омлет и кофе. Вечером это кафе работало как ресторан, днём — столовая с комплексными обедами. Но меня здесь знали, и я могла заказать что-нибудь, что не входило в комплексное меню.

Обеденный перерыв шёл к концу, людей было немного. Я

села за дальний столик. Вдруг я увидела Ваню. Он только что вошёл в кафе и кого-то искал. Я ему помахала рукой. Дождь не пожалел и его: шинель была мокрой, тяжёлой. Он снял её, отдал швейцару и подсел ко мне за столик.

14.

Генерала я знала 15 лет. Первый раз я увидела его, когда мне было 20. Мой брат учился в лётном училище. Майор Иван Чистяков был командиром зенитно-ракетного дивизиона, охранявшего училище и его аэродром. Приехал он в Москву в командировку, гостиницы не было. Чистяков позвонил нам, и попросил разрешения переночевать, как он тогда сказал: «на постой примите». На второй день он сделал мне предложение.

Высокий, широкий в плечах он мне понравился. Может быть, и начался бы роман, который не сразу, не в тот же день, мог бы и закончиться замужеством. Но время для предложения было выбрано самое неудачное.

Я только что развелась с первым мужем. Брак по любви оказался недолгим. Мы прожили, скорее, промучились два года.

Знала я своего первого мужа с детства. Его отец был руководителем дипломного проекта моего отца.

Мои родители очень рано поженились. Матери было 17 лет, а отцу 18. Они познакомились в школе на выпускном вечере и сразу влюбились друг в друга. Отец поступил в МАИ, мать — в пединститут на филфак. Все были против их брака, так как жених и невеста были слишком молоды. Но отец стал работать вечерами учеником токаря. Этого хватало, чтобы снимать комнату. Были ещё две стипендии. Через три месяца отец получил третий разряд, а через полгода четвёртый. Жизнь стала немного улыбаться.

Неожиданно его вызвал к себе главный конструктор завода. Он обратил внимание на парня, который каждый вечер на заводе, а утром — в институте. Отцу предложили перейти в конструкторское бюро учеником чертёжника. Он сначала отказался, так как зарплата чертёжника была меньше, а потом вспоминал, как его переманили.

— Ты пойди и узнай, какая средняя зарплата у четвёртого разряда, а я тебе добавлю ещё 10%.

Отец перешёл в конструкторское бюро и быстро стал там расти. Именно тогда он и познакомился с отцом моего первого мужа, который был доцентом в МАИ. Началось знакомство, а потом дружба.

Мне было шестнадцать лет. Я училась в школе. Была я девушкой красивой, стройной, и зря надо мной подшучивал Гена, что я была забракованной в балетной школе кобылкой: на самом деле ноги у меня были длинные и попка, поднятая кверху.

Профессор Глебов отмечал новоселье, и мы были приглашены. Игорь, сын профессора Глебова, поймал меня в коридоре за косы.

— Маш, ты когда-нибудь целовалась?

— А тебе какое дело?

— Да красивая ты, целоваться с тобой хочется.

Игорь мне очень нравился. Мне вообще всегда нравились высокие сильные мужчины. И самое смешное, что и я нравилась тоже крупным и сильным.

— Если не с кем, то со стенкой поцелуйся.

— Языкастая. Так целовалась или нет?

Сердце у меня замирало. Так со мной ещё никто не говорил. Лет с четырнадцати за мной постоянно ухаживали мальчики, клялись в вечной любви, с некоторыми я даже целовалось, но особого удовольствия не испытывала. В общем, к объяснениям в любви я привыкла. Игорь был старше меня на восемь лет, учился в аспирантуре. Мне он казался взрослым, даже старым. И вдруг такой легкомысленный разговор.

– Нет. Не целовалась, — соврала я.

Игорь обнял меня и поцеловал. Меня бросило в жар.

– Уйди, сейчас закричу!

– Ну-ну, тихо. Выходи за меня замуж.

Предложение было столь неожиданное, что я не знала, что ответить. Очень хотелось сказать: «Да, согласна». Но было очень страшно.

– Я ещё маленькая, несовершеннолетняя, — пролепетала я. — Нас не поженят.

– А ведь это веский довод, — засмеялся Игорь.

– Значит, жди. Исполнится 18, тогда и поженимся.

Наверное, отнестись к этой истории надо было словно к игре, но я не могла.

Я рассказала маме. Она была возмущена Игорем. Отец отреагировал коротко:

– Глупости. Игорь — умный и способный парень. Ведь и ты замуж вышла не старушкой.

Мама сумела сделать так, что я с Игорем практически не встречалась. Да он, собственно, и не делал никаких попыток встретиться наедине.

15.

Через два года я поступила в институт, и мы встретились как бы вновь. Со страшной силой закрутился роман. Преподносились цветы, конфеты, билеты в театр. Игорь заканчивал аспирантуру, много работал, но успевал и за мной ухаживать.

Одним словом, мы решили пожениться. Мама была «против»,

отец — «за». Родители Игоря — «за». Нам купили двухкомнатную квартиру, и мы зажили в любви и радости. Кругом с восторгом говорили: «Какая чудная пара!»

Через два месяца Игорь защитился, и я впервые увидела его пьяным. «Подумаешь, на банкете перепил», — фыркнул он.

Потом начались маленькие банкеты — то с одними друзьями, то с другими. И всегда он возвращался пьяным. Иногда он брал меня с собой, но чаще уходил один. Вскоре муж начал работать в проектном институте и почасовиком в МАИ. Денег хватало. Пьянки начались дома. Приходили какие-то парни и женщины.

Уволили из МАИ, ушёл из ящика, стало не хватать денег. Родители — и мои и его — подкидывали, но все уже знали, что он пьёт. Начались попойки, потом бабы, которых он стал приводить прямо в дом. Ужас нарастал с каждым днём. Наконец, я ушла из дома.

– Всё, — сказала я, — не хочу больше быть твоей женой. Бросишь пить — вернусь.

Игорь вроде бы и обрадовался, чем-то я его тяготила. Потом его уложили в больницу для алкоголиков, и пролежал он там несколько месяцев, а когда вышел, то, не попрощавшись, уехал в Сибирь. Через год он прислал просьбу о разводе. Было оскорбительно, обидно, унизительно. Ни одного слова извинения. Новую жизнь он начал без меня. Через несколько лет я познакомилась с его новой женой и сыном и у меня с ними нормальные отношения.

Заболела мать. Я и отец за ней ухаживали. В семье наступило тяжёлое время.

Именно в это время появился майор Чистяков и сделал мне предложение.

– Майор, я не хочу замуж. С меня хватит семейной жизни. Не

уговаривайте. Умру в одиночестве, без пьяного перегара.

Да, кроме того, у Чистякова была жена, дети, и разбивать их жизнь мне не хотелось.

– Разберитесь со своими семейными делами сами, без меня.

– Жаль, я буду ждать.

– Ждите, может быть, я и созрею.

Он появился через несколько лет, уже полковником, молодым, подтянутым, блестящим.

– Я ждал тебя. Я пришёл снова повторить: «Выходи за меня замуж».

Я была возмущена.

– На несколько лет Вы пропали, ни слова, ни записки. Это Вы обещали меня ждать, а я такого обещания не давала. Ты опоздал, полковник. Я замужем. Люблю мужа и изменять ему не буду.

– Я был заграницей и не мог писать.

– Меня это не касается. Жене ты писал.

– Когда-нибудь ты пожалеешь об этом. А как же твои слова, что ты хочешь жить в одиночестве?

– Ну что же, пойдём на компромисс. Продолжай ждать, а я — созревать.

Время от времени до меня доходили слухи о его успешной карьере. Он командовал различными ракетными частями, а потом ракетным полигоном. Мой брат часто общался с ним и даже дружил.

При каждой нашей встрече он по-прежнему предлагал мне выйти за него замуж.

Не могу сказать, что это не льстило моему женскому самолюбию. В какие-то минуты, когда я ссорилась с Геной или наша семья переходила через очередной жизненный этап, я думала: «Вот брошу всё и выйду замуж за Ваню».

Но потом это наваждение проходило.

16.

Примерно за год до описываемых событий я делала доклад о маленьких беспилотных самолётах. Эту идею мне подбросил отец. После института я попала в большое конструкторское бюро. Отец уже в то время был главным инженером одного из главных управлений в Министерстве авиапромышленности. Однажды он посетил наше конструкторское бюро и как бы между прочим поинтересовался моей работой.

Вечером он сказал мне:

– Плохо тебя понимаю. Конструктор ты не плохой, но сидеть ты будешь на своем месте до пенсии. Во-первых, в таких конторах некуда двигаться, там все гении или считают себя гениями. Во-вторых, женщина-авиаконструктор — нонсенс, ей психологически никто не может доверять, и я в том числе.

Я выдала ему тираду о равноправии.

– Равноправие не в том, чтобы биться головой об стенку, а найти в стенке пролом. Займись маленькими самолётами. Вроде бы игрушки, к ним ещё много лет не будут серьёзно относиться, но поверь мне, инженерных проблем там очень много и военное применение огромно.

Он положил передо мной папку с применением этих самолётов за рубежом.

Так я перешла в маленькое конструкторское бюро и очень быстро стала двигаться. И вот теперь я докладывала о своих «игрушках». К моему удивлению, в зале было много военных. Общее настроение было не в мою пользу. Критика была очень резкой и не всегда справедливой.

Неожиданно выступил генерал Чистяков.

– Подобная техника широко применяется нашим возможным противником. Надо не только усилить работу по созданию таких самолётов, но и разработать противовоздушную оборону, направленную против подобных систем.

Это переломило настроение на заседании. Вечером, когда я рассказала Гене о выступлении Чистякова, он ехидно заметил, что Ванечка для меня ещё и не то сделает. Я очень обиделась на Гену. Но генерал через месяц-другой появился в нашем КБ и договорился, что проведёт испытания наших самолётов на своем полигоне.

К концу испытаний всю нашу московскую группу генерал пригласил к себе домой. Мы поселились в гостинице в жилом посёлке при полигоне. Там же жило большинство офицеров. В двадцати минутах езды от полигона находился старый город, который мало изменился за последние годы. Новыми зданиями в нём стали школа, техникум, больница, автобусная станция и районный административный корпус.

У генерала был двухэтажный высокий старый купеческий дом с большим садом. Кирпич старый, тёмно-тёмно красный, кладка ровная, окна высокие с клинчатыми перекрытиями.

Я невольно сравнила со своей дачей. Наш дом был тоже тяжёлым, сделанным из сплошного бетона, но казался модерновым, два козырька делали его на вид лёгким.

Внутри генеральского дома было неожиданно уютно и очень чисто. Высокие потолки, красивые шторы, современная мебель. И жена оказалась очень симпатичной и умеющей хорошо держаться.

– Познакомься, Валя, это Мария, сестра К.К.

– Очень рада, мы с вашим братом старые друзья. Я его помню, когда он только учился летать. Было несколько москвичей в училище, и я их всех пригревала. Уж больно там тоскливо было.

Я ведь москвичка. Я познакомилась с Ваней, когда по распределению попала в больницу работать, а он командовал ракетным взводом.

Мне Валя очень понравилась. Семья. Мало ли что бывает между мужем и женой! С другой стороны, уже столько лет он готов её бросить. Правильно, чужие дела потёмки. Но какая-то обида вдруг прокралась в сердце. Хорошая спокойная жизнь и тайная любовь на стороне. Я сбоку, я не центральная фигура в этой истории. Тупой угол в треугольнике.

Уже когда закончились испытания, перед отъездом домой Ваня сказал мне:

— Не передумала?

— Генерал, Вы многолетне настойчивы. Я благодарю Вас. Моё женское самолюбие торжествует. Я понимаю, Вам горько. Столько лет неразделённой любви. Но у Вас прекрасная жена, замечательные взрослые дети, наконец, хорошая карьера. Зачем нужно всё ломать? Со мной нахлебаетесь по горло дерьма, я тяжёлый человек. Давайте закончим на этом разговор или....

— Что или? — быстро переспросил Ваня.

— По крайней мере, отложим его на некоторое время.

— Закончим, так закончим, отложим, так отложим. Но ты права, какие-то вещи надо приводить в порядок.

Он посмотрел на меня безнадёжно и тяжело.

Мне вдруг стало страшно и холодно. Я не была довольна своим ответом. В моих словах не прозвучало категорическое «нет», вроде бы я подала ему какую-то надежду. Меня это саму удивило.

— Ну, как прошли испытания? — спросил Гена, когда я вернулась.

— Всё в порядке. Наверное, хорошо.

— Я очень надеюсь, что ВСЁ В ПОРЯДКЕ.

И голос Гены дрогнул. Я вспыхнула, как будто меня словно девочку поймали с сигаретой.

– Не знаю и знать не хочу, на что ты намекаешь!

– Ну ладно, ладно, — примирительно ответил Гена и поцеловал меня

– Так-то лучше...

17.

И вот теперь генерал Чистяков опять разыскал меня. Грустно. Он меня всё ещё любит. Я вдова, свободная вдова.

– Как ты нашёл меня?

– Случайно, проезжал мимо. Захотелось увидеть. Тебя на месте не оказалось. Какая-то женщина сказала, что видела тебя в этом кафе.

Подошла официантка Катя, совсем молоденькая, с расширенными от интереса глазами: генерала она обслуживала первый раз.

– Товарищ генерал, вы что-нибудь заказывать будете?

Генерал посмотрел на меню и тяжело вздохнул.

– Двойную порцию пельменей и стакан водки, постарайся холодной.

Я подумала: «Не прокормишь, да и пьёт стаканами, в обед, как в последнее время Игорь». Закололо сердце. Гена никогда в обед не пил, да и в праздники не много.

– Извините, но водку мы днём не продаём.

– Дорогуша моя, что подумают солдаты, когда узнают, что пельмени генерал запивает кефиром или компотом. Да надо мной вся армия смеяться будет.

Все засмеялись. Я тоже подумала, что генерал с простоквашей — странно. Смешным было и другое. Мы все говорили официанткам «вы», подчёркивая уважение к ним. Катя училась вечером в каком-то техническом вузе. И даже Володька Круглов, делавший в обеденный перерыв все её задачи, обращался к ней уважительно на «вы».

– Катя, где Ваши задачи? Пока Вы принесёте мне комплексный обед, я их решу.

Мы над ним всё время смеялись: «Эпюра за свиную поджарку вне очереди».

– Чему ты улыбаешься?

– Если бы я сказала ей «ты», то получила бы свой омлет к утру. У официантов своя гордость. А ты говоришь «ты», и водку она тебе принесёт. Почему?

– Как поживаешь?

– Плохо, Ваня, плохо. Никогда мне не было так плохо. Работаю много, ты знаешь, успешно. На работе забываешься. Мой отец за время, что мать болела, проект реконструкции завода сделал, а он от неё ни на шаг не отходил. Вот и я «горю». Да и дома забот полон рот, а вечером, как останешься одна, с тоски умереть хочешь. Знаю, что надо чем-то заняться, да душа не принимает ничего. Так вот, Ванечка, одна-одинёшенька. Так что твои шансы возросли...

Я на секунду остановилась, думала, что он что-то захочет сказать. Но Ваня молчал.

Я вспомнила, как на похоронах он стоял в стороне с лицом не расстроенным, а раздавленным. Я подошла к нему и сказала:

– Ваня, жизнь кончена. Мне плохо.

Он вдруг мне стал самым близким из всех, кто присутствовал на похоронах. Он постоял ещё минутку и молча ушёл.

И тогдашнее и сегодняшнее «плохо» вырвались из меня, как обвал в горах.

Генерал молчал. Принесли пельмени и запотевший стакан водки. Водку Ваня выпил залпом.

– А выглядишь ты неплохо.

Ах, если бы он знал, сколько это «неплохо» стоит. Через силу вставать утром, приводить себя в порядок, отводить детей в школу, идти на работу, возвращаться. Иногда думаешь: почему Бог не меня, а Гену прибрал к рукам?

И опять молчание. Что это означает?

– А ты, Ванечка, плохо выглядишь.

И действительно генерал сидел с серым лицом, глаза запавшие, обеспокоенные.

– Дела спрашиваешь, как? — Ваня словно проснулся.

Может, водка подействовала.

– С одной стороны, хорошо и вероятно, будут ещё лучше. С другой стороны, хуже некуда и будет ещё хуже. Меня переводят в Москву. Я уже получил большую четырёхкомнатную квартиру. Перевёз семью. По службе большое повышение. Не сегодня-завтра выйдет приказ о новом назначении. А дома нет. Завтра я уезжаю в командировку, а вернусь — сниму квартиру. С Валей мы договорились. Конечно, радости она от этого не испытывает. Год был очень тяжёлым, особенно последние месяцы. Но она здесь ни при чём. Дети взрослые, в Москве им будет лучше. Надеюсь, когда-нибудь поймут, а пока они с матерью. Как-то ты мне сказала: «Пиши книгу, творчество сильно отвлекает от любви».

– Это правда. У матери обнаружили рак матки. Ей не было и сорока лет. Прооперировали вполне удачно. Родители взяли отпуск и провели его в деревушке в Костромской области. Ягоды, грибы, парное молоко, картошка отварная в чугунке с солёными огурцами, купанье в речке. Уже много лет не было такого отдыха: всё санатории — Сочи, Пицунда, Ялта...

Мать вернулась красоткой, выглядела так, что нас принимали за двойняшек. Дом опять, как в детстве, заполнился стихами и музыкой. Проработала она до октябрьских праздников и свалилась опять, а через три месяца умерла. Все эти три месяца отец практически не выходил из дома. Даже хотел уволиться и не работать вообще. Помог Рубинин, или, как называл его отец, — мой Рубинчик, освободив отца от всех повседневных дел на заводе.

А потом после смерти матери, когда он ходил потерянный, раздавленный, то вскоре сел писать книгу, которая поставила его на ноги и была основой его докторской диссертации...

– Вот и я написал книгу о тебе и обо мне: «Ракетное наступление и ракетная оборона». Книга получилась удачной. Имеет успех. Она посвящена тебе. Даже Гена хотел написать рецензию.

– Гена? — спросила я его удивлённо. — Когда он тебе обещал написать?

– В день смерти. Зашёл к нему, и мы договорились. Набросок он хотел написать тотчас и вечером мне показать. Но вечера не было, я не смог с ним встретиться.

Что-то в его словах было неожиданным. Мне казалось, что встреча Гены и Вани прошла по-другому.

18.

Месяц назад профессор Козлов, директор КБ, где работал Гена, написал письмо в прокуратуру и попросил вернуть все письменные материалы, которые были опечатаны следствием — ему необходимо было закончить совместную с Геной книгу. Прокуратура ответила решительным отказом, поскольку следствие продолжалось и, более того, находилось в тупике. Не только оставался не найденным убийца, но даже круг подозреваемых не был определён. Ползли слухи, что в убийстве замешаны то ли американцы, то ли израильтяне. Из милиции дело было передано в КГБ, так как Гена считался известным ракетным конструктором, доктором технических наук, профессором.

Козлов написал в генеральную прокуратуру, что изъятие бумаг сильно задерживает работы по проектированию ракетной техники, и неожиданно получил согласие. Среди всяких набросков статей, различных заготовок, ссылок на статьи и книг других авторов были три журнала планируемых встреч.

Первым журналом был календарь, на котором записывалось, с кем, когда и где планировалась встреча. Этот журнал, как правило, вела лаборантка, исполнявшая частично и функции секретаря.

Второй журнал — это журнал ожиданий. В нём достаточно подробно записывалась причина встречи, обсуждаемые вопросы, предполагаемое мнение участников.

В третьем журнале Гена подробно описывал результаты встреч. Всегда обращал внимание на изменившиеся позиции участников. Там было записано, что он отказал в рецензии Чистякову, так как книга вне области его научных интересов.

В день смерти Гена позвонил мне в обеденный перерыв.

– Меня подбросят туда и обратно. В худшем случае возьму такси.

Вечером был банкет по поводу диссертации. Гена выступал оппонентом. Я тоже была приглашена, но отказалась прийти, так как ко мне должна была зайти жена брата.

– А может, пойдёшь?

– Да нет. Что я там не видела? Обжираловка и рассуждения о гениях.

Как я теперь жалела, что не поехала на банкет! И детей можно было пристроить на вечер, и свидание с невесткой можно было перенести. Очень трудно объяснить. Диссертант был мне несимпатичен. Да и, кроме того, я не любила бывать в МВТУ. Без причин. Может быть, какое-то корпоративное чувство. Я любила МАИ. Мне всё там было родное. А ехать на банкет без участия в защите мне казалось неприличным.

Защита была назначена на три часа. К половине пятого было всё закончено. Банкет начинался в полвосьмого. Полчаса ушло на дорогу. А два с половиной часа Гена потратил на разговоры с профессорами Беликовым и Кирюшиным. Планировалась совместная работа. Кирюшин потом и привёз их в ресторан у Речного вокзала в Химках.

По дороге Гена позвонил мне:

– Забыл сказать, заходил твой Чистяков. Просил написать рецензию. Я отказал, или точнее, почти отказал. Книга хорошая, но я ведь конструктор, а там «отступление — наступление», «защита — нападение». Военная тактика. Зачем я ему нужен?

– Человек просил — надо было написать, тем более, знаешь, что книга хорошая.

– Но твой Чистяков отказ переживёт, и так много хороших отзывов.

– Но почему Чистяков — «мой»?

– Ну, немножечко твой.

– Разве я похожа на женщину, которая имеет любимого мужа и при этом крутит романы на стороне? Немножко обидно. Как вы такую женщину называете... Забыла слово.

– Извини, пошутил.

– Не принимаю и не хочу принимать такие шутки.

– Да ты не видишь, не чувствуешь, как он на тебя смотрит?

– Даже если это так, то это не мои, а его заботы. За что ты мне устраиваешь сцену ревности? За просьбу об отзыве? Недостойно тебя. Я сама напишу, если сумею.

– Вот и напиши!

Но это всё обсуждалось по телефону. А в журнале Гена записал, что отказал Чистякову в рецензии, и указал причины.

И вот оказывается, что Гена согласился написать рецензию и даже хотел в тот же день показать тезисы Ване. Я через силу улыбнулась и чуть подвинулась к нему.

– Ванечка, ты из близких, наверное, последний виделся с ним. В котором это было часу? Как он выглядел?

– Да нормально. Мы обо всём быстро договорились. Пожалуй, Геннадий Васильевич был немного раздражён. Он всё время ревновал меня к тебе. А встретились мы, наверное, между десятью и одиннадцатью. Разве это важно? Потом вечером на банкете помахали друг другу рукой.

Важно, важно, ой как, важно! Потому, что ЭТО было неправдой. Во-первых, военный человек обычно точно указывает время встреч и приходит без опозданий. Я вспомнила, как генерал Чистяков приглашал нашу группу испытателей к себе домой:

– В шесть тридцать будет подана машина, в семь — у меня дома. И прошу не опаздывать.

И вдруг время растянуто в час.

Во-вторых, между 11 и 12 часами Гена был вызван к директору института, там шёл тяжелый разговор об изменении сроков сдачи проекта. В журнале подробно излагались позиции министерства, директора и Гены. На эту запись ушло тоже не менее получаса, а то и час.

Потом он мне позвонил. Я шла обедать. Было без четверти час. Значит, встреча была утренней. Иначе Гена сказал бы мне всё то же самое, но без шуток, и было бы намного тяжелей.

В-третьих, Гена действительно был раздражён их свиданием, и это правда.

В-четвёртых, Гена и не думал писать никаких тезисов — не осталось ни одной строчки в его бумагах. Да и вообще это был не его стиль — показывать незаконченный материал.

С другой стороны, какое это имеет значение — часом раньше, часом позже? Имеет значение только то, что это неправда.

Я допила кофе и задумчиво чертила ложечкой по столу.

– Что-нибудь случилось, Маша?

– Ну, а почему ты не подошёл к нему на банкете?

– Маша, не хочу быть попрошайкой. Книга хорошая, я это знаю, и ты, и он знал. Рецензию писать не стыдно. Но если он не хочет писать, значит или не успел, или, скорее всего, у него были на то причины. Личные.

Голос Чистякова звучал резко, через него как бы проскакивала старая обида.

– Не могу пока понять, почему ты мне говоришь неправду или не всю правду? Мы всегда были честны друг с другом, а сейчас ты врёшь. Или ты думаешь, что если наши отношения с твоего согласия будут продолжены, а я не исключаю такой возможности, то они будут строиться на обмане? Рецензию он тебе не обещал, а на банкете ты с ним виделся.

Что-то случилось с генералом. Он почернел, потом стал красным.

– Маша, Маша. Столько лет я ждал этих слов. Но...

И вдруг я поняла, что передо мной сидит убийца. Это он убил Гену. Я зашаталась. Подбежала Катя, принесла стакан холодной воды.

19.

Я вспомнила… Это был последний вечер. Но кто мог знать, что он последний для Гены?

Было ещё не поздно, часов десять вечера. Дети только что угомонились. Мы задушевно трепались. В гостях у меня были жена брата и мачеха. Мой отец через два года после смерти матери женился на симпатичной женщине, старше меня на 10 лет, и мы стали подругами.

Вдруг позвонил Ваня. Мне не хотелось приглашать его в гости. Так уютно было уютно сидеть в кресле, поджав ноги, и слушать сплетни о неизвестных людях. Театр. По сцене жизни двигаются фигуры с шекспировскими страстями. Ну, зачем надо читать глупые романы, когда рассказы о живых такие яркие и сочные? Передо мной проходили глупые начальники, безвольные и бездарные подчинённые, жадность, плохие жилищные условия, любовь, ревность, ненависть. И только в глубине души лежал камень отъезда Левиных.

Не знаю, зачем я подошла к окну. Двор был пуст, и лишь около стоящего в противоположной стороне двора автомата на осветительном столбе покачивался от ветра фонарь. Я открыла окно, потянуло вечерней прохладой и каким-то неуловимым запахом цветов.

– Вы куда и когда едете в отпуск? — спросила Лена.

– В Тель-Авив, а может быть, и на Мертвое море.

– Куда? — разом спросили Лена и Зоя.

– Левины уезжают в Израиль. Может, пригласят.

Наступила пауза. Я увидела испуг на Зоином лице и подумала, что, наверное, вчера выглядела также.

– Это ужасно. Это всем нам может повредить. Что-то надо делать. Переубедить их.

– Вчера пробовали. Пустое дело. А тебе-то чего бояться?

– Миша не получит генерала. Да и твоя, и Генина карьера, не говоря о карьере твоего отца, полетит к черту. За что?

– Чем они недовольны? — спросила Лена.

– Хотят равноправия, говорят об антисемитизме.

– Отец знает?

– В общих чертах. Он за вами заедет, и я расскажу подробности.

– Господи, да евреев надо бояться. Они все — враги. Скажи, Лена? — продолжала Зоя.

И обратилась ко мне:

– Ну, а что ты думаешь? Ты молчишь или «вам это не касается»?

– Понимаешь, Зоинька, если бы меня или моих близких замордовали как евреев в 52-м, я бы никогда этого не простила и уехала бы.

– Но это ведь при Сталине, при Берии, при...

Я не успела возразить. Позвонил Гена и слегка пьяным голосом стал объясняться в любви.

– Жаль, что ты не пришла. Место чудное, река, вечерняя гладь. А тебя нет. А я люблю тебя!

– Да приезжай уж скорее. Тоска начинает заедать.

– Я скоро приеду.

Это были его последние слова.

Вскоре пришёл отец и очень спокойно отнесся к истории Левиных.

Прошёл час. Разозлившись на Гену, я легла спать.

Разбудил меня телефонный звонок. Резкий, громкий, чужой. Спросонья я плохо понимала, о чём идёт речь. Наконец поняла — произошло несчастье с Геной, надо ехать на Речной вокзал.

Гена лежал около скамейки. На виске был кровоподтёк, а пуля попала в сердце.

Вот так прошёл последний вечер.

20.

Я подняла голову и посмотрела на генерала в упор.

— Ванечка, дорогой мой, зачем ты Гену убил? Это не выход. Убить надо было меня. Ты хотел гладить по головке моих детей и думать: «Я убил вашего отца»? Ты хотел ложиться со мной в постель и думать: «Я убил твоего мужа»? И так каждый день. У тебя бы хватило на это сил?

— Я не хотел его убивать. Он вышел из ресторана один, и я не знаю, зачем я окликнул его. Может быть потому, что был пьян, да и он тоже. Мы пошли в боковую аллею. И сели на лавочку.

— Генерал, что ты от меня хочешь? Время уже позднее, и я пьян. На хрена тебе нужен мой отзыв?

— Да он мне на хрен не нужен! Понимаешь, НЕ НУ-ЖЕН. И ты мне не нужен.

— А что тебе нужно тогда? Смелее, генерал. Как ты пишешь — «ракетное нападение»

Я попытался встать. И выдал «залп»:

— Геннадий Васильевич! Я люблю Машу и хочу, чтобы она за меня вышла замуж.

— Для замужества нужно согласие двух сторон. Она что, согласна?

Геннадий говорил с явной издёвкой, насмешливо. Меня это задело. Серьёзного разговора не получалось.

— Нет, не согласна. Но если ты уйдёшь, то согласится.

— Сволочь! Ты, генерал, сволочь! Ты даже не купить, не украсть жену хочешь, ты хочешь, чтобы я тебе её подарил. У тебя нет совести. Я убью тебя.

Он набросился на меня и стал душить. Я намного был сильнее, тренированнее, ударил его в живот и отбросил. Он упал. Поцарапал голову.

Наверное, это было правдой. Гена не любил спорт и никогда им не занимался. Даже мужскую игру футбол смотрел очень редко и только по телевизору. При этом хорошо плавал, но без всякого стиля, любил ходить и даже тяжелейший рюкзак носил безропотно. Был он человек рациональный, расчётливый в выборе отдыха и развлечений.

Я же наоборот, как хорошая девочка занималась художественной гимнастикой, коньками, играла в теннис.

Генерал продолжал:

– Потом он вскочил, выломал доску от скамейки и бросился на меня. Где у него сила взялась сломать скамейку? Тогда я выстрелил...

– Уйди, Ваня, или я тебя убью вот этим ножом.

Генерал встал и вышел. На тарелке остались недоеденные пельмени.

На работу я не вернулась. Добралась до дома на такси, как пьяная рухнула в кровать. Проснулась утром от телефонного звонка, разбитая и уставшая.

Всё связано одним узлом, всё сходится. Ваня — убийца. Как жить?

Звонила Валентина, жена Вани.

– Прочитайте газету, там на последней странице.

И повесила трубку.

Если Валя звонит так рано утром, значит, случилось что-то важное.

На последней странице было краткое сообщение:

«Вчера в 13.30. трагически погиб зам. начальника ПВО генерал-майор Иван Чистяков».

Дальше я не стала читать. Я приняла холодный душ, выпила крепкий стакан кофе и пошла на работу.

Счёт окончен. Надо жить.

ЛЮБОВЬ К ХИМИИ

1.

Звонок от Офера меня удивил. Я с ним работал несколько лет назад в RCP (Исследовательские процессы в Реховоте). Я жил тогда всего несколько лет в Израиле, и это было моё первое место работы по специальности.

После полугодового ульпана и жизни в Мерказ Клите я проболтался год по разным маленьким компаниям по переработке пластмасс. Платили плохо, работы было много, но самое главное — больше трёх-четырёх месяцев меня нигде не держали. Запустить в работу новую машину требовалось всегда срочно, всегда «вчера», а дальше зачем я? Машины обычно были новые, довольно сложные, предназначались они для выпуска тары — разных бутылок и банок.

Хорошо помню опустошительное чувство страха после первого увольнения, когда хозяин вызвал к себе и сказал:

– Я благодарю тебя за работу, с завтрашнего дня ты свободен.

Боже мой, куда податься, чем кормить семью? Как расплачиваться с долгами?

К счастью, таких компаний по переработке полимеров было много. Меня передавали с рук на руки. Жена даже как-то съехидничала: «Мужик по рукам пошёл. И то дело!» Но такая жизнь не добавляла хорошего настроения.

Надо сказать, что на самом деле всё было нормально, даже хорошо. Мне просто нужно было открывать свою фирму по наладке оборудования, но я был «оле хадаш», полный неуверенности, страха, да и иврит мой был тогда, мягко говоря, недостаточным. Почти никаких профессиональных сложностей в работе я не испытывал — инструкции, сопровождающие машины, были очень ясными, английский я знал вполне прилично, да и были кое-какие книги на русском.

Всё это так, но субъективно я чувствовал себя очень плохо. Никакого удовольствия от работы я не испытывал. В СССР мне повезло: у меня была хорошая работа, я работал взахлёб по много часов, с наслаждением. Я и в Израиле хотел работать так же.

И вот наконец мне подвернулась работа в RCP, синтетиком. В синтезе я чувствовал себя очень уверенно. Я, можно сказать, зубами вцепился в работу. И синтез, как женщина, ответил мне взаимностью — он пошёл.

Вообще-то, синтетики — это чёрная кость, чернорабочие. Работы всегда много, работа тяжёлая, вредная, вечные проблемы с вентиляцией, со сливом, препараты вредные, вонючие и т. д. Особенно впитывают запахи руки и волосы. Помню, когда я был ещё молодым химиком, входил в автобус, всегда кто-нибудь говорил: «Аптекой запахло».

Синтез капризен, он требует понимания, особого внимания, душевной расположенности и, конечно, чутких рук. Я думаю, что в современной химии много женщин потому, что женские руки тоньше и нежнее мужских.

Одним словом, у меня наступило время удачи. Синтезы шли один за другим, и я очень быстро стал одним из лучших химиков компании.

Офер пришёл в RCP на полгода позже меня. Привёл его в RCP мой босс доктор Коби Вайс. Они вместе когда-то делали докторат, потом разъехались на постдоки: Коби — в Америку, Офер — в Швейцарию.

Дед Офера, профессор Гершон Гольдберг, бежал в начале 1930-х годов из Германии, но немецкий язык оставался домашним языком. Кроме того, у деда сохранились тесные связи с университетом в Базеле, поэтому Офера там ждали и очень хорошо приняли. После окончания постдока Офер вернулся домой, и Коби рекомендовал его нашему хозяину.

Вот так мы оказались в одной лаборатории. У Коби был маленький кабинет, где стоял школьный письменный стол (мой стол был в два раза больше), вплотную к окну стул, сбоку узкий, но очень высокий книжный шкаф, кондиционер висел над дверью. На стенке справа висела открытая книжная полка и стоял ещё один дополнительный стул. Когда нужно было открыть книжный шкаф, стул выносили из комнаты.

Это был не кабинет, а клетка. На мои насмешки над его микрокабинетом Коби серьёзно отвечал, что ему так удобно: дверь всегда закрыта, и он может заниматься своими делами. А если надо одновременно поговорить с несколькими людьми, то он идёт в столовую, где был большой стол, много кофе и разговоры до конца рабочего дня. Правда, одну из моих шуток он любил повторять: «В микрокабинете всегда будет микрокресло, микрочашка с микрокофе и микрозарплата».

Офер чуть опоздал, и ему не досталось даже такой клетки. Правда, хозяин обещал перестроить одно из помещений и выделить Оферу комнату, а пока нам пришлось работать вместе. Мы работали рядом и поэтому хорошо видели, кто, как и что мог сделать.

Дело в том, что и Офер, и Коби практически не работали руками. За час до окончания рабочего дня я приходил в кабинет к Коби и мы подробно разбирали работу за сегодняшний день и планировали завтрашний. Иврит мой был слаб, а Коби требовал вести все записи в лабораторном журнале на иврите и английском и тщательно за этим следил. Его критика моих записей всегда была доброжелательной, и я ему очень благодарен — он меня выучил профессиональному языку. Но в экспериментальную работу он практически не вмешивался. В течение дня он раза три-четыре заглядывал в лабораторию с каким-нибудь вопросом, и на этом всё заканчивалось. В библиотеку мы ходили очень редко: всё, что нам нужно было по работе, мы заказывали через нашу сотрудницу архивариуса-библиотекаря, и она приносила оттиски, книги, патенты. Компьютеры и интернет тогда ещё не вошли в научный быт Израиля. Всё остальное время Коби писал книгу. У меня на полке стоит эта книга с трогательной надписью.

Оферу, как и Коби, хотелось того же самого: кабинета, добросовестных сотрудников и возможности написать книгу. Но ему фатально не везло на сотрудников: или он их выгонял, или они от него сами уходили. И дело было не в его каких-то чрезмерно высоких требованиях. С ним работали и сабры, и олимы, и опытные, и совсем «зелёные», и ни с кем он не мог ужиться. Сам он работал вполне грамотно, но безумно не любил экспериментальную работу. Это было удивительно, ведь у него была третья степень по химии. Пять лет Офер учился в университете, четыре года он делал докторат, три года провёл на постдоке, и всё для того, чтобы ненавидеть химию.

Всё это походило на семейную жизнь: женился по любви, затем разлюбил, а бросить нельзя, так и живёшь с нелюбимой в вечном раздражении. Его состояние постоянного недовольства и раздражения передавалось сотрудникам и вызывало встречное недовольство и раздражение. Всё шло вкривь и вкось.

Было у него ещё одно неприятное качество — он никогда не

брал ответственность на себя. Вся удача целиком была его, а в неудаче виноваты сотрудники. При таких условиях совместная работа делалась невозможной.

Но я не зависел от него, и у меня были с ним отличные отношения. Поначалу он принял снисходительный и покровительственный тон, но я его быстро «сбил».

Однажды Коби ушёл на неделю в милуим. Мы расписали с ним подробно план на неделю. Это было в четверг. В воскресенье утром Офер сказал мне, что есть новый план, по которому я должен сделать несколько синтезов для него. Я в этом «новом плане» сильно усомнился, но скандалить не стал — сделал и то, и другое, а Коби сказал, что у меня оставались «окна», и я помог Оферу.

С тех пор у нас установились хорошие отношения. Я и впредь кое-что для него потихоньку делал. Коби, конечно, догадывался, но добродушно ворчал: «Подпольщики».

Я много и очень интенсивно работал, но всегда есть несколько минут, когда что-то можно рассказать друг другу. Офер, как и многие сабры, учил меня жить, рассказывая разные истории об Израиле и о себе.

Дед Офера, профессор Гершон Гольдберг, успел бежать из Германии в середине 1930-х годов. Он мечтал о профессорской карьере для своих детей. Но дети не стали учёными. Старшая дочь была учительницей, а её муж, бывший генерал, — директором государственной компании. Отец Офера открыл небольшой заводик, что обеспечивало ему очень приличное существование. Это примирило с ним старика Гольдберга.

Старший брат Офера, инженер-механик, успешно торговал тяжёлыми машинами и тракторами. Младший стал помогать отцу и преуспел в этом. Научная карьера оставалась за Офером, а ему нести этот крест было ни к чему, а может, и не по силам. Он пытался преподавать, консультировать минпром, частные фирмы и т. д. Офер был не без способностей, и везде его ждал некий успех — везде, кроме экспериментальной химии. И всё потому, что он её «ненавидел». «Цыганкой можно увлекаться, цыганку можно полюбить, но нельзя над ней смеяться, цыганка может отомстить». И она мстила как могла. Офер чувствовал себя обездоленным, ужасно маялся, всё время пытался сменить работу.

Так мы проработали несколько лет. Как было обещано хозяином, он получил кабинет, тоже небольшой, но всё же больше, чем у Коби, а Коби переехал в другое помещение — «сменил уборную на ванну».

Отношения с Офером продолжали оставаться хорошими. Но кабинет не пошёл впрок. Через некоторое время Офер ушёл в собственный бизнес. Родственники скинулись, и он открыл фирму по продаже химпрепаратов для электроники. Никаких подробностей я не знал.

Прошло ещё несколько лет. Хозяин RCP умер, наследники продали компанию, новые хозяева сменили профиль, а нас уволили. Опять пошли поиски работы. Но я уже был другим, я уже не пел на работе. Были долги (говорят, что жить в долг — признак порядочности), росли дети, и хотя жена тоже работала, но всегда был минус в банке. Так что было не до песен, была бы лишь работа.

И работу я нашёл. Тоже синтетика, но в другой фирме. Платили сносно, хотя химики в области наукоёмких производств оплачиваются на порядок меньше, чем программисты и электронщики.

2.

Звонок Офера прозвучал неожиданно: за всё время мы виделись всего несколько раз, да и то на ходу.

– Мне надо с тобой встретиться, — сказал Офер. — Нужно кое о чём проконсультироваться.

Встретились мы в небольшом чистеньком ресторанчике в Реховоте. Пока ели мясо, пили пиво, говорили о политике, о детях, о растущих ценах — одним словом обо всём и ни о чём конкретно. А потом Офер сказал, что собирается купить небольшой химзавод и хотел бы, чтобы я осмотрел его на предмет его развития и модернизации.

– Ты химик и инженер с очень рациональным взглядом. Именно это мне и моему компаньону нужно. Разумеется, консультация будет оплачена.

Назавтра мы поехали осматривать завод. То, что я увидел, меня скорее рассмешило, чем потрясло. Я уже привык, что в Израиле завод может помещаться в одной комнате (мебельная мастерская), а гараж называться институтом — например, «Институт радиаторов и карбюраторов».

Я увидел большой, сильно захламленный двор, где вперемешку валялись большие и маленькие металлические и пластиковые бочки, как целые, так и дырявые. Даже асфальта на дворе не было. Посреди двора стоял высокий и длинный барак с металлической крышей и шиферными стенами. Такое строение используется в Израиле под гаражи. Внутри барака, тоже грязного и вонючего, на расстоянии нескольких метров друг от друга на деревянных стеллажах лежали бочки. В углу было отгорожено несколько небольших комнат: кабинет хозяина, комната, где сидела небрежно покрашенная блондинка лет 35, кухонька и уборная. Всё это было сверкающе чистым.

Компания продавала клей. Когда приезжал клиент, выходила блондинка и резким кричащим голосом отдавала распоряжения.

Клей мог быть однокомпонентным или многокомпонентным, и араб соответственно наливал в одну или несколько банок.

Вот и весь завод, вот и вся технология. Хозяин приезжал на завод 3-4 раза в месяц, а всеми делами руководила та самая крашеная блондинка. Звали её Рахель. Голос у неё был резкий, на рабочих-арабов она покрикивала, при встрече с хозяином както замирала. Но она была на своём месте: отлично знала клиентов, хорошо разбиралась в номенклатуре различных клеев, знала, какие материалы чем можно склеивать и как говорить с клиентами.

К моему удивлению, этот бизнес процветал — непрерывно подъезжали клиенты, да и порции клея были довольно большие. И Рахель с удивительной ловкостью управлялась со всем «производством». Даже кофе она приготовила отличное: крепкое и ароматное.

— Ну, как ты считаешь, — спросил Офер, — покупать или не покупать?

— Офер, пойми меня правильно. Это не завод, это даже не оптовая база, это керосиновая лавка в еврейском местечке в Польше.

Офер громко расхохотался.

— Как ты угадал, что хозяин из Польши? Но эта лавка очень прибыльна.

— Почему же её продают?

— Хозяин заболел, дети управлять этим делом не хотят, а завещание надо написать загодя, чтобы дети не поссорились. Грустная история. Но такова жизнь.

— Что ты из этой лавки хочешь сделать?

– Для начала торговать клеями, экономикой, кислотами, щелочами, мылами. Потихоньку начать производить что-нибудь. Построить хорошую лабораторию заказных реактивов. В Израиле сейчас много приличных химиков, а на рынке есть ниша для такой работы.

В Советском Союзе я бы с ним на эту тему и разговаривать не стал: завод заводом, а лавка лавкой и останется. Но в моём техническом мышлении произошли изменения — исчезла гигантомания, маленькое предприятие и даже кустарь-одиночка могут вполне прибыльно существовать. Надо найти своё место, надо уметь кооперироваться. Очень прибыльными были те маленькие заводики, где делали тару, а прекрасный фармацевтический завод являлся по существу цехом готовых форм: никакой химии там и в помине не было — таблетирование, капсулирование, производство микстур. Так почему не может прибыльно существовать отдельный цех готовых форм на химическом производстве? Разливо-раздаточная станция, как бензоколонка.

– Хорошо, — сказал я, — будет заключение.

Через пару недель мы опять с ним встретились в его офисе. Я принёс ему подробный план реконструкции этого заводика.

На встрече присутствовал ещё один человек.

– Знакомься, — сказал Офер, — это мой компаньон Моше.

Моше производил впечатление некормленного: высокий, худой, с впалой грудью, большими и сильными руками. Пиджак висел на нём как на вешалке, мешая ему двигаться. Глаза у него были внимательные, въедливые, а лицо анти-интелектуальное, если не сказать бандитское.

Они на удивление быстро прочитали моё заключение. Офер подчеркнул общую сумму расходов и что-то записал у себя в тетради. Моше не произнёс ни слова. Оба подписали мне чек, и я уехал.

3.

Месяца через два мне опять позвонил Офер. Ехал я к нему с лёгким сердцем — предполагал ещё какую-нибудь консультацию и шальные деньги. Но было совсем по-другому. Мне предложили стать главным инженером этого завода. Всё это звучало смешно.

– Почему ты смеёшься? — спросил Моше.

Голос у него был глухой, как бы испитой.

– Завод? Это же в лучшем случае бензоколонка!

– Но ведь бензоколонка — это прекрасно. Дай бог, чтобы у тебя клиентов было бы столько, сколько на бензоколонке.

Чёрт возьми, он прав. Бензоколонка! Чем это плохо? Надо соглашаться. Хоть дыры заткну в семейном бюджете.

– Ну, а сколько вы мне платить будете?

Офер назвал сумму. Она была вполне приемлемая, но я решил поартачиться.

– Моше, скажи Оферу, чтобы он меня за «оле хадаша» не держал. Или пусть ищет себе инженера-химика в ульпане. А я уже Офером обучен.

И тут я произнёс фразу, услышанную от Офера ещё в нашу бытность в RCP, когда он меня учил «как надо жить» в Израиле.

– Уважение начальства пропорционально зарплате подчинённого. Мало получаешь — мало уважают, много получаешь — уважение безгранично. Продать себя фирме можно только один раз.

– Приятно слышать. Вижу, вырос. Способный ученик. Согласны с твоими условиями.

Мы договорились о зарплате, о прочих сопутствующих благах. Одним словом — сторговались.

Вечером жена мне сказала:

– Зря согласился, пожадничал. Продался. Теперь у тебя не будет ни дня, ни ночи.

– Хватит жить в нищете.

– Ни выдумывай, никакой нищеты нет. Всё у нас есть.

– Я знаю твоё «всё». Экономишь каждый шекель. Когда ты последний раз отдыхала?

Жена работала учительницей в школе. И формально имела большой отпуск, но во время отпуска всё время где-нибудь подрабатывала.

– Всё равно не будет хватать.

– Но есть разница, когда не хватает на хлеб, а когда на норковую шубу.

– Норковая шуба сегодня для меня очень актуальна… Ты меняешь синтез на административно-техническую работу. Работа для тебя новая. Ты уже пробовал заниматься наладкой химического оборудования и бросил. Ты сам говорил, что любишь синтез, как девушку, и верен ему, как жене.

Это она меня цитировала. Дураком был, говорил о любви и верности. А надо было говорить, что работа — не католический брак, можно и поменять.

– Послушай, ну допустим, мы бы остались в Союзе и мне предложили бы работу ну не главного инженера, а начальника цеха. Надо ли было соглашаться?

– Такое могло бы случиться, только если бы ты вступил в партию, но при всех твоих недостатках предательство тебе не свойственно. Тебя тянет на гипотетические разговоры, а речь идёт о самом простом — тебя покупают. Зачем?

Потом после некоторого раздумья сказала:

– Иди. Не получится, вернёшься к лабораторному столу.

Завершилось мое назначение, можно сказать, маленьким

банкетом. Хозяином был Моше. Моше пришёл первым с удивительно неприятной девицей. Вообще-то он часто менял подруг, и все они были неприятные, вульгарные и часто чрезмерно болтливые. Сам Моше был молчалив. Он часами не открывал рта. Впрочем, девиц он мог и одёрнуть.

Жена Офера пришла с небольшим опозданием, и сразу стало ясно, что за столом она — центральная фигура. Я несколько раз её видел на различных свадьбах, бриттах, бар-мицвах ещё в RCP, но впервые оказался лицом к лицу. Безусловно, она была красивой женщиной, высокой, собранной. Ничего у неё не торчало, не вылезало. Выглядела она очень молодо, лет на 20, хотя, наверное, была старше. Мне всегда нравился такой тип женщины.

– Извините, опоздала, меня зовут Ривка.

Она села напротив моей жены и сказала, обращаясь к ней:

– С тобой мы виделись, но где, не помню. Давайте выпьем.

И прежде чем жена успела назвать себя, сказала:

– Тебя зовут Аува — Любовь. Очень красивое женское имя. Ты училась у меня на курсах.

Подругу Моше она как бы не замечала.

Каждый пил своё: Моше — пиво, Офер — вино, я — водку, подруга Моше и моя жена — колу, жена Офера — сок.

Моше неожиданно открыл рот и сказал:

– Выпьем за успех, мы вложили много денег в этот завод, но гарантировать успех можешь только ты, Зеев. Будь здоров.

4.

На меня навалилась работа, но вопреки предсказаниям жены я приходил домой не поздно. Кончался рабочий день, и вроде бы делать было нечего.

Начал я с того, что вычистил двор. Все бочки закопали по периметру участка, я пригласил садовника, и он подобрал растения так, что через несколько месяцев образовался зелёный забор. Затем заасфальтировал двор, заказал стенды, на которые были установлены ёмкости с кислотами, щелочью, экономикой и т. д. На асфальте под ёмкостями было место для заполнения джериканов. Всё это делалось в процессе торговли клеями. Почти все клиенты стали у нас заказывать и другие препараты. Барак тоже перестроили: сделали из него два этажа, клей стали разливать по банкам, то есть всегда была готовая продукция. Освободилось много площади, постепенно увеличился ассортимент клеев. Какие-то клеи мы стали делать сами.

Мы быстро преобразились и всё время усовершенствовались. Я уволил арабов. Не могу сказать, что это было просто сделать. И Офер и Моше сильно возражали: уж больно мизерно им платили. Это сильный соблазн.

Помог случай. Начались очередные беспорядки на территориях, и завод остановился. Нужно было искать какой-то выход. Я предложил взять «грузинских» женщин. Жилой район был рядом, через дорогу.

«Грузинские» женщины предложили свой график работы. Начинали в пять утра и работали до семи. В это время всегда не жарко. В семь они уходили домой, отправляли детей в школу, покупали, убирали, готовили. В девять возвращались обратно и продолжали работать кто до часу, а кто до четырёх. Это была очень гибкая система. Работали женщины замечательно, очень старались, были изумительно честны. Я старался им помочь чем мог. Раз в неделю я давал с утра тендер и по очереди они ездили на «Тнуву», покупали овощи и фрукты на всех, что давало им экономию в 30 и более процентов. Понемногу у них поднимались зарплаты, но и интенсивность труда увеличивалась.

Через полгода, когда утряслись первые трудности, Офер предложил организовать лабораторию.

– Я обещал тебе лабораторию, вот и получай игрушку, ещё плакать будешь от этой забавы!

Ещё через месяца два мы построили хорошую лабораторию. И пошли небольшие заказы. Сначала я справлялся с ними сам, но постепенно их становилось всё больше, и я перестал успевать их делать вовремя. Переоценил свои силы. Я вынужден был думать о помощнике. И Офер, и Моше отнеслись к этому спокойно.

– Ты видишь, как это непросто. Заказы то есть, то нет. Что ты будешь делать с человеком, когда кончатся заказы?

Но я придумал очень гибкий вариант — брать на временную работу, на выполнение заказа. Идея оказалась очень плодотворной. Человек знал, что его берут на определённое время, на точно очерченную работу. Сделал, получил — и никаких претензий. Можно было работать утром или вечером, как было удобно химику, не увольняясь с основной работы. И мне это было очень удобно: я перезнакомился, наверное, с тридцатью химиками. Это были люди и с университетским образованием, и хорошие лаборанты. Кто-то после первой работы уходил навсегда, кого-то я не приглашал второй раз, но постепенно образовалась группа, которую я постоянно приглашал поработать. Большинство их было из Советского Союза, но не все. Люди из СССР были, как правило, хуже устроены, меньше получали, больше нуждались и, самое главное, рады были где-нибудь подработать, а уж если по специальности, то всей душой.

Но из всех я хотел бы рассказать только о Наде Штейн. Её прислал ко мне мой товарищ — она приходилась ему какой-то родней.

– Возьми Надьку, не пожалеешь, девка дельная.

Надя была высокая, худая, ходила на высоких каблуках, всегда в очень дорогих туфлях, что делало её просто длинной. Про таких женщин говорят, что их можно спрятать за древко флага. Джинсы — кажется, единственный наряд, который она признавала. Мне она не понравилась. Нет опыта, сразу после института, да и взглянешь на неё не так — сломается. Держалась она робко, была напугана.

– У меня, правда, нет опыта, но я буду очень стараться. Деньги нужны.

Скрепя сердце я согласился. Уже через несколько дней я понял, что все мои опасения были напрасны. Работала она прекрасно: аккуратно, экономно, продуманно. У неё была очень хорошая школа.

– Надя, я рад, что ты работаешь здесь, но тебе надо идти делать докторат.

– Успею, вот отстреляюсь, тогда займусь наукой.

– Что значит «отстреляюсь»?

– Не понимаете, что ли? — В её голосе прозвучало раздражение. — Рожу четверых, тогда и в науку пойду, «остепенюсь», дело-то не великое.

– С четырьмя дай бог до «Маколета» добежать!

– Добегу, сегодня черёд мужа.

Мужа она считала гениальным математиком. Таким он и был, и очень скоро стал профессором в одном из университетов в Израиле.

Работать с ней было легко. Она приходила по первому требованию, исчезала после окончания работы, тихо беременела и спокойно, легко рожала.

Лабораторные журналы велись на трёх языках, кто как мог.

И Надя тоже начинала по-русски, затем перешла на английский и значительно позже — на иврит. Я не придирался. Писать надо точно — это всё, что я требовал.

Иногда приезжал старый хозяин. Он ходил по заводу, расспрашивал, изредка давал советы — неизменно дельные. Рахель тогда бросала все дела и подходила к нему — всегда любезная, всегда готовая услужить.

Как-то я у него спросил, зачем он приезжает.

— Пуповина не отсохла, это же моё детище. Жалею, что продал, мне бы тебя надо было найти пораньше.

— Было время, когда я искал работу. Всё говорил, что «волка ноги кормят».

— Здорово ты развернул дело. Но я не люблю «русских» и не искал контактов с ними.

— Но почему ты не любишь «русских»? Что они тебе, соли на хвост насыпали?

— В 1939-м году нас выслали, и хоть бы один русский нам помог.

— Русский или русский еврей?

— Евреи. Они все жили в страхе. Боялись говорить на идиш, а русского я не знал.

— Как же ты жил?

— Да был там один высланный польский еврей. Он научил меня варить клеи. А потом я приехал в тогда ещё Палестину. Вот и крутился с клеями всю жизнь, пока не продал заводик.

— Нормально кормился?

— Бог не обидел.

Бог действительно его не обидел, но мне были понятны его чувства.

5.

Как-то я спросил Рахель, почему она так робеет перед старым Ицхаком. Она замялась и ничего не ответила. И только через несколько дней неожиданно сказала:

— Ты спросил о моём отношении к Ицхаку? Он и его жена — мои благодетели. Они спасли меня. Наша шхуна была бедной, и семья наша была очень бедной. Много детей. Полуголодные. Не только бедность была, но и дремучесть. Наверное, сейчас в лагерях беженцев есть такие арабские семьи. Мальчики хоть как-то учились, а девочкам и «как-то» было не обязательно. Дети рано начинали работать, девочки рано выходили замуж. Но новая жизнь уже подошла к границе нашего дома: хотелось ходить в кино, на танцы, не бояться родителей.

За мной многие ухаживали, но два приятеля — Давид и Моше — отвадили всех. Оба высокие, костлявые, весёлые. Их боялись все. А я — нет, я ими командовала. Мои родители были против нашего знакомства, говорили, что они бандиты, и что по ним тюрьма плачет. Но кто слушает родителей в 16 лет?

Однажды они открыли фалафельную. Вся молодежь шхуны крутилась там. В какой-то день пришёл незнакомый парень и потребовал дань. Ему не дали. На следующий день кто-то отлупил Давида, а потом и Моше. Прошло ещё какое-то время, опять появился этот же парень, и опять потребовал денег. В тот момент, когда парень отвернулся, Давид на него вылил кипящее масло, в котором варился фалафель. Парня отвезли в больницу. Он выжил, стал калекой. Пришла полиция. Моше и Давида арестовали, но вскоре выпустили. После этого их боялись и взрослые.

Поссорились они из-за меня. Давид решил на мне жениться. Моше пришёл ко мне и долго уговаривал не выходить за Давида замуж. Просил подождать и выйти за него. Он копил деньги на квартиру. Мне бы промолчать, а я похвасталась, рассказала Давиду. Они поссорились. Я очень хотела замуж. Дома пилили каждый день. Иногда мать могла влепить оплеуху. Отец грозил убить, если забеременею. И вот я вышла замуж.

Квартиры не было. Сняли лачугу. Всё было хорошо. Чем он занимается, я не очень тогда понимала. Родила мальчика. А Давид организовал команду и стал воровать. У Моше была своя, конкурирующая. Его страх изнутри разъедал. И вдруг как-то стали ссориться, появились у Давида другие женщины. Поначалу я не знала и не понимала. Потом мне рассказали, открыли глаза. Было очень обидно. Я была молодая, сильная, готовая на всё, и вдруг другие женщины.

Пошли скандалы. Даже бить меня стал. А я ему говорю: «Где же любовь? Вот Моше меня не бил бы». Как услышал про Моше, так ещё хуже стало. Я уж не рада была, что его упомянула. В то время я уже второй раз беременной была. Потом девочку родила.

Однажды прихожу я домой, а у него девка лет 16-ти, совсем девочка. Пошла ругань. Ну, он меня и выгнал. С детьми. Пошла я домой, а мне мать говорит: «Не позорь семью, от мужа не убегают. Иди домой».

А дома пьянка. Ещё какие то парни и девки. Дети плачут. Деваться мне некуда.

Пошла я к Моше. А он не один.

– Нет, — говорит, — не приму и ночевать не оставлю. Гуляй.

– Дети малые.

– Да это не мои дети, Давидово племя. Я шелуху подбирать не буду. Шальмута, убежала от мужа.

Тут я ему и сказала:

– Ты в любви мне вечной клялся, а теперь я шелуха, шальмута. Я пришла милость у тебя просить, ноги мыть твои, а ты меня вон выгнал с детьми, ночью. Умирать буду, не забуду.

Теперь-то я понимаю, что он испугался — если принял бы он меня, его бы убили.

Уже ночь, дети от усталости перестали плакать, я устала, так и села на тротуар, и думаю: сейчас передохну, встану, пойду к морю и утоплюсь вместе с детьми.

Но наверно есть Бог! Останавливается машина, выходит женщина, по возрасту как мать моя, и говорит:

– Ты чего с детьми на тротуаре сидишь, сбить могут.

А я ей:

– Ну и пусть, я жить не хочу и не хочу, чтоб дети мои жили.

И вдруг она села на землю рядом со мной, обняла за плечи и разревелась. А муж рядом сидел в машине и не торопил, не кричал. Потом она взяла меня к себе домой. Прожила я у неё недели две. Я, конечно, помогала по хозяйству. Но ей это не надо было. А потом меня устроили на завод уборщицей, и вскоре я стала его помощницей. Так я у неё прожила месяца три-четыре.

Подала на развод. Но Давид мне развода не дал. Всё мстит, я и сейчас не разведённая. Начала работать, появились деньги, сняла маленькую квартиру. Кроме работы, я ещё убираю квартиры. Выплачивала машканту.

Прошло несколько лет. Давид в тюрьме отсидел, вышел, звал вернуться. Но я уже не хотела. Через его сестру сказала, что бандит не может быть отцом моих детей. Ну, вот и всё.

6.

Время шло. Завод работал. Первый раз в жизни у нас появились деньги. Всё свободное время мы ездили по Израилю и сами, и с разными экскурсиями. Всё было очень интересно. Побывали и за границей.

Взяли большую машканту и построили дом: большой, удобный, уютный — и нам, и детям. Люба помолодела, в ней появилась уверенность и мягкая твёрдость. И я сильно изменился — стал, наверное, чрезмерно уверенным, может быть, потерявшим бдительность.

Уверенность — это очень важная черта характера, в которой нет боязни возможной ошибки, устойчивость перед возможными неприятностями.

Однажды я стоял под душем, когда позвонил Офер. Он часто стал звонить некстати, и жена подсмеивалась над этим: «Невмоготу, любовь у них, надо ночью выяснять отношения». Вот и сейчас она приоткрыла дверь в ванну, положила на столик трубку и сказала:

– Офер срочно просит тебя к телефону.

– Алло, Офер, я слушаю. Что случилось?

– Нам срочно надо встретиться. Я жду тебя через час дома. Ты ведь знаешь, где я живу?

– Нет, не знаю. Давай отложим встречу на утро. Ты поймал меня за хвост. Я собрался на концерт с женой. Мы очень редко выходим куда-нибудь вместе.

– Мне очень жаль. Ей придётся пойти одной. Может быть, ты успеешь на второе отделение. В качестве компенсации получишь два билета в Кейсарию. Там скоро будет выступать итальянская опера. Я жду тебя через час. Запиши мой адрес.

Я расстроился. Разговор прошёл в повелительной форме. Он очень редко со мной так разговаривал. Что-то случилось. Мне не хотелось ехать к Оферу. Я сегодня устал — с шести утра был на работе. Сначала делал всё связанное с заводом, потом поднялся наверх в лабораторию и работал там.

Мы действительно хотели пойти на концерт. Собиралась большая компания: отмечался день рождения нашей приятельницы. Концерт был первым актом, вторым был ресторан. Мы были знакомы много лет, она — очень милый человек, настоящая меломанка, кажется, и полы мыла под музыку. Сейчас, когда вся музыка записана на дисках, она не могла расстаться с коллекцией пластинок. Теперь все планы расстраивались.

Вдобавок высказалась жена:

— Всю жизнь только и слышу: «Работа, работа». Семья, друзья значения не имеют, а я вообще на последнем месте.

Одним словом, типичный женский набор претензий, не совсем справедливый. Но голос был не раздражённый, а скорее озабоченный, чуть-чуть с ленцой.

— Всюду я прихожу одна, как брошенная, как разведённая. Уже даже не спрашивают, где ты.

И когда я уже был готов, поправляя галстук, сказала:

— Ладно, поезжай. Найду тремп, не волнуйся. Зараза твой Офер, весь в Ривку, знает, чем меня можно подкупить. Кейсария — это хорошо! Для мадам не забудь купить цветы. Всё-таки в дом едешь.

— Какая мадам? И почему мадам? Я еду к Оферу. Он даже на кладбище цветы не приносит.

— Твой юмор политрука не к месту. Офер, не Офер, но принимать тебя будет Ривка, его законная жена. А цветы для дамы всегда приятны. Я знаю, тебе она симпатична и даже больше, но она всё равно противная. Купи розы и не жалей денег. Ривка — обаятельная женщина, не поскользнись. Она по натуре хищница, а выглядит как цветок.

Я уже стоял на лестнице.

— Почему? Почему она противная?

— Поезжай, поезжай — увидишь!

7.

Через час я подъезжал к дому Офера. Это был его новый дом. Они переехали в него всего несколько месяцев назад, ещё не справляли новоселья. К старому одноэтажному дому был пристроен большой двухэтажный. Общее строение получилось разновысоким, красивым, выполненном в одном стиле.

Дверь мне открыл высокий, симпатичный, очень вежливый парень и зычно крикнул:

– Мам, это к папе.

Я прошёл в огромный салон. Он занимал весь первый этаж нового дома. Я даже не успел оглядеться, как спустилась Ривка. Я протянул ей цветы.

«Умница всё же у меня жена, — подумал я. — Всё она предусмотрела». Меня охватило чувство благодарности и теплоты. Я улыбнулся и протянул хозяйке цветы. Улыбку она приняла на свой счёт.

– Это мне? Спасибо. Замечательные цветы. Мне уже давно никто не дарил такие красивые. Вы угодили мне, это мой вкус. Как вы догадались?

– Интуиция, я думал о вас.

Это был полуправда. Даже больше — просто неправда. Но разве это имело значение?

Она поискала глазами вазу и поставила цветы.

– Так как насчёт интуиции?

Я только улыбнулся.

Двигалась Ривка очень плавно, движения были неторопливы. Мне определённо она нравилась. Я ещё раз подумал о жене: как она всё предчувствовала.

– Я жду Офера с минуты на минуту. Я даже не поздоровалась с вами. Здравствуйте.

Она протянула мне руку. Рука был мягкая, нежная и сухая. «Картошку она, наверное, не чистит и сковородки не моет», — подумал я.

— Что-нибудь случилось?

— Понятия не имею. Я хотел отложить встречу на завтра, но Офер настаивал. У меня концерт сорвался.

— Жаль. Я бы тоже расстроилась из-за пропавшего концерта.

Она протянула записку.

— Здесь номер заказа на концерт в Кейсарии. Билеты получите по почте через два дня. Мы тоже будем. Хотите осмотреть дом?

Дом был хорошо спланирован. В старом здании были детские спальни и салон для детей, в новом — внизу салон, наверху спальни и кабинет, где стояли два письменных стола. Кругом была сверкающая чистота, прекрасная мебель и уют. Я выразил восторг.

— Это мое детище. Я люблю этот дом. Я потратила на него много сил. Оферу было всё равно. Он был со всем согласен, лишь бы его не трогали. И вообще он человек без амбиций.

Последнее замечание меня удивило. Я-то считал его чрезмерно амбициозным, может быть, даже с ущемлённым самолюбием. Как по-разному мы оценивали одного и того же человека.

— Я сомневаюсь в правильности вашего замечания. Амбиции Офера лежат в области «делать деньги», и это ему удается.

— Не очень. Мог бы зарабатывать больше.

— Господи, вы такая красивая, такая обаятельная женщина. Зачем вам думать о деньгах?

— Спасибо за комплимент. Но заработанные деньги — признак успеха. Я очень хочу, чтобы у моего мужа был большой успех и много денег. Разве ваша жена не радуется вашему успеху? Вы же достигли успеха?

Последнюю фразу она произнесла с ударением, но я не обратил на это внимания.

– Модильяни умер нищим…

– Да бросьте дурацкие примеры. Пикассо и Шагал не умерли с голода.

А Офера всё не было.

Мы сидели на террасе, сгущались сумерки. Эта женщина излучала обаяние. Не было ничего лишнего: ни слов, ни жестов, но я чувствовал, как я теряю волю, как попадаю под её влияние. Я давно не испытывал ничего подобного, что-то похожее было в молодости, когда я ухаживал за женой. Сладкое томление. Зачем мне это всё нужно?

Разговор перешёл на какие-то абстрактные темы. Я плохо помню, о чём мы говорили. С чем-то я соглашался, с чем-то нет. Мне безумно хотелось взять её за руку.

Прошёл короткий крупный дождь. Запахло цветами.

– Странная погода: дождь как бы играет в шахматы, полоса мокрая, полоса сухая. Трудно на дороге.

– Хочешь выпить?

В иврите нет «вы», и только интонацией голоса она перешла на настоящее «ты».

– Нет, я за рулём. Только молоко!

Она рассмеялась. Есть такой анекдот: израильтянину предлагают выпить сок или кока-колу, он отвечает: «Только молоко — я за рулём».

– Ты совсем осабрился.

И улыбнулась мне. Я еле сдержался, чтобы не погладить её. Она видела, как я сглотнул слюну.

– Тогда чай или кофе?

Она положила свою руку на мою буквально на одно мгновение и встала. Мне стало жарко и сразу холодно. Но зачем ей-то это надо? Впрочем, ведь она ничего не сделала.

И прежде чем я успел подумать, чего же мне выпить, Ривка сказала:

— Все русские любят Nescafe. Итак, Nescafe с молоком и две ложечки сахара.

Мне было всё равно: Nes так Nes. Хотя я не люблю Nescafe, это коллективное быстро употребляемое пойло. Пью, но не испытываю никакого удовольствия.

Но резануло меня не Nescafe. Резануло «все русские любят». Я не был в России уже много лет, я уже забыл, как выглядит эта страна, а я всё ещё «русский». Я не Зеев Н. со своим индивидуальным, пусть плохим, пусть вульгарным вкусом, я всё ещё «оле хадаш» — фигура обобщённая и абстрактная. Горечь на мгновение пронзила сердце и выскочила из него.

8.

Вошла Ривка с подносом, на котором стояла чашка кофе, нарезанные кусочки торта и стакан с апельсиновым соком.

— Не хвали, торт пекла не я, он покупной. Я люблю готовить, но редко делаю что-либо сама — в постоянном цейтноте. Я очень много работаю. Дети уже большие, им не нужна постоянная опека.

Кофе получился на редкость отвратительным. Единственным его достоинством было то, что он оказался обжигающе горячим. Торт — стандартно вкусным. Но всё это казалось чепухой. Вернулось томящее состояние, ожидание чуда.

Но чуда не произошло. Зазвонил телефон. Ривка взяла трубку.

— Да нет, не готова. Приедем попозже. Офера всё ещё нет дома.

Обещал быть в восемь. Не знаю, где он. Чем я занимаюсь? Всё тебе расскажи. Да-да, свои секреты. Конечно, захватим. Привет.

Ривка повернулась ко мне и загадочно улыбнулась. Собственно, почему? Её сила, её обаяние действовало, когда оно было направлено непосредственно на меня. Прямое короткое воздействие. От телефонного разговора оно пропало. Я вдруг обмяк. Ривка почувствовала это. Она перестала улыбаться и неожиданно спросила:

— Почему твоя жена меня не любит?

Я ждал этого вопроса. Ещё по дороге к Оферу я подумал, что если Люба права и я увижу Ривку, то она обязательно начнёт расспрашивать о ней. Но ответил не так, как предполагал. Чудо исчезло, однако осталась как-то душевная близость. Пусть будет правда.

— Любит, не любит. У тебя женский, слишком эмоциональный подход.

— Вот не думала, что ты против женской эмансипации.

— Что такое женская эмансипация, я не понимаю. Я против того, чтобы женщины месили бетон и управляли боевыми самолётами. Но мы говорим не об этом. Любовь предполагает душевные отношения. Вот если я тебе скажу, что я люблю Офера, ты мне не поверишь. Скажешь — мелкий подхалимаж, да не прямой, а через жену. Но если ты мне скажешь, что Офер любит меня, тоже не поверю. Я знаю цену наших отношений — уважительное сотрудничество. Есть моменты, когда я восхищаюсь Офером. Например, он в вонючем сарае увидел прибыльное предприятие. Я этого не усмотрел. Меня восхищает его способность добывать заказы, договариваться с людьми. Не думаю, что я бы смог справиться с этой работой настолько легко. При этом у него стойкая нелюбовь к технологии, к кропотливой работе в цеху. Ты же требуешь любви от взрослых, малознакомых, чужих людей. Ты выдавливаешь из них восхищение тобою. Люба говорит, что твои педагогические идеи ей очень близки. Что ещё нужно? Чтобы ходили шерочка с машерочкой вместе в кафе?

Наверно, я её чем-то обидел, и она перешла на более агрессивный тон.

– Да, приятно, когда признают твои идеи. Но мне этого мало. Мало. Мне нужно общение, те самые посиделки в кафе, о которых ты говоришь. Не понимаю, что значит ше-ро-чка с ма-ше-ро-чкой (она произнесла эти слова по слогам), но сочетание слов симпатичное. Только так я найду активных сторонников, на которых смогу надеяться. Огромная группа русских учителей стоит в стороне от моих идей. И я не знаю, как их приблизить. Я уже много лет читаю им лекции, стараюсь ввести в курс израильской педагогики и вижу только формальные успехи, душа их не со мной. Может быть, ты знаешь ответ?

Лицо её разгорелось, не было ничего похожего на уравновешенную спокойную женщину, ещё несколько минут назад ведущую светскую беседу. И опять я почувствовал, что пленён ею. Нет-нет, не словом, а чем-то другим. Невесомым, неосязаемым, прямо в сердце.

Я вспомнил, как жена однажды сказала: «Ривка давит, Ривка так давит, что нет сил выдержать, и даже когда она тысячу раз права, хочется сказать "нет"».

– Да, я амбициозна. Разве это плохо?

Я не знал, что ответить. Может, она и права. Ведь маленькие группы слушателей, собирающиеся по разным домам перед выборами, — это и есть те посиделки в кафе, о которых она мечтает. Но она же работает в учительской семинарии, читает лекции в университете. Неужели этого недостаточно? Чего-то я не понимаю или что-то мне не договаривают. А Ривка ждала ответа. И вдруг я решил её ударить.

— Ривка, ты — изумительная женщина, и я — твой верный поклонник, и ты это знаешь. Я не могу ответить на твой вопрос. Но одно могу тебе сказать: сабрское превосходство, неуважение к человеку может вызвать раздражение не только у русских учителей. «Все русские любят Nescafe» и ещё водку. Откуда ты это взяла? Все русские разные. Я не люблю Nescafe! Nescafe — это для ускоренного, упрощённого быта, когда торопишься. Кофе должно быть с шапкой, и его готовят неторопливо и пьют не спеша.

— Но я видела, как учителя почти поголовно пили именно Nescafe.

— Да, конечно. Неустроенные, нищие, замордованные, в перерывах между лекциями, учителя наспех пили кофе. И этого для тебя достаточно, чтобы сделать такое обобщение? Эта назидательность и отталкивает людей. Ты думаешь, что знаешь и понимаешь их, а они тебя боятся — боятся быть оскорблёнными.

Она отшатнулась, сделала несколько шагов в сторону, потом подошла ко мне, положила руки на плечи.

— Ты меня ошарашил, больно ударил, но ты, наверное, прав. Я действительно смотрю на них как на детей. Но ведь русские учителя и есть дети, без языка, без опыта, я только хочу им глаза открыть.

— Может быть, ты и права, они — дети, но и с детьми надо обращаться бережно.

Я посмотрел ей в глаза, боже мой, какая глубина. С какой силой я обнял бы её! Мы стояли очень близко, я чувствовал её учащённое дыхание. Но ничего нельзя! Ни мне, ни ей.

Ривка отошла и неожиданно спросила:

— Но где же Офер?

В голосе зазвучало беспокойство.

Я позвонил Моше. Он тоже не знал, где Офер.

– Я знаю, что вы должны были встретиться. Да, действительно срочное дело. Он, как всегда, заказал такси, но не дождался и взял мою машину. Понятия не имею, где он. Но ведь дома Ривка, тебе с ней не будет скучно!

Я положил трубку. А его-то какое дело? Скучно, не скучно. Тоже мне классный наставник.

Было уже девять. Ривке надо было уходить. Я подошёл к бару, налил стакан коньяка и залпом выпил. «Зачем я пью?», — пронеслось у меня в голове.

– Все русские любят водку, а я люблю коньяк.

Коньяк обжёг горло и приятно стал расходиться по телу. Ни селёдки, ни солёного огурца не было — закусить было нечем.

Ривка с ужасом посмотрела на меня.

– И после первой не закусывают.

Откуда ей было знать шолоховские крылатые слова?

– Ривка, Бог подарил мне час общения с тобой. Спасибо! Я бы хотел сохранить с тобой эти романтические отношения.

– Романтические?

Она вспыхнула, подняла на меня глаза, и опять у меня ёкнуло сердце, но уже как-то замедленно.

– Впрочем, это и есть романтические отношения.

И поцеловал ей руку. Ривка ответил мне грустной улыбкой.

9.

Надо было торопиться. Раз - два, и я выехал на Аялон. Уже было темно. Движение среднее. Шоссе зебристое: полоса сухая, полоса мокрая. Скорость сто километров в час. Я размышлял, правильно ли я себя вёл, было ли какое-то предательство по отношению к жене. Да нет, всё более или менее в порядке. Но зачем всё это произошло, мне было непонятно.

Я стал перестраиваться в левый ряд, хотел чуть притормозить, и вдруг у меня провалилась тормозная педаль. Я отпустил её и снова стал медленно прижимать, но она опять провалилась. Мне вдруг стало жарко, потом холодно, потом опять жарко. Я подумал, что сейчас я разобьюсь и скажут, что «ещё один русский алкоголик разбился». «Русские любят напиваться, а затем устраивать гонки или играть в русскую рулетку».

Ужасно стало жалко жену. Она предчувствовала беду. Она ведь — единственная, родная. Дети. Как они будут без меня?

Всё это мгновенно пронеслось в моей голове. Я включил мазган.

Стоп, без паники, я ещё жив. Я снял ногу с газа. Машина медленно стала снижать скорость. Вот уже 80. Перестраиваюсь в правый ряд. Перехожу на третью передачу. Уже шестьдесят. Чуть успокаиваюсь. Перехожу на вторую. Включаю аварийный свет. Вот уже сорок. Перехожу на первую передачу. 20, 10. Если и разобьюсь, то не насмерть. Перехожу на нейтраль. Машина медленно останавливается. Я вывернул руль к стенке. Всё. Жив.

Сколько вся история продолжалась? 5 или 10 минут? Я вышел из машины, у меня дрожали руки, и был я мокрый, как только что вышедший из душа. «Адонай Элоэйну, Адонай эхад!»

Теперь нужно было искать Грар. Я поднял руку. Остановилась третья или четвёртая машина. Объяснил, что случилось. Через полчаса подъехал Грар и подхватил меня. «Везучий ты парень, — сказал шофёр Грара. — Часа два назад я вот такого же от стенки отковыривал».

Я появился в ресторане, когда уже все давно сидели за столом. Место рядом с женой сиротливо пустовало. Меня шатало, я ещё не успокоился. И вдруг меня пронзило чувство любви и благодарности к жене. Кругом радостно закричали: «Штрафную, штрафную!»

— Что случилось? Посмотри на себя!

Галстук у меня был полуразвязан, рубашка в чёрных пятнах машинного масла.

Я дотянулся до бутылки бренди и налил себе полный фужер. «Все русские любят водку, а я люблю коньяк». Боже мой, когда это было. В голову лезли пошлости и банальности. «Судьба — индейка, жизнь — копейка».

— Друзья мои, я хочу нарушить все правила хорошего тона, я хочу нарушить хорошую традицию... Я предлагаю выпить за моё здоровье!

— Что случилось? Скажи мне! Что случилось?

Голос жены доносился издалека и был приглушён. Боже мой, какая она близкая. Я положил ей руку на плечо и налил ей полную рюмку бренди. Я не большой любитель выпить, хотя в молодости мог выпить много. Жена же не уверен, что выпила одну полную рюмку крепких напитков за всю жизнь. Сухое вино, правда, иногда могла выпить полрюмки.

Наступила тишина, все повернулись в мою сторону. И развязанный галстук, и грязная рубашка, и полный фужер бренди — всё было необычным.

— Час назад у меня на скорости сто километров отказали тормоза. Но я жив и здоров. Выпьем за это.

И залпом осушил фужер. И вдруг я почувствовал боль в ноге — моё колено сжимала рука жены. Я обнял её.

— Пей, пей, в эти пять минут я думал, что нет у меня никого ближе, чем ты, и как тебе будет трудно без меня.

— Я люблю тебя очень-очень, — сказала она и поцеловала меня.

10.

Я плохо помню весь оставшийся вечер. Мне казалось, что я не вставал с места, что ко мне подходили разные люди, и я что-то им втолковывал. Но на самом деле всё было не так. После жена рассказала мне, что я очень много пил, абсолютно не пьянея.

– Ты снаружи с каждой рюмкой трезвел, и только я видела, как внутри ты пьянел и размягчался. Подтянул галстук и салфеткой закрыл масляное пятно на рубашке. Вышел на улицу, купил цветы и раздарил всем дамам. Ходил прямо, делал комплименты хозяйке и т. д.

Было, наверное, уже 12 ночи, гости потихоньку стали расходиться, когда ко мне подошла жена и сказала, что меня разыскивает Моше.

Я подошёл к телефону. Голос у него был странный.

– Зеев, беда. Разбился Офер.

– Не может быть! Это ошибка.

– Он в «Ихилове». Положение тяжелое.

– Моше, когда это случилось?

– Где-то между четвертью и половиной восьмого.

– Сейчас буду.

– Жду у входа.

Так вот почему он не приехал вовремя! Я сидел в его доме, любезничал с его женой, пил его кофе и коньяк, выпендривался, а он, раскорёженный, лежал в километре от меня. Мне стало нехорошо, я зашатался и медленно сел на стул. Нечем стало дышать, я ослабил галстук.

– Что с тобой? — услышал я как бы издалека голос жены. — Что случилось?

– Офер разбился. Надо ехать в «Ихилов». Дай мне, пожалуйста, полстакана водки.

«Все русские любят Nescafe и водку», — пронеслось в голове. Чертовщина какая-то.

– Вызови такси.

– Может, не надо? Ты сегодня много выпил.

– Не бойся. Я трезв. Просто день очень длинный.

Кто-то принёс мне стакан водки. Потом мне сказали, что я сразу заснул. Но это не был сон. Мне просто не хотелось открывать глаза. Я слышал, как вызвали такси, слышал, как оно подъехало. Не спотыкаясь, не держась за чью-то руку, я прошёл к машине и сел рядом с женой.

Но был я в другой машине, за рулём рядом сидела жена, где-то сзади я слышал, как кричит Ривка:

– Быстрее, быстрее мы опаздываем!

– Но уже девяносто — сто — сто двадцать, я не могу быстрее, это опасно.

– А какой ваш антисемит писал, что русские любят быструю езду. Это опять неправда?

Я слышу спокойный голос жены:

– Этим антисемитом был Гоголь и писал он о езде на конных «тройках», а не на машинах, притом о русских, а не о евреях.

– Русский еврей, русский нееврей, какая разница? Быстрее!

– Но в машине нет тормозов!

– Всё это глупости, я лучше знаю! Вперёд!

И вдруг я почувствовал, что мы летим, что небо синее и яркое солнце, и темнота. Я кричу, хватаю жену за руку, открываю глаза. Машина стоит у ворот больницы, и у фонаря я вижу Моше.

Голос у него виноватый, возбуждённый.

– Скажи Ривке, я ни в чём не виноват. Офер, как обычно, заказал такси, его долго не было: случился «панчер», и шофёр менял колесо, а потом пробки. Офер взял мою машину. Он так торопился, что забыл свой дипломат. В бардачке лежали мои права и страховка. Поэтому разыскали сначала меня. Какая моя вина?

Мы подходили к хирургическому отделению.

– А что с машиной? — спросила жена.

– Машины нет, она разбилась вдребезги.

– Но почему произошла авария?

– Кажется, отказали тормоза.

– Тормоза?! — произнесли хором я и Люба. — Тормоза?

– Моше, я в девять уехал от Ривки. Где-то через 10–15 минут у меня отказали тормоза. За два часа в одной компании у двух машин отказали тормоза! Такого быть не может!

– За что же вас хотели убить? Что вы кому плохого сделали? Надо сообщить в полицию.

В голосе жены был страх.

Моше уже держался за ручку двери хирургии. Он как бы споткнулся, остановился, повернулся к нам и очень тихо произнёс:

– Это в меня метили, но ошиблись. Я разберусь сам. Не надо звать полицию.

И пошёл прочь.

Хоронили Офера на следующий день, в пятницу. Конечно, было полицейское расследование. Было установлено, что в машинах специально испортили тормоза. Виновники найдены не были.

11.

После смерти Офера пошла другая жизнь. Моше стал председателем Совета директоров. Но он почти не вмешивался в работу. Судебная процедура получения наследства у Ривки затягивалась. Да и она сама не могла бы руководить семейным имуществом. Поэтому руководство разделили: мне достался завод, а остальное перешло под временное управление адвокатам.

Работы прибавилось, причём той, которой я боялся и не хотел: заказы, финансы, договора. Требовалось качественно другое знание языков — и иврита, и английского, юридической и бухгалтерской терминологии. В лабораторию я почти не поднимался. Там хозяйничала Надя. У неё уже было трое детей, и она грозила завести четвёртого и пятого. Но пока работала.

Раз в месяц Моше приносил мне пачку разных счетов – он был совладельцем нескольких свадебных залов и баров — и просил проверить. Сначала мне это было очень трудно, но я справился. Некоторые счета были нормально оформлены, другие написаны небрежно, от руки, на клочках бумаги. Суммы были довольно большие, а записи неграмотные. Моше безбожно обманывали, и я всякий раз ему указывал на это. Надо было видеть, как он бурно реагировал на обман. За эту работу он мне очень хорошо платил наличными, так как проверка его счетов не входила в перечень моих обязанностей.

Стоит заметить, что со смертью Офера моё материальное положение сильно улучшилось. Моя зарплата значительно поднялась. Кроме того, Моше постоянно мне давал довольно крупные суммы наличными за выполнение заграничных заказов.

В последний месяц у меня появилась неисчезающая усталость. Вечером я успевал вернуться к последним известиям и засыпал перед телевизором — первая стадия старческого маразма. Утром вставал невыспавшимся и усталым. Пора было двигаться в отпуск. Мечтали о Скандинавии или Канаде. Обсуждался вариант Эстонии, Карелии и даже Белого моря. В школах всё ещё не было кондиционеров во всех классах, и Любу сильно изматывала летняя жара.

В этот день вечером я уселся перед телевизором. Люба ещё крутилась на кухне. Последние известия начались с криминальной хроники:

«Взрыв в кафе на улице Тут-Саде. Мафиозные разборки. Была брошена граната, затем ворвались и расстреляли из автоматов посетителей кафе. Преступники скрылись на мотоцикле. Прибыла полиция. Изучаются причины. Среди пострадавших известный преступник, сутенер, владелец массажных кабинетов, торговец наркотиками Моше Леви».

И дальше фотографии. На одной из фотографий мой Моше стоит на фоне зелёного забора. Эта фотография была сделана мною год назад на заводе. И конечно, ни слова о том, что Моше — совладелец завода и банкетных залов.

Я замер. Что-то случилось. Стало тяжело дышать. Подошла Люба.

– Что с тобой, ты заболел?

– Нет, я просто устал.

Но я думал о другом. Правда ли — всё, что я услышал?

Спокойно. Давай сопоставим факты. Всё время после организации лаборатории были эти странные заказы. Они всегда шли с фирменными обозначениями. Всегда их забирали или Офер, или Моше. Всегда после выполнения таких заказов я получал доплаты наличными или чеком. Мне никогда не говорили, что за продукты мы производим. Правда, что последний раз Надя не захотела закончить синтез: она утверждала, что у неё появились галлюцинации, усталость. Но я отнёс это к состоянию возможной беременности.

– Зеев, это плохой препарат, я больше не хочу его делать. Я после него очень устаю.

– Надя, но ты ведь не в первый раз его делаешь. В чём дело?

– Да, не в первый, но у меня всегда были небольшие галлюцинации, а на сей раз очень большой заказ. Это может быть наркотик.

– Ты с ума сошла! Какой наркотик! Ты, наверное, опять беременна. Ещё не отстрелялась? Тебе надо отдохнуть от синтеза. У меня есть много предлабораторной работы, посиди в библиотеке.

– Может быть, ты и прав. Я действительно устала.

– Поезжай в Канаду, на Шпицберген, укроти свой темперамент.

– Ах, Зеев, Зеев, что вы про мой темперамент знаете?

Эту работу я закончил сам. И у меня быстро наступила непроходящая усталость. Работал я аккуратно, но всё равно какой-то контакт с веществом был. Может, это действительно был наркотик?

Документация у меня была в полном порядке, этого я не боялся. Но если будет обыск, если привезут кинологов с собаками, они обнаружат следы наркотиков. Мне не уйти от суда. Иди и доказывай, что ты ничего не знал! Надо быть готовым к приходу полиции.

Жутко стало обидно: меня дурачили всё это время. Может, я сам дал себя дурачить? Может, вся идея завода родилась для прикрытия производства наркотиков? Кто об этом знал? Офер, Рахель, Ривка, Моше?

Позвонила Ривка, спросила, слышал ли я последние известия, попросила встретиться сейчас.

– Ривка, нас завтра будут допрашивать в полиции, не надо ночных встреч.

Жене я сказал:

– Мне надо подскочить на завод. Я забыл проверить сигнализацию.

– Ты хочешь, чтобы я поехала с тобой?

– Ни в коем случае. У тебя завтра тяжёлый день — контрольные.

Это была правда. Но главное — на заводе она была не нужна. Выпутываться я должен сам. На стоянке я открыл шкаф, где лежало разное барахло, и выбрал старую одежду и ботинки, в которых я раньше ходил в милуим, и литровую бутылку с дезинсекталем 25. Ещё в самом начале жизни в Израиле один из коллег научил меня делать дезинфекцию в квартире сильно разбавленными растворами дезинсекталя. С тех пор у меня всегда есть эта вонючая жидкость.

Я загнал машину во двор завода и переоделся прямо в ней. Затем я поднялся в лабораторию, надел противогаз и перчатки, пересыпал два оставшихся пакета последнего заказа в колбу с крепкой серной кислотой и стал нагревать. Затем я приготовил эмульсию дезинсекталя для опрыскивания в пятилитровом джерикане. Чтобы быстро закончить работу, я подсоединил к джерикану баллон с азотом. Заодно продезинфицировал склад и ящики столов, вытяжной шкаф и письменный стол. Горячую кислоту разбавил льдом и вылил в бочку для сливов. Всё. Работа был закончена.

Я вышел на лестничную клетку, снял с себя одежду, рассовал её в разные мешки и запер помещение. Утром я вызову компанию, которая проводит дезинфекцию, дезинсекцию и дератизацию, и спишем запахи на её счет. Кинологам с собаками ничего не достанется.

В трусах, босиком я прошёл в свой кабинет, взял папку с бумагами и почему-то решил открыть сейф. От удивления я даже крякнул: там лежали пачки долларов. Я не знал, откуда они взялись, и что с ними делать я тоже не знал. Ключ от сейфа был только у меня и теперь у Моше. Ясно было одно: там им не место. Завтра сейф будет опечатан. Я выкинул мусор из мешка и положил туда деньги. Мешок бросил в багажник машины. В машине я переоделся и поехал домой. Вся операция заняла полтора часа.

12.

Дома меня ждали новости. Звонила ещё раз Ривка: Моше в очень тяжёлом состоянии, но живой, находился в больнице.

Я очень устал: дезинфекция вымотала меня, но надо было ехать в больницу. Машину повела Люба. Где-то в 12 ночи мы были в «Ихилове». Моше уже был прооперирован. Беседа с врачом тоже не дала ничего утешительного: состояние тяжёлое, но, наверное, жить будет. Множество ранений и в голову, и в грудь, и в живот. Как во время теракта.

По дороге домой Люба спросила:

— Правда ли насчёт наркотиков? Ривка безумно напугана. Она просто в трансе. Наверное, она что-то знает.

— Я никаких наркотиков не делал! Время от времени были синтезы с фирменными названиями исходных и конечных продуктов. Но к ним были приложены методики за подписью Офера и нормально оформлен заказ. У меня все журналы в порядке. Есть ревизионные отчёты о входящих и выходящих продуктах. Что ещё нужно? Кто знает, что знает и чего не знает Ривка? При последней встрече наедине она пыталась установить душевную близость. Но это может быть связано и с твоими делами.

— Нужно, чтобы это устраивало полицию! — очень жёстко, почти враждебно сказала Люба. — Ты уверен, что все твои журналы на месте? Что ничего не пропало?

— До того как ты задала вопрос, был сто процентов уверен.

Сейчас уже нет. Может быть, меня классическим образом использовали, но моя совесть чиста. Я не делал наркотики.

— Буду молиться, чтобы всё обошлось хорошо.

Дома на телефоне меня ждало сообщение: «Срочно позвони в любое время суток. Борис».

Бориса я знал ещё в Союзе. Мы когда-то вместе работали. В молодости, в студенческие годы, он сидел в сталинской тюрьме и слыл большим специалистом по КГБ — предугадывал действия «славных органов». В Израиль он уехал в самом начале 1970-х годов, хорошо выучил иврит и был удачно устроен. Виделись мы не часто, но всегда с большой теплотой. Люба подчёркнуто благожелательно относилась к нему и его жене. Я сразу же ему позвонил.

— Борис, ты меня разыскивал?

— Весь вечер не могу до тебя дозвониться. Слышал новости. Думаю, что, как говорят в Одессе, «вам это касается».

— Касается.

— А теперь послушай меня одну минуту. Зная тебя, я думаю, что ты не виновен, но трясти тебя будут основательно и долго. Самое главное — не наговори на себя. Чем реже ты будешь открывать рот, чем короче будут твои фразы, тем лучше будет для тебя. «Да, нет, не знаю, не помню». Следователь захочет, чтобы ты играл в поддавки. Не играй. Хороших следователей не бывает. Бывают плохие и очень плохие. Не соглашайся. Следователь должен копать, тяжело работать. Я кончил. Вопросы будут завтра. Привет и звони. С тебя кружка пива. Ибо бесплатные советы ничего не стоят.

В семь утра я уже был на заводе. Все слышали последние известия, и я ловил на себе вопросительные взгляды. Я собрал всех рабочих.

– Вчера в последних известиях сообщили, что убит Моше. Сообщение не совсем точное: он тяжело ранен. Мне ничего не известно о продаже наркотиков. На нашем заводе наркотиков не производили. Если кому-нибудь что-либо известно — сообщите прямо в полицию. Работайте спокойно.

Я прошёл в архив. Каждый выпускаемый продукт имел свою нумерацию и свой номер журнала. И вдруг я обнаружил, что в журналах, заполненных по-русски, вырваны страницы. Странно — лабораторные журналы. Меня удивило то, что вырваны были преимущественно листы из русских журналов. Было совершенно не понятно, кто и зачем вырвал страницы.

В девять, как мы и договаривались, я был в центральном офисе фирмы. Ривка, заплаканная, взвинченная, была уже там. Говорить с ней было очень трудно. Я и адвокат кое-как её успокоили.

Я написал письмо хозяевам фирмы, сообщил, что мне ничего не известно о производстве наркотиков на данном заводе. Все методики были утверждены Офером.

Тут же я попросил адвоката возбудить полицейское расследование по факту нанесения ущерба фирме кражей технологической документации. Вход в архив был ограничен: покойный Офер, Моше, Рахель и я. И только я знал русский язык.

В одиннадцать позвонили с завода и сказали, что появился полицейский офицер.

– Не говори и не делай глупостей, — напутствовал меня адвокат.

Борис напутствовал более подробно.

Следователь ждал меня на улице почти на том же месте, где я фотографировал Моше. Высокий, широкоплечий, с приятной улыбкой, молодой лет 30–35.

– С некоторыми рабочими я уже побеседовал. Все они к тебе хорошо относятся. Да, и на заводе у тебя приятно: травка, кустики, зелень. Одним словом, Америка, Канада.

И сразу без перехода:

– Какие, когда и в каком количестве ты делал наркотики?

– Никогда никаких наркотиков я не делал. Давай закончим разговор на эту тему.

– Все идущие на виселицу говорят о своей невиновности.

– Ну, во-первых, не все. Некоторые признаются в своей вине, а для других — это предмет гордости.

– Вот и гордись, что делал наркотики. Ты можешь стать государственным свидетелем. Тогда ты избежишь тюрьмы!

– Если у тебя есть ордер на обыск, начинай работать. Я со своей стороны сегодня подал жалобу в полицию на факт кражи документации.

Через час появились кинологи с собаками. Вызвали адвоката, приехала Ривка. Смотреть на неё было страшно — бледная, сутулая, неуверенная. Она как-то криво улыбалась руководителю бригады кинологов. Я был на удивление спокоен.

Как я и ожидал, собаки ничего не нашли: резкий запах дезинсекталя перебивал всё. Попробовали трёх собак. Никаких вещественных доказательств не было. Я вздохнул с облегчением. Обратили внимание на резкий запах в лаборатории, но я объяснил, что в лабораториях всегда чем-то пахнет. Всё-таки я что-то понимал в химии.

Архив по моей просьбе опечатали. Утром я и полицейский офицер занялись его ревизией. Результаты были плачевны: из многих журналов были вырваны русские записи, но какой-нибудь системы в этом не было. Одно было ясно: преступник очень торопился и не знал русского языка.

Через неделю по моей просьбе архив открыли. Я понимал, что вор придет ещё раз, и решил его поймать. Я поехал на фирму, которая ставит сигнализацию, и договорился о том, что поставят скрытую камеру, и что дверь нельзя будет открыть изнутри без специального кода. Кроме меня, этот код никто на заводе не знал. «Ловись рыбка большая и маленькая...» И рыбка клюнула, но не сразу.

На всякий случай я официально вызвал компанию, и она произвела дезинфекцию, дератизацию и дезинсекцию по полной форме. Теперь нечего было и думать о повторной проверке.

Проверка технологических журналов показала любопытную вещь: почти из всех журналов были вырваны методики получения заказных продуктов. Из английских журналов были вырваны всего одна-две страницы, из ивритских — ни одной. Это озадачило и меня, и полицейского офицера. Офер и Моше могли получить копию любой методики из компьютера в центральном офисе компании. Рахель не читала по-русски. Уборщица, наводившая порядок в лаборатории и других помещениях, была далека от всех методик. Надя, которая последние месяцы хозяйничала в лаборатории, могла снять копии, не вырывая страниц. Кто-то очень торопился. Но кто?

13.

Мои вздохи облегчения были преждевременны. В одной из фирм, с которой мы сотрудничали, произвели обыск с использованием собак и выявили наличие наркотической пыли. Это ещё не было доказательством, так как было неясно, откуда взялась пыль.

Произвели дополнительный обыск и нашли пакет с наркотиком. Хозяина арестовали, и он дал показания, что фирма зата́ривает десятки продуктов. Что за продукты, он не знает и знать не хочет. Может, что-то было и от нас. Проверка документов ничего не дала, но снова возникло подозрение, что продукт на зата́ривание поступил от нас.

Я со своей стороны подтвердил, что Офер и Моше иногда забирали продукцию сами и отправляли её заказчику. Опять было подозрение, но не нашлось доказательств.

Моше я увидел только через два месяца после его ранения. Сначала меня не пускали к нему врачи, затем следователь. Потом с него сняли всякие ограничения на встречи, и он уехал в Тверию долечиваться. Остановился он в «Кейсаре», прямо на берегу Кинерета. Выглядел он плохо, ходил чуть согнутым, опираясь на палку. Я привёз ему разные документы и рассказал о состоянии компании. Он молча выслушал и показал на стены, предполагая, что в них есть подслушивающие устройства. Я кивнул ему головой в знак согласия, мы спустились пообедать.

Я написал ему на салфетке: «50 тысяч долларов». Он с удивлением посмотрел на меня и спросил:

– Где?

– В багажнике.

– Где?

– Где, где? — сказал я с раздражением. — В багажнике, в машине. Он рассмеялся весело, громко.

– Я всегда считал тебя стопроцентным фраером, но ты себя переплюнул, ты — фраер... Как это говорится у математиков, когда над цифрой ещё стоит маленькая цифра?

По-видимому, он хотел сказать «в степени», но не знал этого слова.

– В степени.

– Вот-вот, в степени, — повторил Моше. — В степени тысяча. Два месяца провозить в багажнике деньги. Фантастика! В чём они у тебя лежат?

– В пластиковом мешке из-под мусора.

– Фраер, ей-богу, фраер!

Моше опять весело рассмеялся. Я обиженно замолчал.

– Ты не обижайся, это твой характер. Ты знаешь, я тебя люблю.

Я сомневался в искренности его слов. Я вдруг вспомнил, как с полгода назад, ещё когда был жив Офер, я был свидетелем некоего разговора.

Мой кабинет находился рядом с комнатой, где работала Рахель. Нас разделяла стенка, в которой было окно. Когда мы хотели пообщаться друг с другом, окно открывали.

Я только что расстался с Моше и задержался на несколько минут в лаборатории. Моше любил приходить в лабораторию. Он всегда спрашивал разрешения посидеть и посмотреть, как мы работаем. В этом не было видимой цели. Никаких замечаний он не делал. Сначала он просто смотрел, затем стал расспрашивать «про химию» и её возможности, задавал вопросы. Вопросов было много, и они были разные: могу ли я делать лекарства, парфюмерию, взрывчатку, наркотики и т. д. Всё это напоминало мне моих детей и их друзей в возрасте 15 лет: «Пап, а ты можешь...?» Дальше следовал какой-нибудь вопрос. У подростков была буйная фантазия и безграничная вера в науку.

Иногда Моше что-нибудь рассказывал о своей жизни, особенно о детстве. Радости в нём было мало.

– Знаешь Зеев, если бы я учился нормально в детстве, я бы, как и ты, стал химиком. Я прихожу и отдыхаю здесь. Меня не смущают ни запахи, ни драные, прожжённые халаты, ни возможная опасность. Меня восхищает, что вы из дешёвого материала можете сделать очень дорогой. Раньше была другая жизнь, меня никто не толкал учиться. Всё деньги, деньги да деньги. Нищета, поиски работы.

Моше должен был меня ждать в машине. Я зашёл в лабораторию взять портфель с бумагами. Через открытое окно я увидел Моше и Рахель. Они стояли один против другого. Лицо Рахели было разъярённым. Я услышал обрывок разговора.

— Так что, пойдём потрахаемся? Ты хочешь прямо на столе или пойдём к тебе домой?

— Ты слышишь? Никогда, никогда! Я лучше зашью себе сикалку, чем пойду с тобой в кровать. Я ведь поклялась тогда. Я ничего не забыла и не простила. Тоже мне старый плейбой, трахатель, ты лучше письку привяжи к карандашу.

— Кому ты нужна, старая шальмута, разве что твоему фраеру. Где он тебя трахает? Он ведь ничего не видит под носом и тебя за целку принимает. Он думает, что ему боженька подарок сделал.

— Уйди, ради бога, уйди.

— А чего мне уходить? Ты ведь мой хлеб ешь. Ты не бойся, тебя я трогать не стану. У тебя сиськи до пупа, а сикалка с бочку размером. Я дочку твою трахну, она сейчас цветок, даже лучше, чем ты была в её годы. Розочка.

— Не тронь. Тронешь — убью. Ты ведь меня знаешь.

— Ты очумела, ты мне грозишь?

Мне этот скандал был ни к чему. Я потихоньку вышел из кабинета, зажёг свет в коридоре и громко закричал:

— Моше, где ты, сколько можно тебя ждать?

— Иду, иду.

Я уже сидел в машине, когда Моше вышел, бледный, с взбешёнными глазами.

— Что с тобой? — спросил я.

– Да так, ничего, с подругой детства пообщался.

Именно сейчас, при разговоре с Моше, я вспомнил об этом случае. Тогда я подумал, что под фраером Моше подразумевал старого хозяина, «старого Ицхака», как мы его называли между собой. Я знал, что Рахель боготворит его. И знал почему.

Но сейчас я подумал, что под фраером он подразумевал меня. Какая-то созвучная интонация была в голосе Моше. Горькая обида подкатилась к сердцу. Стало жарко. Я попросил у официанта воды со льдом. «Что я сделал, что так неуважительно, с таким презрением Моше относится ко мне? Наверное, надо уходить», — подумал я.

Моше медленно ел мороженое.

– В архиве поработала Рахель, это её почерк, бойся её.

– Рахель? Что ей там нужно? Что она понимает в методиках?

– Рахель будет свидетельствовать в суде, что ты делал наркотики. Русский она не понимает, прочитать не может, а думает, что технология записана по-русски.

– Опять наркотики. Зачем ей нужно, чтобы меня посадили?

– Ты ей не нужен, тебе она будет шоколад приносить в тюрьму. Ей нужен я. Она меня убить хочет, посадить, а ты так, для компании.

– Убить, посадить. Ты на заводе гость, вся ответственность за производство на мне.

– Гость-то я гость, но завод всё-таки мой, и ответственность на мне тоже есть. Если найдут что-нибудь — 20 лет тюрьмы. Тебе немного поменьше.

– Ну, допустим, тебе она хочет отомстить, а при чём тут я? У меня всегда были с ней хорошие отношения, даже какая-то взаимная симпатия.

– Ты как прицеп.

– Не могу поверить.

– Поверишь. Ты для неё ничего не значишь, ты ноль. Она «страстная» женщина, а ты вне её страстей.

– За что она так тебя ненавидит?

– Да всё глупости, воспоминания молодости. Срезали тормоза в машине и убили Офера — это в меня целились, промахнулись, бросили гранату, опять промахнулись.

– Но в неё тоже стреляли и тоже промахнулись. Как-то всё несерьёзно.

Моше весело рассмеялся.

– Зеев, от твоего фраерства с ума можно сойти. Ты везде требуешь добросовестности, стандарта, даже в бандитских делах. Но ты прав — недоработка. Ты знаешь, почему англичанин никогда не прикуривает третьим? Первый раз — бур поднимает ружьё, на второй — целится, на третий — стреляет. Два раза уже прокукарекало. Скоро будет третий. Но я не боюсь. Бог даст, отмахнусь.

Мне стало жутко. Отошла обида. Человек знает, что он приговорён. Доигрался.

– Моше, никогда наркотиков не было на заводе, и никто их никогда не найдёт! Ты слышишь? Никогда!

14.

Мы поднялись опять в номер, сели просматривать документы. Работали часа два-три. Уже поползли сумерки. Моше заметно устал, перестал быть внимательным.

– Хватит, — сказал я, — через несколько дней ещё раз встретимся. Ты должен подписать новый проект.

– Оставь все бумаги мне, может быть, разберусь сам. Надо привыкать.

Я стал собираться. Моше сел в кресло, прикрыл глаза. Видно было, что ему плохо. Лицо стало серым, выступил пот.

– Моше, тебе нехорошо, вызвать врача?

– Нет, ничего не надо. Сейчас пройдёт, это приступ. У меня прострелены кишки.

Он опять замер. Я не знал, что делать — уходить или нет. Это продолжалось некоторое время. Я посмотрел на часы, стал прикидывать, когда я вернусь домой.

– Зеев, подожди ещё минут 15. Должен приехать сын. Я хочу вас познакомить.

– Зачем?

– Ты видишь, Зеев, мне скоро конец, сын должен взять хозяйство в руки. Он хороший парень. Прошу тебя, научи его управлять.

– Моше, я плохо что-то стал понимать: ты не только меня не уважаешь, много хуже — презираешь, а сына отдаёшь мне в обучение. Отдай сына другому, а мне найди замену. Я это пойму.

– Зря ты на меня в обиде. У нас разные ментальности. Ты законопослушный, переходишь только на зелёный, ты будешь платить арнону даже на пенсии, ходить в милуим до последнего дня, а потом пойдёшь в «Мишмар эзрахи». Я анархист. Я не хотел учиться, потому что учительница заставляла меня делать домашние задания, я не пошёл в армию, потому что там есть расар и т. д. Я полуграмотен и стал дисциплинированным только когда познакомился с Офером, а потом с тобой. Тогда я начал чему-то учиться. Я хочу, чтобы у сына была другая жизнь, не моя, скорее твоя. Я хочу, чтобы он учился.

Появился сын. Высокий, как отец, худой, с приятным лицом, в военной форме, в красных ботинках и с красным беретом за погоном.

– Познакомьтесь, это мой сын Давид, это Зеев, директор завода. Давид, Зееву можно верить. Учись у него, он тебя не обманет. Зеев, помоги Давиду стать на ноги.

Моше и Давид спустились меня проводить. Я подошёл к машине, открыл багажник, вынул грязный пакет с деньгами.

— Возьми, Моше, это твоё.

Моше молча улыбнулся.

Всю дорогу я думал о Моше, Рахели, о той ситуации, в которой я оказался. Я был чист, но кто в этом был уверен, кроме меня и Любы? Настроение было ужасное — влип. Я не делал наркотики, но, может быть, кто-то их делал моими руками.

В Хедере я остановился, съел фалафель с очень острым соусом и запил пивом. Полегчало. Позвонил домой.

— Через час буду дома. Наводи марафет, пойдём куда-нибудь.

— На ночь глядя? Ты с ума сошёл!

— Только ночью и объясняются в любви. В конце концов, имею я право объясниться женщине в любви.

— Имеешь, имеешь. У мужиков всегда всё просто. А ты что, хочешь объясниться в любви? Ты спутал телефон и язык, я — Люба, а не Ривка.

— Оставь Ривку на утро. Поутру ревность легче. Я тебе хочу о любви рассказать прямо сейчас.

— Я подожду до встречи. А то всё скажешь по телефону, а потом замолчишь, как рыба. И весь вечер пропал. И вообще я не успею подготовиться.

— Успеешь, успеешь.

— И цветы будут?

— Будут.

— И шоколадные конфеты?

— Будут.

— Ладно, тогда буду готова.

Мы сидели в маленьком кафе, я рассказывал о поездке, о своих раздумьях. Рассказы мои были горькие и неопределённые.

Неужели у меня под носом делали наркотики? Знал ли об этом Офер? Неужели Рахель организовала покушение на Моше? Почему мне испортили тормоза?

Ответов не было. Постепенно возмущение сменилось жалостью: «Господи, бедные, несчастные люди, если надо убивать друг друга».

Я положил руку на руку жены.

— Я люблю тебя!

— И это всё, что ты хотел сказать честной девушке за целый вечер?

— Люба, можешь мне поверить, с каждым годом, с каждым днём я люблю тебя всё больше и больше. Иногда просто до приступов.

— Что-то плохо видно и слышно. Цветы и конфеты не в счёт, этим соблазняют 16-летних.

— Сейчас я встану на стол и закричу на всё кафе, на всю улицу. Пусть все знают.

Я сделал попытку встать.

— Тихо, сиди. А то выкричишь всю любовь, что на ночь останется? Будем считать, что ты вечерний экзамен сдал.

Наутро меня вызвали в полицию. Опять были вопросы — где, как и когда я делал наркотики. И опять однозначные ответы: никогда, никогда, никогда. Я с благодарностью вспоминал Бориса.

Но следствие проделало большую работу: получило список всех наших поставщиков, всех наших заказчиков. И опять ничего определённого. Была какая-то оперативная информация, но прямых улик не было. Дело не склеивалось.

Каждый день в течение двух недель по несколько часов были допросы, угрозы, давление.

А ещё был завод с ежедневной технологией, с планированием новой работы, договора, заказы. Я похудел, я хотел в отпуск хотя бы на неделю, но полиция меня не отпускала, старалась дожать.

И вдруг сразу стало легче.

15.

Был четверг. Вечер. Скорее ночь с четверга на пятницу, часов 12. Я смотрел детектив, Люба лежала в кровати и читала. Я люблю детективы. Они захватывают, в них есть действие. Люба их не любит, иногда смотрит французские фильмы с Бельмондо и Аленом Делоном, и то, наверное, потому, что любит этих актеров.

Зазвонил телефон.

— Кого-то дернул чёрт ночью звонить. Если следователь, скажи, что меня нет. Что хочешь скажи. Досмотреть не дают!

— Умереть не дадут, из гроба поднимут, — проворчала Люба и взяла трубку.

— Зеева нет дома. Кто его спрашивает? Вы знаете, который сейчас час? — Люба говорила на иврите. Голос был очень раздражённый.

Видимо, ответа не последовало.

— Когда будет? Не знаю. Кто вы? Рахель? Что случилось, дорогая? — Голос Любы изменился, стал ласковым. — Ты в архиве? Зачем ты туда пошла?

Люба прикрыла трубку подушкой и запустила в меня тапочек.

— Быстрее возьми трубку. Настоящий детектив.

Но мне не хотелось двигаться, я пребывал в полудреме. Не хочу детективов. Хватит и своих. Мне было хорошо. Никаких телефонов.

– Рахель, дорогая, я ничем помочь не могу. Зеев в Ришоне, жарит стеки. Машины у меня нет. Вернётся часа в четыре. Ну, ты же туда вошла. Ах, выйти не можешь? Хочешь в туалет? В помойное ведро. Его нет? Не знаю, что тебе сказать. Обязательно передам. Понимаю, что ночь у тебя будет неспокойной. До свидания.

Люба положила трубку и запрыгала:

– Такое везение. Фантастика! Рахель вошла в архив и не может выйти. Проснись! Честное слово, дуракам везёт.

Люба в возбуждении растолкала меня.

– «Ловись рыбка большая и маленькая». Это твои слова. Вот рыбка и клюнула. Это Рахель разорила твой архив, Моше прав. И второй раз залезла. Но зачем она это сделала?

– Надо позвонить в полицию и в охранную компанию. А, может, я всё-таки поеду и выпущу её?

– Жалко стало?

– Женщина сидит вся обкаканная? Всё равно там есть кинокамера.

Люба остановилась. Молча подошла ко мне и показала прядь седых волос.

– Я никогда не говорила тебе об этом. А теперь посмотри. Это прядь. За последние твои увлечения — полицейские посиделки. И очевидно, что к этому причастна твоя милая Рахель. Мне ведь ничего этого не надо, — Люба провела рукой по кругу, показывая на дом. — Мне бы только чтобы дети и ты, дурак жалостливый, были живы, здоровы и спокойны. Поезжай, но домой не возвращайся. Боже, кто бы меня пожалел?!

И расплакалась.

– Да что ты, Люба, что ты...

Я еле её успокоил. Опять зазвонил телефон. Ночь нам предстояла весёлая. Трубку опять взяла Люба (мне она не доверяла). Звонили из охранной фирмы, спрашивали, что делать.

– В пятницу завод работает. Начинают с пяти. Надо приехать в 4 утра вместе с полицейским офицером и составить протокол, сделать фотографии. К утру Рахель очень устанет и легче будет взять показания.

– Наверно, вы правы, но преступника надо брать сразу, пока он не очухался, так сказать, в «момент истины». Если вы настаиваете — пусть будет по-вашему.

Был уже час ночи, когда я уснул, Люба спала у меня на плече, как в молодости, а значит, мир был восстановлен.

Полчетвертого потихоньку встал. Люба открыла один глаз и сказала:

– Я не поеду.

К четырём, почти без опоздания я, представитель охранной фирмы и двое полицейских офицеров (одна из них женщина), были на месте. Но Рахели мы не застали. Дверь в архиве оставалась закрытой, но была взломана стенка, разбита оконная рама, отключена сигнализация, и рядом стоял автокран с ковшом. В самой комнате была грязь, запах кала, обрывки женской одежды. Составили протокол, сделали фотографии. Но архив перестал существовать: все лабораторные журналы вывезли. И ивритские, и английские, и русские. Опоздали, недооценили «рыбку».

«Рыбка» думала, что вырвалась из сети, но это была только иллюзия. Никто не знал о скрытой кинокамере. Их было двое. Лицо одного из них было хорошо видно.

После посещения полиции и всяких распоряжений я только к часу вернулся домой. Любы не было, и я завалился спать. Настроение опять стало паршивым. Я знал, что сделал ошибку, надо было ехать ночью, взять Рахель с поличным, но я не мог бросить Любу. Это уже не в первый раз, когда Люба перевешивает. Это плохо, не потому что она не права, а потому что нервы, эмоции захлестывают разум. И нет выхода, ведь она тонкая и умная женщина.

Было часов семь, когда меня разбудила Люба.

— Собирайся, поехали к морю.

Нас действительно там ждали: планировались шашлыки. Люба испытующе на меня посмотрела.

— Рахель не взяли, она выломала стенку и ушла, захватив весь архив.

— Невероятно!

— Именно так. Её, конечно, поймают, но эффект будет не тот. Промахнулись.

— Ты считаешь, что я этом виновата?

— Нет. Но у тебя слишком много эмоций, и они бесконтрольны. Месть — это новая, но не лучшая твоя черта.

Люба подошла ко мне и прижалась.

— Прости. Ты прав. Нервы и страх. Я очень устала. — И сразу, без перехода: — Пригласи бедную девушку куда-нибудь посидеть вдвоём.

Я запустил в Любу подушкой.

16.

Рахель арестовали вечером в пятницу. Картина довольно быстро прояснилась. Полиция через «Безек» выяснила, что ночью она звонила своему мужу, с которым она не общалась много лет. О чём они говорили было неясно, но муж позвонил своим приятелям, и они приехали с автокраном, ломами, кувалдами, пробили стенку, выбили окно и вывезли Рахель вместе с архивом. Телефон приятеля был тоже зафиксирован «Безеком», совпала фотография, и его тоже арестовали.

В воскресенье у меня была с ней очная ставка. Передо мной сидела усталая, постаревшая женщина с потухшими глазами.

Следователь спросил меня:

– Вы знакомы?

– Да.

– Какие у вас с арестованной отношения?

– Были прекрасными. В течение нескольких лет она была моей ближайшей помощницей. У неё хранились ключи от всех помещений. Иногда даже от сейфа. Неожиданно она уволилась, изредка мы перезванивались.

– Чем вызвано её увольнение?

– Мне она объяснила домашними причинами. Но я думаю, что у неё сложные отношения с совладельцем завода Моше Л. В молодости они дружили, а потом рассорились. Моше пытался несколько раз её уволить, но мне удалось её отстоять.

– Почему, по-вашему, она забралась в архив?

– Понятия не имею.

Потом следователь обратился к Рахели:

– Всё, что сказал Зеев, правда?

– Да.

– Зачем вы залезли в архив?

– Меня просил об этом следователь Н.

Это был взрыв, землетрясение. Следователь Н.? Почему? Зачем?

– Он ведёт следствие по подозрению производства наркотиков на заводе. И я дала показания, что они не делались. Он думал, что в журналах есть обратные доказательства.

Так вот откуда дует ветер.

Я потребовал немедленно вызвать моего адвоката. Допрос был прерван.

Уже в дверях я сказал:

– Рахель, никаких наркотиков я не делал. Дура ты, втянула себя в болото, в грязь. Зачем? Не пойму.

– Ты, Зеев, может, и не знал, что Моше и Офер делали твоими руками наркотики, а иначе для чего они купили завод? А Любу я любила, она такая умная, такая образованная... Зачем же она мне посоветовала насрать в ведро?

– Любила?!

На секунду у меня пропали ивритские слова. Я задохнулся от возмущения.

– Любила? Чуть-чуть не убила меня, чуть-чуть не сделала её вдовой. Это от большой любви? Скажи: если докажут, что на заводе делались наркотики, мне 20 лет тюрьмы обеспечено тоже от большой любви? От моих допросов в полиции Люба поседела, зачем ты ей мстила? Молчишь? Что я тебе сделал плохого? Опять молчишь. Ты сама сейчас не выйдешь из тюрьмы. У тебя был плохой советчик. Ты о детях подумала?

Меня оборвал следователь и сказал, что допрос окончен.

Дело рассыпалось, следователя перевели на другую работу. Рахель не судили, ремонт сделали за её счет, и она безропотно оплатила.

Месяца через три, когда уже стало забываться дело, был убит муж Рахели. На перекрёстке из стоящей рядом машины стали спрашивать дорогу. Давид открыл окно, и в него бросили гранату. Убийц не нашли. Через два квартала обнаружили машину на стоянке, она была угнана. Всё это было показано по телевизору.

Моше стал председателем совета директоров. Он был очень осторожен, ездил только на такси. Не открывал окон в машине, не входил первым в помещение и т. д. Работал он много, но не очень продуктивно. Виделись мы два-три раза в неделю: ему постоянно что-то надо было разъяснять. Меня это стало понемногу раздражать. Уж лучше бы он вёл себя как Ривка — почти никаких вопросов.

Раз в месяц приходила Ривка. У меня работы прибавилось. Я стал искать себе замену.

17.

Так прошёл год. Моше ранили, когда он входил в банк. Выстрел в упор. Ранение было очень тяжёлым. Он умирал долго и мучительно. Перед смертью сказал, что он ни на кого не в обиде.

Через некоторое время уборщица положила мне на стол газету, где было подчеркнуто название «Без света»:

«Эта часть микрорайона плохо освещена. Трудно объяснить почему. Это не Шхунат-а-Тиква, но и не Рамат-Авив. Район, построенный в начале семидесятых для русской алии и заселённый тогда же "русскими", давно уже перестал быть "русским гетто". Всё здесь перемешано: русские, эфиопы, марокканцы и тайванцы, которые выбились из нищеты и смогли купить небольшие трёхкомнатные квартиры. Нет любви, но нет и ненависти. Все тихо и спокойно. Иногда дерутся дети. Но где они не дерутся? Так зачем же фонари? Есть районы, где тротуары пошире, улицы почище, где нужно больше света!

Был вечер. Рахель К. (подлинное имя хранится в редакции) возвращалась домой вместе со своей 16-летней дочерью Саррой. По дороге они зашли в супермаркет. Последний отрезок пути решили пройти через остатки пардеса, примыкавшего к микрорайону. Так ходили они всегда, и так ходили все вокруг уже много лет.

Вдруг из-за дерева выскочил молодой человек и ударил Рахель по голове. Когда Рахель упала, он набросился на дочь, порвал кофточку, трусы. Сарра закричала. Нападавший ударил

Сарру по лицу и сказал, что убьёт и её, и мать, если та будет кричать. Сарра забилась в молчаливой истерике.

В это время Рахель пришла в сознание. Под руку попалась бутылка с оливковым маслом, выпавшая из пакета. Рахель ударила насильника по голове бутылкой. Он закричал, отскочил и два раза выстрелил. Одна пуля попала Рахели в грудь, другая в плечо её дочки. Прибежали соседи, вызвали полицию и скорую помощь. Мать и дочь увезли в больницу. Полицейский офицер заявил, что проверяются версии нападения как на криминальной, так и на националистической почве.

В больнице обе женщины были прооперированы. Их жизни уже ничто не угрожает.

Рахель много лет живёт в этом районе. Её многие знают, да и она знает многих. Мать двоих уже взрослых детей (дочери — 16, а сыну — 18), она работала помощником управляющего химзавода, мечтала перебраться в более благополучный район.

В 200–300 метрах от места происшествия полицейский патруль подобрал истекающего кровью человека с проломленной головой. Этого молодого человека звали Д.К., и он был известен полиции. Он неоднократно привлекался за хулиганские выходки и мелкие кражи. Полиция пыталась установить, причастен ли он к покушению на Рахель. К сожалению, Рахель и её дочь были так напуганы, что не могли опознать преступника.

Но самое удивительное и печальное в этой истории — это то, что Д.К. был убит на следующий день после выхода из больницы. Ведётся следствие.
Жуткое время. Убийства, изнасилования. Мир ожесточился. Свет потушен в наших душах.

Я спрашиваю министра полиции, я спрашиваю министра просвещения — доколе?»

18.

Было очень много работы. Я часто вспоминал слова Любы, что не будет ни дня, ни ночи. Я всё больше и больше погружался в административные дела. Заказы, просроченные чеки, зарплата, договора и т. д., и завод, требующий внимания и ясной головы. На каком-то этапе мне очень помогла Надя. Она взяла на себя все обязанности по лаборатории и командовала чётко, спокойно и продуманно. Но однажды всё это кончилось. Она пришла и сказала, чтобы я готовил ей замену.

– Надя, что случилось? Я тебя чем-нибудь обидел?

– Ты мне уши прожужжал, чтобы я делала диссертацию, вот я и пошла её делать.

– Ненормальная ты баба. Какая диссертация? Сколько тебе лет? Ты скоро бабкой станешь, а хочешь пойти с детьми играть в науку.

– Зеев, не обижай меня. Я ещё не старая и на кое-что способна. А девочки и мальчики пусть будут рядом. Я их не боюсь. Да и выхода у меня нет. Муж получил профессуру в Америке. А что мне там делать? Я загнусь без работы, без жизни на разрыв. Ищи замену.

И ушла. И сделала хорошую работу, и стала доктором, а ещё через два года стала профессором. Чёртова баба! А замену я не нашел, так и крутился: то на заводе, то в лаборатории, то в управлении.

Рабочий день кончился, все разошлись, было тихо. Нужно было разобраться с заказами, расписать их выполнение по месяцам, подобрать исполнителей. Кажется, всё складывалось удачно.

Зазвонил телефон. Это была Ривка.

– Зеев, не могу тебя нигде найти. Звонила к тебе домой: Люба сказала, что ты на заводе. Приехали заказчики, приглашают поужинать, за тобой восточная экзотика.

Экзотика так экзотика.

Я позвонил Шимону. Шимона я знал давно, ещё из ульпана. Мы жили в одном доме. Он приехал в Израиль раньше меня на полгода, и уже к нашему приезду у него было кафе рядом с ульпаном. Маленькая комнатка, два столика внутри, несколько снаружи, крутящиеся вокруг дети, в основном, олимовские. Мороженое, конфеты, фалафель, кока-кола... Была возможность заказать какой-нибудь бутерброд, который громко называли «сэндвич». Вечером, когда появлялись взрослые, можно было выпить чашечку кофе или рюмку водки.

Я там бывал очень редко, в основном поздно вечером, когда надо было загнать детей домой. Из тех грошей, что мы получали в Мерказ Клите, жена выкраивала что-то и давала детям карманные деньги. Мне она говорила: «У детей должна быть своя независимая жизнь. Им дела нет до наших трудностей». Я с этим не очень соглашался, но и не бунтовал. Может быть, ей что-то лучше было видно.

Однажды Шимон обратился ко мне:

– Ты ведь химик?

– А что случилось? Пятно на рубашке?

Я давно привык, что ко мне обращались с подобными вопросами — то на брюках, то на рубашке красовались застиранные пятна, иногда мастикой была заклеена бабушкина юбка.

– Да вроде ничего, а может, и случилось.

И вдруг как-то решительно попросил:

– Помоги дочери! Я тебе заплачу.

– Сочтёмся.

У Шимона было шестеро детей, и все на удивление очень хорошие. Четверо старших уже закончили в Союзе институты, пятая дочка была студенткой химфака в Тбилисском университете, и родители очень хотели, чтобы она продолжила образование.

Обычно мы рассказываем о трудностях своей абсорбции: чего-то не понял, что-то не так сказал, пришёл устраиваться на работу и не смог толком рассказать, чем ты занимался. Постоянное чувство унижения, ощущение своей неполноценности.

Как мало мы понимали своих детей! Мы считали, что они молодые и что они быстро всему научатся. Многие из нас горько ошиблись. Долгие годы наши дети оставались изгоями среди израильской молодежи, жили на периферии интересов и, главное, возможностей. Многие так и не достигли Богом данного максимума. Горько.

Тамара, дочка Шимона, была тихая, послушная девушка. Может быть, и не гениальная, как её старшая сестра, но и не без способностей. Но учиться ей приходилось на трёх языках, два из которых она или не знала, или знала очень плохо: иврит и английский.

Я начал с ней заниматься. С химией у меня проблем не было, иврит я знал хуже неё, а английский — я читал, переводил со словарем, то есть знал, скажем, посредственно: я никогда не учился на английском. Два раза в неделю я приходил к Шимону домой. Дело двигалось очень плохо. Наконец я сказал Шимону:

— Надо перенести занятия. У тебя в доме очень плохая атмосфера. Тамара чувствует себя затравленным зверьком. Все на неё смотрят как на дурочку, она боится слово произнести. Она иврит знает не хуже всего вашего семейства, а английский, может быть, и лучше. Зачем вы её травите?

— Но я не могу отпустить девушку в чужой дом!

Мне стало смешно. Мы говорили о совершенно разных вещах.

— Тебе не в Израиле жить, и даже не в Москве, а в горном ауле. Держи её взаперти, выдай замуж за парня из Бней-Брака, и пусть она нарожает 12 человек детей. Это вполне достойное занятие. И ты, и я это знаем. Или ты отдаёшь её в университет, и она сама выбирает линию своего поведения, или... Если она порядочная девушка, ей никто и ничто не угрожает, а если нет, то хоть пояс девственности надень, всё равно найдёт способ встряхнуться. Я не учитель по нравственности, я по другой части, по химии. Решай!

Занятия перенесли ко мне. Дети рады были дважды в неделю смыться из дома или тихо смотреть телевизор. Люба крутилась по хозяйству, изредка подсказывая нам какие-то слова, она училась на учительских курсах и знала иврит лучше меня. Но работа была адская, просто адская, учиться и учить сразу на трёх языках. Люба всё время меня поддерживала, она говорила, что такая учёба идёт мне на пользу. И действительно, у меня появился хоть и плохонький, но профессиональный иврит, и что не менее важно, я заговорил на английском.

Три месяца, два раза в неделю, по два-два с половиной часа — и почти никакого прогресса у Тамары не было. Я был в отчаянии. И вдруг мы почувствовали успех. Ещё небольшой, но успех — мы стали понимать химию на иврите и английском.

И сама Тамара изменилась, как-то выпрямилась, стала выше ростом, повеселели глаза.

Я сказал Шимону:

— У тебя очень красивая девочка. Она молодец.

А ещё через несколько месяцев наши занятия оборвались сами по себе — Шимон купил большую квартиру в городе.

— Сколько я тебе должен? — спросил он у меня.

— Перестань, я не хочу брать за это деньги.

– Но ведь ты много и тяжело работал.

– И много, и тяжело, ну и что? Я за эту работу не хочу брать денег. Это мой маленький вклад в сионизм.

Конечно, было жалко денег, действительно они мне тяжело дались, хотя я и для себя получил некоторую пользу. Но Люба меня одобрила:

– Проблема в том, что ни ты, ни Шимон не знаете, сколько такая работа стоит. Он мужик верный, отдаст.

19.

Виделись мы редко. Шимон уверенно поднимался по лестнице бизнеса: у него всё время были какие-то рестораны, свадебные залы. Нас он всегда приглашал на свои семейные праздники: свадьбы, бриты и т. д. Мы не каждый раз приходили, но когда виделись, то всегда сердечно.

На свадьбе Тамары Шимон произнёс тост:

– Господа! Мы пили за новобрачных, мы пили за их родителей. И это правильно, это всё укладывается в наши еврейские традиции. Сейчас я хочу выпить за учителя, за Зеева, ему Тамара обязана университетом.

– Разве это не деньги? — сказала Люба. — Он платит по векселям.

Вот такие были наши отношения.

– Шимон, — сказал я, — приезжают «кормильцы» из Франции. Требуют восточной экзотики. Помоги.

– Грузинская кухня их устроит?

– Я знал, что ты меня всегда выручишь. На 10 человек, 5 пар.

Пять пар не получилось. Приехали Ривка с сыном, высоким широкоплечим парнем, очень похожим на Офера, я с Любой, а

Давид, сын Моше, был один. После смерти Моше Давид, как и Ривка, стал совладельцем завода. На деловые и полуделовые встречи всегда приходил один. Никаких женщин. Женщины были в молодежных компаниях. Два француза, а может быть, французских еврея, я так это и не выяснил, были с дамами — француженками, но, судя по их поведению, они не были женами, и француз-грузин Надар. Он был посредником между французскими предпринимателями и нами.

Был вечер знакомств. Ресторан был в пардесе. Стояла удивительная тишина. Уже давно отцвели апельсины, но стоял запах зреющего урожая — тонкий, мягкий, сладковато-дурманящий.

Столики стояли между деревьями. К ним не было проложено ни асфальта, ни засыпанных гравием дорожек — только узкие трапы, похожие на корабельные, положенные на деревянные лаги. Официанты летели, а не шли по этим трапам. Всё было переносным. На сколько человек заказан стол, так и расставят столики.

За столом распоряжался Надар. Он говорил на очень приличном английском. К французским дамам он иногда обращался на французском. И Люба шепнула мне, что его французский вполне-вполне. Мне он понравился. Высокий, стройный, подтянутый с хорошей улыбкой.

– Вот Ривка и её сын. Ривка унаследовала от Офера половину завода. А это Давид, сын Моше. Ему принадлежит вторая половина. Они ещё молодые предприниматели, и только входят в управление заводом. А вот Зеев и его жена Люба. Зеев — управляющий и младший компаньон. Он хороший инженер и сильный менеджер. И Офер, и Моше его очень уважали. Люба в дела фирмы, насколько я знаю, не вмешивается.

Теперь французская сторона. Мы представляем французскую фирму «Санитария и косметика». Владельцы фирмы (Надар назвал французов по именам), а я — младший компаньон и начальник израильского отдела. У нас было сотрудничество. Очень надеюсь на продолжение. За это стоит выпить. Зеев, а где вино?

Именно в этот момент подошёл Шимон.

— Господа, вы — наши гости, вы приехали из прекрасной Франции, где вино льётся рекой. Вас ничем не удивишь. Именно поэтому я предложу Вам израильские вина. Они стоят вашего внимания.

Пока пробовали вино, Надар тихо сказал:

— Дядя Шимон, рад тебя видеть в здравии.

— Давно вернулся?

— Вчера. Сегодня был на кладбище.

— Надолго вернулся?

— Ещё не знаю. Здесь всё сильно изменилось.

—Это верно.

И повернулся в другую сторону.

Надар, как бы объясняя мне, продолжал разговор:

— Я с детьми Шимона когда-то дружил.

Вечер удался. Я не хочу описывать подробности ужина. Всё было вкусно — и салаты, и мясо, и вино, и сладости. Разговор был дружеский, лёгкий. И атмосфера, и еда, и вино — всё было на высшем уровне. Разговоры шли о Париже.

— Давид, что ты молчишь? Тебе не нравится Париж?

— Не знаю. У меня другое воспитание.

Английский Давида был плохой, корявый. Я подумал, что нужно ему взять хорошего учителя. Зачем Ривка вынуждает его говорить по-английски? Показать, что Давид — неполноценный партнер? Но Давид выдержал этот удар спокойно.

Когда Надар на минуту вышел из-за стола, Шимон нагнулся ко мне и очень тихо по-русски сказал:

– Надо поговорить.

И громко на иврите:

– Господа, попробуйте вот это вино.

Ривка с удовольствием перевела это на французский.

Когда подали мороженое, один из гостей сказал, что они привезли пакет предложений, среди которых есть новые продукты и старые, согласие на производство которых было получено ещё Офером и Моше.

– Что за продукты? — быстро спросил я.

– A+B=C, — со смехом ответил он.

– При нынешнем раскладе это вызовет определённые сложности.

– О сложностях поговорим потом.

Надар быстро перехватил инициативу.

– Зачем вечер портить?

Утром я позвонил Шимону.

– Шимон, дорогой, я забыл вчера заплатить за ужин. Сколько с меня причитается? Когда к тебе заехать?

За ужин расплатился Надар. Я видел, как он выписывал чек.

– Не страшно, дорогой. Давай встретимся сегодня в Тель-Авиве.

Мы договорились о встрече.

– Послушай меня, Зеев. Надар — плохой человек. Мне трудно об этом говорить. Выносить сор из грузинской общины не принято. Тем более что отец Надара был моим приятелем, мы были знакомы много лет. Мне Надар ничего плохого не сделал. Но его сильно не любят грузины. За ним тянется шлейф его связи с КГБ: он посадил несколько человек, у других за бесценок скупил имущество и перепродал. Ему через таможню разрешили провезти много денег. Не обманул таможню, не купил таможню, а таможня дала добро. За что ему такая привилегия? Он и здесь стал стучать на своих, считая, что таким образом он получит льготы. У грузин есть свои «математики». Его вычислили. Отцу сказали: «Надар должен уехать и никогда не возвращаться в Израиль». Он и тебя втянет в какое-нибудь темное дело. Берегись его. Всё. Я сказал больше, чем нужно, и больше, чем хотел.

Я должен был успокоиться. Мало того, что следователь спровоцировал дуру Рахель уничтожить архив, но и вся проверка началась с подачи агента полиции. Одурачили Офера и Моше громадным заработком, создали фирму, которая между прочим, играючи, на глазах у всех стала делать наркотики, выявили сеть наркоторговцев, и всё лопнуло случайно. Смерть Офера и Моше на их совести? Неужели Офер разрабатывал технологию? Без хорошего химика там не обошлось.

Для меня это было слишком сложно. Но то, что Офер согласился и уговорил Моше на производство наркотиков, мне стало ясно. Вот тебе и бензоколонка.

20.

Через два дня мы встретились в гостинице, где жили французы. Комната для переговоров была не очень большая, но уютная. Участвовали два француза, Надар, Ривка, Давид и я.

Все переговоры велись через Ривку.

– Не зови Давида, — предупредила меня Ривка.

– Не могу, он такой же хозяин, как и ты.

– Ну, какой он хозяин? Сопляк. Он весь под твоим влиянием. Как ты скажешь, так и он скажет и сделает.

– Ривка, во-первых, ты не права, во-вторых, поговори с ним, и ты увидишь, как он не прост.

– Как хочешь.

И положила телефонную трубку.

Французы положили на стол большой пакет с заказами новых препаратов. Проект был заманчив. Большие деньги, удобные условия поставки. Нужно было подписать договор. Ни у Ривки, ни у Давида не было никаких колебаний, никаких возражений. На них нечего было смотреть: они не знали ни химию, ни технологию. А у меня были, и ещё какие. Если несколько лет назад от меня ничего не зависело (я не был ответственен за заказ, на мне лежала его реализация), то теперь я должен был знать, что представляет собой каждый образец. И юридическая, и технологическая ответственность была на мне. Ни Ривка, ни Моше просто были не в счёт.

– Я хочу видеть рецептуру. Я хочу знать, как она будет сочетаться с основной продукцией завода. Как можно использовать совмещенные технологические схемы.

– У нас нет технологических регламентов.

– Это надо будет отметить в договоре. На разработку регламента нужно время.

– Вы его получите. Всю документацию вы получите по мере продвижения заказов.

– Мы подписываем пакет заказов. И потом отказаться от его выполнения нельзя.

– Сколько времени уйдет на разработку одного регламента?

– Полтора-два месяца.

– Два месяца — очень жирно. Месяц. По мере выполнения заказа вы будете получать новые лабораторные прописи. Мы идём вам на уступки. А вы капризничаете.

Атмосфера стала накаляться. Ривка и Давид были против меня.

— Так мы подписываем?

Ривка ещё раз начала читать договор.

— Я тоже иду на уступки. Я прошу не регламент, не даже лабораторную методику. Я прошу только химию каждого препарата. Только химические схемы.

— Зачем это тебе? Что это — игра в первокурсника?

Ривка капризно пожала плечами.

Я устал от этих разговоров. «Кормильцы» что-то хотели подсунуть, так сказать, не кошерное. Отчего им вдруг быть такими добрыми?

Ни Ривка, ни Давид не мои союзники. Что у них в голове, я не знаю.

Опять вмешался Надар. Он почти не принимал участия в разговоре. И вдруг решил утихомирить страсти.

— Господа, появились разногласия. Надо отдохнуть. Давайте отложим обсуждение на день-два.

Вроде бы все согласились. Уже стали двигать стулья, чтобы встать.

Но вдруг у Давида развязался язык — что-то он стал понимать.

— Подождите минутку, господа! Зеев чего-то боится, а чего — не пойму. Зеев, скажи нам, мы же будущие компаньоны, а не враги.

Я зверел, злость и отчаяние накапливалось. Или никто ничего не понимает, или все всё понимают и делают из меня дурака — фраера, русского фраера, русского дурака, готового лезть в петлю. Такое уже было, но сплыло, и больше не будет.

— Ладно, скажу. Я боюсь, я очень даже боюсь, что в этом большом и замечательном заказе не проскочили бы наркотики или полупродукты к наркотикам. Ясно?

– Какие наркотики? — очумело спросил Давид.

– Зеев, что ты говоришь? Нет здесь наркотиков! — хором закричали три француза. — Ты просто свихнулся!

– Вы правы, я очень устал. Я поеду домой и высплюсь. Давид, позвони на завод и скажи, что я сегодня не буду. Встретимся завтра, а лучше послезавтра.

И я ушёл.

21.

Дома было тихо и спокойно. Можно было не спеша подумать. Конечно, заказ выглядел замечательно, и мне самому хотелось его подписать. Соблазнительным во французских предложениях было всё, и это меня настораживало. Неужели я так перетрусил, что в каждом синтезе вижу наркотики?

Я считал, что во всей ситуации с полицией я вёл себя достойно. Я действительно не мог предположить, что Офер подсунул мне производство наркотиков. Интересно, Ривка знала об этом? Её сегодняшняя активность меня тоже настораживала. Обычно она мне полностью доверяла.

Итак. Я хочу схем химических реакций. Я хочу знать химические названия исходных и конечных продуктов — тогда я разберусь сам, есть ли там наркотик или нет. Для меня это работа на день, максимум на два. Для контроля можно было бы обратиться за помощью к Наде.

Вывод: я вёл себя правильно. И заснул с легкостью.

Спал я недолго. Меня разбудил телефонный звонок. Приехал Давид. Он у меня был в первый раз. Все наши встречи, как правило, проходили на заводе, редко в каком-нибудь ресторане. Платили поровну, честно.

— А у тебя неплохо. Много книг. Ты все прочитал?

— Почти все.

— Даже не верится.

— Жил я в простой олимовской квартире в домах семидесятых годов. Офер и твой отец предложили мне быть директором завода, вот тогда и поднялась зарплата, а потом и появился дом.

— Скажи мне, что это за история с наркотиками, которых ты так боишься?

— А ты не знаешь?

— Слышал. Но в сказки я не верю. В каждом моём ресторане время от времени бывают истории с наркотиками. Но я их стараюсь пресечь. Не всегда получается, но честно стараюсь.

— Не могу тебе точно сказать, но в какой-то момент я стал подозревать, что мы делаем наркотики. Для меня это оказалось неожиданностью. Я лично уничтожил всякие следы. Полицейское расследование ничего не установило. Я не могу утверждать, но у меня появилось сомнение, что весь завод был подставным, а основным было производство наркотиков. Завод — прекрасное прикрытие. Чистых наркотиков мы не производили. Всё было в растворах: мыло для тела, мыло для стирки, раствор для чистки ковров и стёкол.

— И отец в этом участвовал?

— Думаю, что да. Идея производить наркотики принадлежала, наверное, Моше. Он был талантливым человеком, малообразованным и насквозь криминальным. Офер раскрутил химию. Он был, наоборот, очень образованным химиком, талантливым «вперёдсмотрящим» (была на военном флоте такая должность): он знал, кому и что надо предложить. Меня они за дурака-фраера держали. Мне это жутко обидно. Моше заводом мало интересовался: вложил деньги и получал доход. Офер контролировал меня. Некоторые препараты он сам забирал. Я думаю, что это и были наркотики. Но ничего определённого.

— А что знала Ривка? Она меня не любит.

— Ну и что? Не любит? У вас равные права. И пока я директор, я регулирую конфликты. А что касается наркотиков — ничего определённого сказать не могу: что-то знала, что-то нет. Она химию знает не больше, чем ты.

— Ты подпишешь договор?

— Очень хочу, но они должны выполнить мои условия.

— Они не согласятся. У них не готовы документы.

— Если всё чисто, то за месяц подготовят все бумаги. Я им порекомендую грамотного химика.

— Дай-то бог.

На этом Давид и уехал. Странный он был человек. Держался тихо, в стороне, и машина у него была не новая, с помятым крылом. После смерти отца он медленно, без скандалов прибирал к рукам его бизнес. Он состоял в основном из маленьких ресторанчиков — кафе и несколько больших свадебных залов. Вся трудность была в наличии совладельцев, но главным хозяином оставался Моше. Никаких документов не было. Всё на честном слове. И оно соблюдалось. А если не соблюдалось, то Давид както умел давить на хозяев вроде бы без уголовщины. Теперь всё надо было перевести на легальный бизнес и освободиться от наркотиков. Без наркотиков бизнес будет менее эффективным.

— Я говорю своим совладельцам: мне не нужны наркотики. Это ваш бизнес. Сгорите, пойдёте в тюрьму сами. А мне заплатите за убытки.

Вроде бы так и шло. Он мечтал управлять большим заводом и боялся. Я его медленно втягивал в управление.

22.

Через два дня мы опять встретились всей компанией. Я изложил свою позицию: «Согласен подписать договор при условии, что химические схемы должны быть представлены в течение месяца. Возможна замена продуктов, но опять с указанием схем».

– Зеев, я понимаю, что в схемах A+B=C ты не видишь химии. Но я посмотрел договора с другими заказчиками. Там тоже самое A+B=C. Почему ты там не возражаешь?

– Молодец, Давид.

Ривка широко и удивлённо улыбнулась.

– Да, ты молодец. Но обрати внимание на заказчиков — это военная промышленность, авиационная промышленность, Рафаэль — все государственные организации. Если завтра появится заказ на взрывчатку — будем делать. Но ответственность и законность лежит на заказчике. Кстати сказать, это указано в договоре. С частной компанией, да ещё заграничной, такой номер не пройдет. Вся ответственность будет лежать на нас. На тебе, Ривка, на тебе, Давид, и, конечно, на мне.

– Но это не так, — сказал Надав.

– Не так?! — Я с возмущением повернулся к Надаву. — А почему вы не ответили ни на одно письмо? Я просил вашей помощи, поддержки. Ведь не денег на адвокатов, а помощи.

– У нас произошли изменения. Сменилось руководство компании, её название и адрес.

– Ты слышишь, Давид? Ривка, ты понимаешь, о чём речь идёт? Раньше я не решал. Я был исполнителем. Теперь вы меня пригласили сказать «да». Вот я и сказал свои условия.

Давид молча сидел, сжав кулаки. С кем он хотел драться, я не понимал. Ривка, вся возбуждённая, раскрасневшаяся, повернулась ко мне:

– Зеев, это порядочно — сорвать куш и бросить меня, вдову?

– Ривка, какой куш я сорвал? Я из сарая завод построил. Полистай альбом с фотографиями. А то, что Офер, ты и Моше меня за человека не считали, это ваша общая проблема. Умер Офер, умер Моше и умер оле ходаш Зеев. И ты стала другой.

Я повернулся и пошёл к выходу. Взявшись за дверь, я услышал слова одного из французов:

– Сопляки, его надо было сразу заставить.

Я не стал оборачиваться. На заводе было много работы. Управлять надо каждый день, точно так же, как играть на скрипке или рояле. Каждый день. Все эти встречи выбивали из ритма.

Впервые я подумал, что надо уходить. Уходить или бросить? Интересно, на директоров заводов распространяется закон об увольнении? Просто бросить я не мог. Надо всё привести в идеальный порядок и...

И кому передать? Да горите вы! Не могу и не знаю.

Прошёл день или два, позвонила Ривка.

– Зеев, мне надо поговорить с тобой. Ты можешь ко мне заехать вечером?

– Ривка, спасибо, но зачем?

– Извини, все мы были возбуждены. Завод выше споров и разговоров. В конце концов, я пока хозяйка, и хочу с управляющим обсудить некоторые вопросы.

В принципе она была права.

– Хорошо. В какое время?

Но Ривка почувствовала моё полное нежелание встретиться с ней наедине и добавила:

– Завтра в 10 на заводе.

Назавтра встреча состоялась. Ривка приехала вместе с Давидом. Я отчитался. Они почти молча приняли мой отчёт. Вот заказы, вот производство, вот доходы, зарплаты, расходы. Если надо ещё точнее, то надо заказать внеочередной отчёт в бухгалтерской фирме. Вопросы были деловые. Как всегда, некоторые трудности с заказами, как всегда, трудности с реализацией продукции. Но всё решаемо.

Потом разговор перешёл на французов. Опять меня уговаривали принять заказ. Меня удивило, что Давид был очень активен, намного больше, чем Ривка. Мне было не понятно, как и чем она перетащила его на свою сторону. Я опять изложил свои аргументы. Теперь они были уже в письменном виде.

— Вы хозяева, для получения заказа я вам не нужен. Но для выполнения очень нужен. Увольте меня. Вы найдёте другого управляющего.

— Не горячись, Зеев, без эмоций. Когда подойдёт очередь выполнения заказа, мы откажемся. Фирма такой заказ не в состоянии выполнить.

— Это детский сад. На тебя подадут в суд, и ты проиграешь дело. Заплатишь огромный штраф. Но штраф только полдела. С фирмой, которая не выполняет принятых обязательств, никто не захочет иметь дело.

23.

На следующий день опять позвонила Ривка. В ней появилась какая-то нервозность. После всяких «как дела, как поживаешь» она сказала:

— Инвесторы хотят с тобой встретиться

— Почему со мной? С нами. Вы хозяева, без вас встреча не будет иметь юридической силы.

— Мне бы не хотелось присутствовать. Я тебе доверяю и подпишу все бумаги.

– Но твоё присутствие просто обязательно. Дело идёт о больших деньгах. Я не могу взять на себя всю ответственность.

– Хорошо. На следующей неделе. В субботу мы не работаем, в воскресенье они. Значит в понедельник, у них в гостинице.

Была среда. Люба поехала с подругой по магазинам. Я возвращался домой часа в три. Настроение было приличное: французы не уехали, но разговоры до понедельника прекратились. С утра заскочил Надав — весёлый, беспечный, расспрашивал о Шимоне. Рассказал о том, как его отец и Шимон «крутили» дела в Грузии, как на «крючке» у них было всё областное начальство, и вдруг им шепнули: «Бегом из СССР». Одним словом, криминал и взятки. Детективные истории. Как мы были далеки от этого — жили на одну зарплату. Но слушать было интересно и смешно. Рассказы из другого века и с другой планеты.

Надав спросил:

– Ты ведь дружишь с дядей Шимоном? Что с ним произошло? Хотел встретиться с его младшим сыном, мы ведь с ним с детства дружили, а он говорить со мной не захотел. Так у грузин просто не бывает. От Шимона идёт. Я это чувствую. Ты чего-нибудь знаешь?

– Надав, я ведь не грузин. И какая у нас дружба? У него ресторан, а я по найму на заводе. Меня просили заказать восточную кухню, Шимон накормил, ты заплатил. Но если по-честному, то заплатить должна была Ривка. Когда жили в ульпане, я какое-то время занимался химией с его дочкой. Вот и вся дружба. Я уже забыл, когда это было.

– Нет так нет. Зря ты не хочешь с нами подписать договор. Договор хороший.

– Надав, я не верю твоим компаньонам.

– А мне?

– Ты же видишь! Но я думаю, что ты сам не очень веришь им.

– Почему же? Они очень богатые, очень сильные и очень влиятельные. У них есть бизнес во многих странах на Востоке и в Южной Америке. Иметь бизнес в Израиле выгодно и престижно. Вы способны сделать продукты, которые другие не могут. Что ты хочешь, чтобы я тебе рассказал?

Я широко улыбнулся. Он мне ответил такой же улыбкой. Минуту смотрел на меня, потом вынул из кармана пиджака коробочку и передал мне.

– Это тебе. Очень хорошая работа.

Это был мужской серебряный браслет с чернением, внутри которого по-русски и по-грузински было написано: «Спаси и сохрани», а снаружи на иврите благословение — «беркат абаит».

– Бери-бери, не бойся.

Браслет был действительно восхитительным. Я посмотрел, подержал в руках, прочитал и отдал обратно.

– Надав, спасибо. Но я не могу принять такой подарок: он очень дорогой. Мы ведём сложные переговоры, конец которых неясен. А ты приносишь мне подарок. Это же взятка. Да кроме того, я не ношу никаких украшений.

Я вытянул руки. Кроме обручального кольца, никаких побрякушек.

– Зеев, ты не знаешь, как и какие взятки дают. И в России, и во Франции, и даже в дорогом тебе Израиле. Но если ты боишься, не бери. Ты мне симпатичен своей стойкостью. Жаль, что ты мне не доверяешь. Я уезжаю, прощай.

И подал мне руку. Я искренне её пожал.

Честно говоря, я очень удивился его визиту и его расположенности ко мне, но у меня было много работы и её надо было сегодня окончить.

24.

Я почувствовал опасность, как только сел в машину. Но всё было в порядке. Когда тронулся, опасность усилилась. Я решил съехать с Аялона. И вдруг увидел «опасность»: неожиданно в зеркале появился наезжающий на меня микроавтобус GMC. Я прибавил скорость и взял влево, и в тот же момент получил удар в правую часть заднего бампера. Машина подпрыгнула и резко пошла влево, но я успел вывернуть руль. От удара полетел задний фонарь, зеркало, двери притёрлись о бетонную стенку.

Я ещё раз вывернул руль. GMC чуть отстал и ещё раз ударил меня в заднюю, теперь в левую, дверь. Машина отскочила вправо. Я удержался и стал тормозить. И ещё раз получил удар слева. Кто-то забавлялся. Машина у меня была сильная — «вольво», она выдержала удары — прижалась к стенке, сорвало обе правые двери.

«Еще один такой удар, и меня не будет», — подумал я. GMC отстал, чтобы нанести ещё удар. И в это время я услышал резкий автомобильный гудок и хлопок выстрела. Стреляли не в меня, а в заднюю часть машины.

Я нажал на тормоз и выехал на съезд с Аялона. Вызвал полицию, которая увезла машину на свою стоянку.

Пришёл домой в восемь вечера. Жара уже спала, но было душно.

— Что так рано? — ехидно спросила Люба, но увидев меня, изменила тон. — Что-нибудь опять случилось?

Последнее время мы жили в каком-то страхе.

— Да, нет, ничего. Всё в порядке. Живой.

Её «опять что-нибудь случилось» глухо отозвалось в сердце. Захотелось наорать, накричать, сорвать на ком-то своё раздражение, усталость и страх. Я ждал беды.

Кого мы больше любим, на тех и срываем наше раздражение. Но я сдержался. Она-то при чём?

– Я хочу в тиши кое о чём подумать.

– Ну, раз в тиши, так я пойду к Л: они меня давно звали к себе.

В голосе ее звучала обида. Люба, наверное, ожидала, что я или попрошу её остаться, или напрошусь с ней пойти вместе, но я промолчал.

– Дай ключи.

– Нет ключей, нет машины, нет работы, нет меня.

Я поднял глаза на Любу и испугался: она стояла смертельно бледная.

– Тебя хотели убить? Кто?

– Наверное, напугать. Если бы я знал — кто. Может, Надав, может, французы. Они хотят запугать меня.

– Что дальше?

– Я не подпишу никаких заказов. Это первое. Второе — никогда больше не вернусь на завод.

– Может, не надо так резко.

– Только так.

– Ну, и слава богу. Теперь ты свободен, пойдем в гости.

Но в гости мы не пошли. Пока я начал рассказывать о визите Надава и о его подарке, позвонил Шимон.

– Зеев, произошло несчастье — утонул Надав.

– Как утонул? Я его сегодня видел.

– Сегодня? — Голос Шимона был полон удивления. — В какое время?

– В 12. Он расспрашивал о тебе. Не понимал, за что ты на него сердишься. Мне хотел подарить грузинский браслет ручной работы.

– Он утонул между двумя и тремя. По просьбе семьи похороны завтра утром. Потом расскажешь о вашей встрече. Вам надо прийти.

25.

В девять утра мы были на кладбище. Народу было очень много: чуть ли не вся грузинская община. Прямо с аэродрома приехали из Франции жена и дети. После смерти отца Надава на кладбище был куплен большой участок земли для захоронения родственников.

Удивительно, как за такой короткий промежуток времени между объявлением о смерти и самими похоронами семья уже покойного Надава смогла выполнить множество различных дел, связанных с погребением покойного. Никакой бюрократии.

Было много речей. Все говорили, какой Надав бы добрый и отзывчивый, как он многим помогал, какая у него хорошая семья. А я стоял и думал, кто ж его убил и за что. «О покойниках или ничего, или хорошо». О Надаве только хорошо. А убили-то за что?

Подошли Ривка и Давид.

– Где французы?

Давид очень спокойно ответил:

– Ещё вчера улетели. После первого допроса в полиции.

– А за что их вызывали в полицию?

Ривка удивлённо посмотрела на Давида.

– А тебя что, не вызывали?

Давид тоже был удивлён:

– Меня часа два допрашивали.

– О чём?

– А ты не знаешь? Вчера было покушение на Зеева.

– На Зеева? Чего же ты молчишь? Почему ты мне ничего не рассказал?

– А чего рассказывать? Удар справа, удар слева, выстрел в заднее стекло. Нет машины, нет Зеева. В понедельник я подаю заявление об уходе. С меня хватит.

— Тебя хотели убить?

— Нет, его хотели напугать, заставить подписать договор. Всего-то! А он уперся: «нет, да нет».

— А ты откуда знаешь?

— Отец с того света шепнул.

— А про Надава он тебе тоже шепнул?

Давид повернулся и отошёл.

Я взглянул на Ривку. Рядом со мной стояла бледная старая женщина. Может, на кладбище так и надо выглядеть?

Когда расходились, ко мне подошёл Шимон.

— Вот видишь, как всё грустно кончилось. О чем ты говорил с Надавом?

Я всё рассказал, и про браслет тоже.

— Сегодня его все простили. Всё прошлое забыто. А вчера он ещё не был прощён. Он заплатил за свои грехи. Тяжёлые грехи. Но к тебе это не имеет отношения. Тебя он не хотел ни убивать, ни пугать. Это грубая работа. Не его стиль. Придёт время, найдутся заказчики и убийцы. И ты рассчитаешься с ними.

Мою «вольво» страховая компания списала — восстанавливать её было невыгодно. Микроавтобус GMC был угнан. Хозяина быстро нашли. Угонщики исчезли. Занималась ли их розыском полиция, я не знаю. Официально Надав утонул, но говорили, что его утопили. Убийц не нашли.

Через две недели после смерти Надава, я получил из Франции маленькую посылку, к которой было приложено письмо, написанное по-русски.

«Уважаемый Владимир! Разбирая вещи моего мужа Надава, переданные мне полицией, я нашла коробочку с парными грузинскими браслетами очень хорошей работы, а потом уже в Париже я получила письмо с просьбой передать вам коробочку с браслетами. Он знал, что его убьют, но не знал когда и как. Вам подарок — его предсмертное желание. Примите его».

Ни я, ни Люба даже не примерили браслеты, но и не выкинули их.

Меня долго уговаривали остаться на заводе. Но я не хотел. Ривке посоветовал продать свою долю Давиду. Я сказал ей: «Ты не потянешь завод. С Давидом ты будешь всё время ссориться. Завод тебя высосет. Зачем тебе всё это? Продай свою долю, лучше Давиду, он больше даст. Он молодой, выкрутится».

На первых порах Давид меня нанимал как консультанта. Он быстро втягивался в работу.

Я несколько месяцев искал работу, пока не открыл посредническую компанию — брал заказы на синтез химпрепаратов, в основном для науки. Такая работа востребована и приносит хорошие доходы. Главное не просчитаться: вовремя выполнить заказ и договориться о приемлемой цене. У меня это получалось.

Люба вышла на пенсию и стала мне помогать: взяла на себя всю административную и секретарскую работу. Экспериментальная синтетическая химия, как и работа пианиста и вообще музыканта, требует ежедневных тренировок, тонкости и гибкости рук. С годами, пока я работал управляющим завода, гибкость рук у меня стала пропадать, я перестал работать руками. Я по-прежнему приглашал не работу отдельных химиков на определённый срок. У меня не было постоянных сотрудников — ни химиков, ни лаборантов. Моя часть работы заключалась в том, чтобы найти заказы, выгодные договора, разработать схемы синтеза и подготовить приемлемые методики, то есть всё, что называется предлабораторной подготовкой. Ну и, конечно, контроль за всей работой. Заработки были вполне приличные. Израиль сильно изменился, и потребность в химиках заметно возросла.

Иногда врывалась Надя. Она полгода жила в Америке, полгода в Израиле. Её приезд сопровождался новыми идеями, новыми заказами и химическими спорами.

Мой уход с завода был малопонятен окружающим предпринимателям. Все считали, что меня «съел» молодой хозяин. Я ни с кем не обсуждал эту тему.

26.

Прошло несколько лет. Я тихо и спокойно работал. Однажды мы были приглашены на бар-мицву. Её устраивал Борух Б. Себя он насмешливо называл «ББ». Не могу сказать, что меня с ним связывала крепкая мужская дружба, но последние несколько лет я опять увлёкся шахматами, и мы встречались с ним примерно раз в 1,5–2 месяца, чтобы «сразиться». Играли мы в одну силу и встречи были очень напряжёнными.

Борух родился в Советском Союзе в семье польских евреев, бежавших от немцев, и очень хорошо говорил по-русски. Семья сразу после Второй мировой войны через Польшу переехала в ещё Палестину и хорошо прижилась. У Боруха были два своих заводика: один выделывал особый шёлк для авиации, второй ремонтировал танковые двигатели. Суд назначил его экспертом при оценке деятельности моего завода во время скандала с наркотиками. Оценка была в мою пользу, и мы остались приятелями.

Как всегда, на таких семейных праздниках было много народу, иногда случайного: кто-то когда-то с кем-то работал, жил по соседству, служил в армии, неожиданно встретил и пригласил на бар-мицву. У такого человека как Борух Б. было много родственников и знакомых.

Ко мне подошёл молодой человек, одетый в белый костюм. Мне он не понравился: был он какой-то развязный, наглость чувствовалась во всём его облике. Не представляясь, он сразу начал атаковать меня.

— Я знаю, что у тебя был завод, на котором ты делал наркотики. Расскажи мне об этом.

Почему я должен незнакомому человеку что-то рассказывать о себе?

— Ты не к тому обратился.

И отошёл в сторону. Минут через 10 ко мне подошла Люба.

— Что это за белый Бармалей, который интересуется наркотиками?

— Не знаю. Ко мне он тоже подкатывался.

Через некоторое время он опять стал меня расспрашивать.

— Слушай, парень, не приставай ни ко мне, ни к моей жене. У Боруха праздник, а ты лезешь на скандал. Зачем тебе это?

И опять отошёл.

Я стоял с Борухом около стойки бара, когда он опять приблизился ко мне, уже сильно выпивший.

— Слушай, чего ты выпендриваешься, говорить со мной не хочешь? Я ведь завтра о тебе статью напишу — всем расскажу, что ты торгуешь синтетическими наркотиками. И начнутся у тебя проверки — полиция на русского мафионера рада будет завести дело.

От его «липучести», от «синтетических наркотиков», от «русского», которого можно так просто шантажировать, я пришёл в бешенство. Кто ему дал право так со мной разговаривать?

— А ты писать умеешь?

— Я корреспондент криминального отдела газеты «ММ». Меня зовут Хаим Р. Слышал?

— Нет, не слышал и слышать не хочу. В России таких, как ты, допускали только писать надписи на заборах!

— Борух, что это за «надписи на заборах»?

Он точно повторил «надписи на заборах». Слух у него был хороший.

На наши громкие голоса стали оборачиваться, а потом подходить люди.

Борух со смехом ему объяснил, что такое «надписи на заборах» и кто их пишет. Он ещё не понимал, что начался скандал.

Бармалей вспыхнул. Он подошёл ко мне вплотную, взял за галстук и с яростью, почти с криком произнёс:

– Русская свинья, кто тебя звал в Израиль? Убирайся в свою Москву!

Меня это взбесило. Я уже много лет жил в Израиле, хорошо говорил на иврите, служил в армии (тогда в милуим брали до 55 лет), и этот разболтанный молодой мужик мне говорит, чтобы я убирался обратно в СССР. Да по какому праву?! Криминальный журналист? Да хоть президент.

– Слушай, журналист-криминалист, отпусти руку и уйди. Уйди, пожалуйста.

Я мельком взглянул на Боруха. Он стоял спокойно, не делая попытки нас разнять. Видимо, ему было интересно дождаться конца конфликта.

– Да я тебя...

Хаим уже не говорил, он захлёбывался от проклятий.

Я повернулся к бармену. У него в руках была бутылка с красным вином.

– Дай мне.

Б.Б. испугался, он подумал, что я хочу ударить журналюгу по голове. Он закричал:

– Не надо!

Но я не хотел никого бить. Я взял бутылку за донышко и засунул наглецу горлышком в штаны. В одно мгновение его штаны стали красными. Кто-то из детей закричал: «Дядя описался кровью»!

Борух с облегчением вздохнул: «Так ему и надо!»

Никаких статей в печати не появилось.

ЧУРЧХЕЛА, ИЛИ КАК И ПОЧЕМУ РОЖДАЮТСЯ МАЛЬЧИКИ

К 25-летию моего дорогого сына Миши

Вся рассказанная ниже история — выдуманная, а поэтому не надо искать сходства со знакомыми.

1.

Всё началась с того, что соседка принесла нам «Вечерний Тбилиси». Я уж не помню, как у неё оказалась эта замечательная газета. Наверное, возвращаясь из отпуска, завернула в неё что-нибудь. И там среди прочих любопытных статей был рассказ о том, что в Грузии продают детей, и даже приводился тариф. Мальчик стоил 1000 рублей, а девочка — 800. Сам факт продажи детей не очень поразил нас. Мало ли чем торговали в СССР, а тем более в Грузии! Да и цена не очень взволновала: деньги были слишком большие. Мы обратили внимание на то, что мальчики стоят дороже, чем девочки. Почему? Конечно, восток, традиции, наследник. Хотя опять же девочка — это калым (под любым социалистическим соусом) и те же традиции.

В то время нам как раз хотелось второго ребенка. Я скромно хотел мальчика. Жена спрашивала: «Зачем тебе ещё один мальчик? Пусть будет девочка!» Но я был неумолим и неприступен: «Мальчик, и только мальчик». И в качестве аргумента приводил в пример «Вечерний Тбилиси», где чёрным по белому было написано, что мальчики стоят дороже. «Восточный деспот, — отвечала жена. — Ты не понимаешь женскую душу». Но я думаю, что в глубине своей женской души она тоже хотела мальчика, ибо что такое семейная жизнь, как не поиски противоречий, их преодоление и семейное согласие.

– Ну, хорошо, — сказала однажды жена, — хочешь мальчика, будет мальчик. Но тогда я хочу чурчхелу.

– Что это? — завопил я. — Я таких слов не знаю!

– Ты самодур восточного типа, — заявила жена. — Ты хочешь мальчика, потому что думаешь, будто мальчиков легче воспитывать, ты мечтаешь играть с ними в футбол, а не ходить на концерты. Мальчика! Сказал! А ты знаешь, почему мальчики дороже стоят? Потому, что отцы тяжело работают: ищут чурчхелу, так как, по восточному поверью, если женщина поест чурчхелу в достаточном количестве, у неё рождается мальчик.

Откуда это стало ей известно, я не знаю. Но я уже был знаком с ней много лет и твёрдо знал, что её знания обширны и неожиданны. Ну, кто, например, знает, в чём разница между капитаном-наставником и капитаном-исправником? Кто теперь помнит, где родился Шопен? Или на сколько выше талии находится пупок у Венеры? А моя жена всё это знает и помнит! Так уж нечего удивляться, что она всё знала и про чурчхелу!

– Ну, скажи мне, хоть дай намек, что это такое. Ты уверена, что это съедобно? Что это не синтетика вроде икры Несмеянова?

Про икру Несмеянова много тогда писали, но ели её без особого удовольствия, наверное, потому, что её начали готовить для подводников, а там, как известно, должно быть сначала сытно, а лишь потом съедобно.

В ответ на свой вопрос я получил только один намёк: «Это из грузинской кухни».

Я к книгам. Хватаю книгу «О вкусной и здоровой пище». В семье жены эта толстая книга обитала давно, ещё с 52-го года, подарок одного из составителей, к ней все родственники относились с почтением. Я слышал, что жена очень хвалила эту книгу. Открываю алфавитный указатель, читаю:

Чабер и чабрек

Чай и чаепитие

Чанахи

Чахохбили

Чебуреки

Черника, чернослив, чеснок, черемша, чечевица в трёх видах, чихитрома из баранины.

А чурчхелы нет.

А все говорили: «Вот новая энциклопедия». Впрочем, в советских энциклопедиях всегда чего-то не хватало. Пусть будет не энциклопедия.

Беру другую книгу — «Консервирование плодов и овощей». Компоты есть (даже из ирги, а что такое ирга?), консервы есть, соки есть, варенье тоже в наличии (например, из розы), цукаты, арбузный и дынный мед (никогда в жизни не слыхал), смоква из рябины. Чувствую, что пробелы мои в области питания невосполнимы.

А чурчхелы нет.

Попалась украинская книжка «Вироби з тюта». И там нет.

Смотрю «Каталог овощной продукции национальных кухонь СССР и зарубежных стран». И там нет.

Попадается «Современная домашняя кухня» П. Чолчеева, 2000 рецептов. Ну, уж там-то, наверное, есть? Фигушки. Варенье, джемы, повидло, желе, сиропы — всё есть, кроме чурчхелы.

И в Малой Советской Энциклопедии тоже нет. И в Большой тоже.

Кажется, я начинаю понимать, почему мальчики дороже. Работать надо. Искать надо. «Я в разведчики пойду, пусть меня научат».

– Иди, иди, — сказала жена, — может быть, чему-нибудь и научат.

Подкатываюсь к жене: давай мусор вынесу (в доме был мусоропровод), давай за картошкой схожу. Она понимает, что подлизываюсь, но молчит, не раскрывает тайны.

2.

Вот пришёл я однажды на работу. А лаборатория моя находилась в Карамышево, прямо над Москва-рекой. Место вольное, успокаивающее. И народ был хороший, работящий, и отношения неформальные. К праздникам скидывались, покупали разности. К дням рождения Инна торты пекла, от которых все балдели и забывали про диету. Нина готовила мясо в чайнике, это был её патент и секрет. Саша была большим специалистом по селёдке, ну, а я спирт умел разводить не хуже, чем на заводе «Кристалл».

Не надо думать, что мы на работе только ели и пили. Мы много и очень активно работали, часто бывали в командировках и т. д. Находились мы на отшибе от основного института, но при этом дисциплина была вполне нормальной.

Говорят, что рыба тухнет с головы, но наверно, действительно и обратное утверждение: когда голова свежая, рыба не протухла. А голова была замечательная. Наш заведующий лабораторией Зеллер Икар Леопольдович (по-лабораторному — ЗИЛ) был не только блестящий ученый, но и умный, интеллигентный человек. Он и сотрудников подбирал по тому же признаку. Его усилиями обстановка в лаборатории была дружеской. Каждый из нас много работал и с удовольствием помогал другим, всегда зная, что при первой необходимости и ему обязательно помогут.

Однажды спрашивают у меня, что случилось, почему я последнее время выгляжу расстроенным.

– Ребята, — говорю, — вроде бы дураком себя не считаю, опять же книжки там разные читаю, а вот что такое чурчхела не знаю.

– А зачем она тебе эта самая чурчхела нужна? — подозрительно спрашивает меня Степан Варламович Акопян, самый старший в лаборатории, самый опытный. — Если для работы, иди смотри каталоги, а если так, для дома для семьи, то подумать надо.

– Помилуй бог, Степан Варламович, для какой работы? Для дома, для семьи, для жизни, чтоб детишки в семье были один к одному, чтоб в старости воду из колодца самому не носить, работника хочу ещё одного!

Человек Степан Варламович обстоятельный, великолепный мастер, умелец. Всё у него в руках горело, всё ладилось. Не было работы по металлу, по дереву, по электричеству, с которой бы он не справился. Ему только надо было объяснить, что ты хочешь, и когда он поймёт, сделает наилучшим образом.

Он происходил из сильно обрусевших армян, прекрасно говорил по-русски, но связей с Арменией не порывал.

– Чурчхела, чурчхела, — задумчиво произнёс Степан Варламович, — что-то мне мать когда-то рассказывала. Ты заходил в магазин «Армения»?

– Золото ты, Степан Варламович. Бегу!

Еду в магазин «Армения». Конечно, никакой чурчхелы там нет. По дороге захожу в магазин «Грузия», и там нет.

Наутро я громко высказываюсь о магазинах «Грузия» и «Армения», а заодно обо всей советской торговле.

Акопян интересуется, у кого я в «Армении» спрашивал про чурчхелу.

— У кого, у кого, у продавца, — отвечаю ему с раздражением. — Мацони есть, лаваш есть, коньяк узбекский, понимаешь, это ведь чёрт-те что, и тот в наличии, а чурчхелы нет. Вшивый твой магазин «Армения». И вообще...

Вижу, заводится, задел его национальные чувства, что будет, что будет.

— Много дураков есть на свете, — медленно выговаривая каждое слово, говорит Степан Варламович, — но, извини меня, таких как ты, вижу впервые. Ты что, сегодня только родился, или из своего Израиля ночью приехал? Не знаешь, у кого спрашивать надо? Спрашивать всегда надо только у начальства, оно всё знает. А кто начальник в магазине? Директор магазина. Только он всё знает. И только у него спрашивать надо. Понятно? Иди. Скажешь, что Акопян прислал.

И вдогонку:

— Дети малые, какие-то недоделанные. Посмотришь, вроде умный, а ни фига в жизни не понимает.

Это я у него недоделанный!

Тон у Степана Варламовича изменился, появились властные нотки, уверенность в голосе. Прямо глава армянской мафии в Москве. А почему бы и нет. Переделанный. Интересно.

Наверное, я действительно дурак, меня ещё в юности очень близкий человек называл «унглык», это на идиш означает что-то похожее на «33 несчастья». Уже был в «Армении» и не мог ничего выяснить.

3.

Опять после работы еду в магазин «Армения». Иду прямо к директору. Не было у меня опыта общения с директорами советских магазинов. И работников торговли я почти не знал, и никакого снобизма в этом не было. Просто не знал. Когда мы поженились и въехали в большую коммунальную квартиру, был у нас сосед — профессиональный директор магазина, так мы его долгое время за доцента принимали. И библиотека его вызывала в нас зависть. И книги он не только собирал, но и читал, так что доценту он соответствовал. Но никогда мы его ни о чем не просили. Как-то было унизительно просить.

За большим письменным столом сидел крупный красивый мужчина лет 55-ти, прекрасно одетый, очень уверенно отдавал какие-то распоряжения. Я так и представлял директора такого, в общем, хорошего магазина.

В кабинете было много людей. Каждому уделяет несколько минут. Не кричит, любезен. Я вздыхаю с облегчением. Как в кино. Потихоньку люди выходят из кабинета. Остаюсь с ним один на один.

– Что у тебя? (Кто я такой, чтобы ко мне на «вы» обращаться? — пронеслось у меня в голове. Но сдержался, я ведь проситель. Да и дело такое необычное, деликатное).

– Мне Акопян к Вам рекомендовал обратиться, — говорю я уверенным тоном. — Мне чурчхела нужна. Я...

– Мужик, ты что, ошалел? Какой Акопян? Никакого Акопяна я не знаю и знать не хочу!

– Да Степан Варламович...

– Я тебе русским языком говорю, что я — советский человек, советский директор, никакого блата. Никакого Акопяна, тем более Степана, как ты сказал, Варламовича. Кто он? И потом, что ты просишь?

— Чурчхелу.

— Чурчхелу? Мужик, ты рёхнутый, тебя мама уронила головой об каменный пол?

Директор задыхался от смеха. Приоткрылась дверь, и в комнату вошёл невысокий плотный мужчина.

— Слушай, этот, — он что-то быстро сказал по-армянски, — чурчхелу захотел. Ишь ты, чурчхелу захотел.

И он опять закатился в смехе.

Я стоял оплёванный, униженный, не зная куда деться. А директор хохотал, а директор резвился.

— От Акопяна, говорит, чурчхелу захотел. Идиот с солёными ушами. А что, у Акопяна уши такие же, он такой же шлимазл, как ты? Чурчхелу захотел!

При слове «шлимазл» я вздрогнул. То, что он опознал во мне еврея, меня не удивило: каждый, кто не был слеп, видел, что я еврей, и многие при случае с удовольствием говорили мне «жидовская морда». А самые добрые выражали сомнение, что я еврей. «Ты не похож на еврея». Комплимент, от которого стыло сердце. Но так легко сказать «шлимазл», мне казалось, мог только еврей. А может быть, язык директоров магазинов интернационален и состоит из смеси русских, еврейских, армянских и чёрт знает ещё каких слов?

Надо было уходить. Но оставить так просто поле боя я не хотел. Меня тоже заклинило. Всякое мурло, директор вонючего магазина, издеваться надо мной не может. Мне тоже палец в рот не клади, я ведь — коптевский, и перекусить могу.

— Ну, чего ржёшь, толсторожий? Сидишь, падло, на дефиците и думаешь, — король? Зажрался, говорить нормально не можешь. Поволокут тебя по кочкам, тогда и запоёшь «Разлуку», и чурчхелу вспомнишь.

Я повернулся и пошёл к выходу. И когда я взялся за ручку двери, услышал спокойный человеческий голос.

– Извини, ну ты зря завёлся. Я ведь понимаю, для чего тебе чурчхела нужна. У меня тоже мальчики, но я не помню, чтобы жена ела чурчхелу. Это дело женское. Нас, мужиков, в святое близко не подпускают. Ты говоришь мальчик — и всё. А уж она сама пусть крутится. Да ты, наверное, и не знаешь, что такое чурчхела: это из восточных сладостей, её делают вручную, дома. И очень редко продают на рынке. Все ко мне приходят — то от Акопяна, то от Саркисяна, то от Абарцумяна, и все только просят. Не знаю я твоего Акопяна, честное слово, да если бы и знал, ничем помочь бы не мог. Нет в Москве чурчхелы ни у кого. Поезжай на Кавказ, в Ереван, а лучше в Тбилиси, может быть, там купишь.

Домой я вернулся злым и заведённым. А жена невинным голосом спрашивает:

– Что-то ты домой стал поздно приходить, чурчхелу, наверное, ищешь?

– Ищу, — говорю, — ищу. Но люди умные, знающие, говорят, что это женское дело — искать чурчхелу.

– Ну-ну, я так и думала, что кишка тонка. По мне так и девочка хорошо. Машенькой назовём.

И так далее, со всеми остановками. И слово сказать нельзя. Пора сдаваться, но не хочется.

4.

Утром на работе я начал с того, что передал Степану Варламовичу привет от директора магазина «Армения» и снабдил его комментариями. Отыгрался. Сказал, что его не знает директор магазина «Армения», что его не знает ни один директор ни одного магазина во всей Москве, даже соседнего пивного ларька. И напоследок специально, чтобы обидеть, добавил, что он не может отличить армянский коньяк от водки калужского разлива.

Это был удар ниже пояса. Степан Варламович молчал, не говоря ни слова. Вся моя тирада повисла. Стало неинтересно произносить речи.

Я не знаю, чем бы закончилась эта история, если бы не вошёл в лабораторию Коля Комаровский. Коля был аспирантом. Он приехал в Москву из Тбилиси. Жилось ему одиноко, трудно, семья оставалась в Тбилиси, прописку не давали, квартиры не было.

Он очень любил грузинские традиции. Когда мы перед праздниками скидывались и у нас появлялись на столе селёдка, мясо из чайника, пироги и прочие разности, его всегда просили возглавить стол, быть тамадой.

Коля был умный, тонкий человек. Он всегда говорил, что собрались мы не поесть и выпить — это можно сделать и в другом месте, — мы собрались сказать друг другу, какие мы хорошие, какие прекрасные женщины вокруг нас (и это была правда), какие мы умные, сильные, смелые и умелые мужчины (и это тоже была правда). «Говорите друг другу слова, слова, слова, — призывал он, — и помните, что они пьянят сильнее, чем вино, сильнее, чем водка, сильнее, чем даже грузинский коньяк».

В этом месте обычно Степан Варламович сильно крякал. Он был поклонником армянского коньяка, но редко спорил: с одной стороны по природной деликатности, с другой — пили в основном разбавленный спирт.

Комаровский тут же почувствовал что-то неладное и спросил в чём дело. Всё время, пока я искал чурчхелу, он был в командировке и ничего не знал о моих делах. Мне не хотелось сто раз рассказывать одну и ту же историю, и я промолчал.

Так я и работал, на душе кошки скребли, дома боялся с женой заговорить. А Комаровский снова исчез, то ли в отпуск ушёл, то ли опять в командировку уехал.

Прошла, наверное, неделя, может быть десять дней. Сижу я как-то утром работаю, что-то получается, настроение повышается. Подходит ко мне Комаровский и небрежно бросает сумку.

— Возьми, — говорит, — это тебе моя жена прислала, я прилетел только что из Тбилиси. Где-то у грузинских бабок купила, по спецзаказу. Просила передать, что не только в Грузии, но и в Москве есть настоящие мужчины, которые мальчиков хотят.

У самого Комаровского тогда были только девочки.

«Хорошее слово и кошке приятно», — открываю сумку, смотрю, а там килограмма два тонких колбасок, похожих на охотничьи.

— Что это?

И вдруг меня осенило. Чурчхела!

— Чурчхела! — кричу что есть мочи. — Чурчхела! Коля, спасибо! Сколько я тебе должен?

А он говорит так небрежно, вдруг с сильным грузинским акцентом:

— Генацвале! Какие деньги? Как мужчина мужчине, как женщина женщине. От всего сердца. На здоровье. Чтобы был мир во всём мире.

В общем, праздник. Именины сердца. Звоню жене, предлагаю вечером куда-нибудь закатиться. Она в ответ:

— Если премию получил, гони всю домой. Куда это ты закатиться среди недели захотел? Обеда в доме нет, квартира не убрана, бельё не постирано, сын сопливый сидит, а отец вдруг гулять хочет, да ещё мать соблазняет.

И, как будто почувствовав что-то, добавляет мягко:

– На 10, может быть, пойдём в кино?

Не догадывается, вот цирк будет. Вечером еду домой как король. Встречаюсь с женой по дороге, покупаю цветы. Она вся в вопросах — что случилось, почему такой праздник? Молчу, как партизан на допросе. И я умею марку держать. Обедаем, молчу.

А вот когда чай стали пить, встаю, вынимаю из портфеля сверток и небрежно кладу на стол.

– В магазине напротив работы купил, может, тебе понравится.

Жена одной рукой разворачивает бумагу, и вдруг крик:

– Чурчхела!!

И повисла у меня на шее, и глаза залучились так, что сердце моё забилось. Что было, что было, что было...

– Вмиг переоденусь, — говорит, — и пойдём. Хочешь — в Большой, хочешь — в Малый, хочешь — на стадион. Вот только куда мы старшенького денем?

«Старшенького» уже говорит, не единственного. Значит, всё уже решила, согласна.

На работе всё было спокойно, никто не приставал, никто не подначивал, все ждали. Ведь какой эксперимент затеяли!

И вот четвёртого февраля утром звонят из роддома: у вас мальчик родился!

Значит, чурчхела сработала.

На работе, конечно, рождение сына отметили, как и положено, были и речи, и слова благодарности и прочее, и прочее.

А дома в подарок жене купил полуавтоматическую стиральную машину «Эврика», чтобы стирать было легче. Боже мой, каким эта «новая модель» была устаревшим барахлом, мы поняли через несколько лет.

5.

Через три с половиной года я уезжал в Израиль. Время, прямо надо сказать, было крутое, отъезжающих долбили в хвост и в гриву. Хотели последнюю порцию любви преподнести, чтобы советскую власть до гроба помнили, чтоб не забывали, как она терзать умела.

Но меня пронесло — никаких собраний, никаких терзаний. А товарищи мои на работе даже проводы устроили. И опять была селёдочка особого приготовления, и картошечка, на пару сваренная, и мясо в чайнике, и торт со словами «Счастливого пути», а вот спирт я не разводил — купил «Столичную» московского разлива.

И вот когда все тосты уже были произнесены, когда прозвучали напутствия и слова благодарности, как-то неожиданно встал вопрос, что я оставляю и что я там, в далёком Израиле, приобрету. В политику вторгаться не хотелось, и говорили о быте.

– Очереди. Я никогда больше не буду стоять в очереди. (И это оказалось сущей правдой)

– Правильно, — хором ответили все, — уж больно противно всегда чего-то выстаивать. (И это правда).

– Прописку, — с грустью заметил Комаровский.

Он так и не получил московской прописки и снимал квартиру. (В Израиле, где человек хочет, там и покупает квартиру).

– Никогда ты уже не сможешь поднять тост «В будущем году в Иерусалиме», — сказали евреи, не хотевшие уезжать. — Даже если ты не будешь жить в Иерусалиме, то всё равно весь Израиль – сплошной Иерусалим.

– Не надо никуда ездить в отпуск. Круглый год — солнце и море. Хоть обожрись. (А здесь они были неправы. Летом, когда на улице 35–40 градусов, солнце уже с утра обжигает, ой, как хочется в лес, на речку).

– Чурчхелу, — с улыбкой заметил Степан Варламович. — Где ещё может произойти такая история, чтобы еврею армянин искал, грузины делали, а поляк привёз чурчхелу! Выпьем за чурчхелу!

Выпили. С тем и расстались.

6.

Но у настоящей красивой истории есть продолжение. Живу я себе спокойно в Израиле, ем мацу, ругаю правительство (ну, какой еврей не ругает своё правительство! Каждый еврей считает, что может быть премьер-министром или, на худой конец, начальником Генерального штаба). Регулярно хожу на резервистские сборы, плачу налоги. Одним словом, хороший гражданин и настоящий сионист.

Вот однажды сижу я себе на работе и, как поётся в студенческой песне, «титрую кислоты аминами», как вдруг приходит хозяин и говорит:

– Вот новая сотрудница, лаборантка, — и чтобы сделать мне приятное, добавляет: — понимает по-русски.

И действительно, девочка понимала по-русски, но говорила плохо. Приехала она из Грузии маленькой, окончила школу, прошла армию, вышла замуж и пришла работать. Она — из Грузии, и муж — тоже из Грузии, лет на пять старше. Родители хорошо знакомы, дружат домами. Квартиру купили, машину купили. А детей нет.

Ну, нет и нет, ещё будут, какие ваши годы. Иногда слышу, как женщины её расспрашивают, что, как и почему. Но меня это не касается.

Вот слышу однажды разговор:

– Что ж у тебя детей нет, больна, что ли?

– Да нет, всё в порядке. Просто муж мальчика хочет. А я боюсь: вдруг будет девочка, что я тогда делать буду. И родители его хотят мальчика. Первый внук, наследник. У них раввины в роду есть. Была у врача, спрашивала что делать, как быть, а она говорит: как забеременеешь, так и определим. А я раньше хочу, заранее, чтоб точно было.

И в слёзы.

Слушаю я всё это из-за стенки и думаю, что дело серьёзное. Здесь мальчик нужен!

И однажды, когда в лаборатории мы были одни, рассказываю, что у меня два сына: один, старший, родился сам по себе, а второй, потому что жена чурчхелу ела. Посмотрела она на меня с удивлением, слово-то она слышала, а что это такое, не знает.

Объяснил. Говорю:

– У свекрови спроси, наверное, знает.

Через несколько дней она рассказывает, что свекровь и мать знают о чурчхеле, но никто вроде в Израиле её не делает. Грустно стало, вспомнил Степана Варламовича и как он говорил, что чурчхелы не будет в Израиле.

Вечером того же дня встречаю мужа этой лаборантки и говорю ему в сердцах:

– Сына хочешь? Искать чурчхелу надо. Не лениться надо, не истерики закатывать надо, а искать. Хоть в Грузию поезжай!

И ушёл, оставив его с открытым ртом. Задел честь грузинского еврея.

Прошло ещё немного времени. Как-то утром говорит мне лаборантка:

– Вот принесла тебе попробовать чурчхелу, свекровь говорит, что ты специалист, толк в ней знаешь.

У меня даже «ноги вспотели». Свекровь её я никогда не видел, но раз говорит, что специалист, то марку держать надо. Лежат у меня на столе четыре колбаски, чуть потоньше московских, но по виду чурчхела. Всё-таки достал, значит, и впрямь сына хочет. Пробую, не тот вкус, другой. Говорю:

– Что-то не то, отнесу домой, пусть жена попробует. Она-то точно помнит.

Жена отреагировала бурно:

– Второй сорт подсунули. Икра Несмеянова. Это не настоящая чурчхела, она, наверное, на виноградном соке сделана, а настоящая, та, что я ела, на гранатовом.

Так я и сказал лаборантке. От такой чурчхелы только девочки получаются.

Как уж там разбирались с первым и вторым сортом, я не знаю, но ещё через недели две-три раздался звонок в дверь. Смотрю, стоит моя лаборантка со своей матерью и свекровью и просят разрешения поговорить наедине с моей женой. Принесли новую чурчхелу. «Мы люди простые, неучёные, а ты — москвичка, всё знаешь, всё понимаешь». «Ладно, — говорит жена, — попробую».

Берёт она эту колбаску, разламывает, нюхает, пробует маленький кусочек, потом ещё. И наконец мечтательно говорит:

– Жаль, что моё время ушло, а то бы я попробовала.

А потом был брит.

На иврите это означает обрезание, заключение союза с Богом. И его делают только мальчикам.

7.

На этом я бы поставил точку. Но прошло ещё несколько добрых лет, и тайна над чурчхелой слегка приоткрылась. Как известно, тайны то открываются, то вновь исчезают.

Однажды моя жена купила книгу профессора В.В. Похлёбкина «Национальные кухни наших народов». Книга была издана ещё при советской власти, в издательстве «Лёгкая промышленность», когда «под нашими народами» понимали народы, населяющие Советский Союз.

Книга профессора В.В. Похлёбкина — не первая и не единственная поваренная книга у моей жены: она любит собирать разные рецепты. Увлечение, как любое другое, достойно уважения. В доме полно разных рецептов, которые жена тщательно собирает, классифицирует и пачками выбрасывает, как непригодные для употребления. Но профессора Похлёбкина она выделяла среди множества других авторов как кого-то очень важного в существовании человечества — за энциклопедическое понимание КУХНИ и основ приготовления пищи.

И вот однажды жена мне говорит

– Иди быстрей, я покажу тебе что-то очень интересное.

Ну, что может быть в рецептах интересного? Однажды в молодости, ещё до женитьбы, я стал по Елене Молоховец яичницу жарить. У неё яичница — на 10–15 яиц. Общепит! С тех пор у меня к поваренным книгам нелюбовь.

Но раз жена зовёт, иду и не сопротивляюсь. Читаю способ приготовления чурчхелы, а там написано, что её готовят на виноградном соке.

– Как же так, мы людям морочили голову, говорили, что на виноградом соке чурчхела — второй сорт, а Похлёбкин приводит этот способ как пример?

– Не расстраивайся. Во-первых, я встретила твою лаборантку и получила приглашение на свадьбу уже дочери. Она теперь сама поедет в Тбилиси покупать чурчхелу. Во-вторых, Похлёбкин — специалист по проблемам кухни, а здесь нужен специалист какой-то другой профессии. Это не гинеколог, не диетолог и даже не хиромант. Так, что будем считать, что тайна не открыта.

Но теперь я понимаю, почему чурчхела — редкий продукт. Делать её надо три-четыре месяца. Как приготовление многих пищевых продуктов (вина, сыров и даже хорошего хлеба) она требует уменья, граничащего с искусством. Не советую самим делать чурчхелу.

Лучше поехать в Грузию.

СИТУАЦИЯ НА МОРОЖЕНОМ ФРОНТЕ

Есть истории, которые я люблю рассказывать. Все мои друзья и родственники слышали их по многу раз, но я почему-то продолжаю их рассказывать постоянно при каждом удобном случае, надеюсь, без особых вариантов. Вот одна из них.

В лагере у меня появился знакомый, господин Сташко. Ему было лет 50. Высокий, плотный, спокойный, всегда на общих работах. Срок ему дали почти как всем — 25 лет, статьи — измена Родине, шпионаж в пользу Японии и Франции.

Судьба его любопытна, впрочем, как и судьба каждого. Происходил Сташко из польской аристократической семьи. Его деда за участие в польском восстании, подавленном Муравьёвым-вешателем, выслали в Подольск Московской губернии. Какой же глушью был Подольск, если туда ссылали восставших поляков. По-видимому, ссылка пошла «на пользу», так как семья сильно обрусела, и я не помню, чтобы Сташко особенно интересовали польские дела.

Отец моего знакомого был архитектором и работал в Москве и Петербурге, хотя права жительства в столицах у него не было. В царской России, которую все сейчас так хвалят, был, вероятно, свой 101-й километр. Учился мой знакомый в Московской гимназии, и в 1917 году, когда началась революция, ему было 15 лет. Он примкнул к белым, но по возрасту активного участия в белом движении не принимал. Тем не менее, отступая с белыми, он добрался до Франции. Затем он поступил в Льежскую юридическую школу (университет) и закончил её в 1929 году. Поскольку в то время с работой во Франции и Бельгии было плохо, а может быть и потому, что у него не было гражданства, он уехал во французский Шанхай, где работал следователем, а затем начальником следовательского отдела полиции во французском сеттльменте. Я не помню его рассказов об участии в белоэмигрантском движении. Потом началась война.

Помню, по русскому телевидению была передача Эдварда Радзинского «Конец галантного века». В этой передаче Радзинский приводил слова Шатобриана о том, что победа Наполеона при Ватерлоо должна была принести славу Франции и его, Шатобриана, личное изгнание. Поражение Наполеона — позор Франции, её оккупация и его, Шатобриана, личное благополучие. Несмотря на то, что он стал министром при дворе короля Людовика XVIII, ему была ближе победа Наполеона.

И русскую эмиграцию терзали те же страсти. Она раскололась, часть её пошла на союз с Германией, часть заняла просоветскую позицию. Некоторые начали активно сотрудничать с советской разведкой. Сташко стал работать против Японии. Затрудняюсь сказать, сколь активна была его работа, но японцы его выследили, арестовали, сильно били палками по ступням и выпустили. От этих ударов ноги распухли, и несколько лет Сташко с трудом передвигался. Очень большими либералами были японцы в 1949 году.

Когда Китай стал коммунистическим, дети Сташко уехали в Канаду, он с женой — в СССР. Любимая Родина оценила его порыв в 25 лет исправительно-трудовых лагерей, точно по прейскуранту. Это я рассказал просто для того, чтобы пояснить, с кем я имел дело.

Рассказывая про своё житьё-бытьё в студенческие годы, Сташко заметил, что окончание университета было решено отпраздновать в кафе. Пошли всем выпуском.

Всё-таки как изменилось время. Барон Дельвиг, двоюродный брат пушкинского друга, писал в своих воспоминаниях, что окончание Межевого корпуса выпускники отпраздновали коллективным посещением публичного дома, и это произошло в Петербурге приблизительно за 100 лет до посещения в Льеже кафе-мороженого выпускниками юридического факультета.

Сташко заказал по полпорции каждого сорта, но всё съесть не смог. Его рассказ вызвал у меня большое недоверие. Здоровому молодому мужику не съесть по полпорции всех сортов мороженого? Не может такого быть! Что-то здесь не то.

Я с детства люблю мороженое, и сколько я его не съедал, мне всегда было его мало. Наверное, моя любовь к мороженому началась с детской зависти. Мне было лет шесть, когда моей сестре вырезали гланды. Врач очень боялся кровотечения, и когда её привезли из больницы, купили ещё и ведро мороженого. Такая тогда была система замораживания после удаления гланд. Ведро мороженого произвело на меня ошеломляющее впечатление. Сестре давали его есть без ограничения, а мне перепало чуть-чуть.

Может быть, с этого момента мне всегда не хватало мороженого, всегда хотелось ещё. И ответ родителей был раздражающий: «Много нельзя, можно заболеть».

А потом случилась война, но уже в 1944 году в Москве появилось в открытой продаже мороженое. На вокзалах, на центральных улицах, в больших магазинах стояли тётки с большими ящиками, где лежало мороженое в пачках, охлаждаемое сухим льдом. Целая пачка была очень дорогой, и мы, мальчишки, скидывались, покупали пачку на четверых. А в тяжёлые минуты скидывались на восьмушку.

И не только летом. Зимой, в 20–25-градусный мороз его тоже

можно было есть с удовольствием. Рассказывали, что когда Черчилль увидел, как москвичи едят зимой мороженое, он пришёл в восторг и заявил, что русских невозможно победить, они закалены и стойки.

Но я отвлёкся. И вот на этом фоне я слышу рассказ, что молодой здоровый парень не мог доесть мороженое? Это невозможно представить!

У тёток, которые торговали мороженым, было 1-2 сорта. Уже после войны, когда моя сестра вышла замуж, я, наверное, раза два бывал вместе с ней в ресторане. Конечно, для меня заказывали мороженое. Порция была тоже 100 г, два шарика, а сорта 2-3, может быть, четыре.

Поэтому я думал: если в кафе «Националь» — четыре сорта мороженого, то в Бельгии, в Льеже пять, ну шесть сортов. Дальше шла арифметика: шесть сортов по 100 г будет 600 г, половина от этого — 300 г. Всего-то! И это нельзя съесть?! Чушь. Бред. Сиди себе тихо, запивай вином и думай, что ты известный адвокат. Как Плевако.

Первая брешь в моём неверии была пробита ещё в лагере. Беньяш, другой мой лагерный знакомый, рассказывая о своих родителях (а его отец до революции был известным окулистом в Киеве), упомянул о громадных порциях, которые всегда оставались на тарелках. Это тоже было малопонятно, так как мы всегда всё съедали — и добавку тоже, если её давали. Беньяш был великолепным рассказчиком. Его рассказы всегда были сочны и образны, а поскольку в лагере любили поговорить о еде, эти рассказы пользовались успехом.

Наконец умер Сталин, и ещё через 3 года я освободился. Жизнь потекла своим чередом. Я поступил учиться в институт, а жизнь студента, как известно, скудная, но и не без глупостей.

Однажды в компании милой барышни я съел 1 кг мороженого, запивая фруктовый водой. Надо отметить, что моя визави съела 800 г мороженого. «Есть женщины в русских селениях»...

Помню, как я, моя жена, Гриша Мазур, Рома Сеф, частенько заходили к ныне покойному Джеку послушать музыку, да и просто поговорить, и приносили с собой много мороженого. Был я несколько раз в лучшем в Москве кафе-мороженое «Космос», но там также было два-три сорта, а порции были всё те же 100 г. Я зарёкся ходить в кафе «Космос». Это была очень унизительная процедура, так как надо было выстоять длинную очередь, что очень раздражало. Пропадало всякое желание.

В других кафе мороженое было невкусным, во всяком случае, не вкуснее, чем в брикетах. Так я жил и так воспринимал ситуацию на мороженом фронте.

Через 20 лет после освобождения из лагеря, в 1976 году, я уже жил в Израиле, в Реховоте. На первых порах олимовской жизни я не заходил в кафе, которых в Реховоте великое множество. Но даже проходя мимо, я начинался сомневаться.

Однажды мы попали в Герцлию Питуах. Был званый обед в гостинице, затем вечером мы пошли в кафе-мороженое. Меню, которое нам подали, повергло меня в ужас: там значилось 20–25 сортов мороженого, а когда принесли заказ, я впал в депрессию — порции были не менее чем полкилограмма! Я чувствовал своё ничтожество: съесть такое количество мороженого было просто невозможно.

25 лет я не верил вполне уважаемому человеку, а ведь он говорил правду. Невозможно съесть по полпорции всех сортов мороженого в нормальном кафе в нормальной стране. Но я ведь жил в СССР, в стране анти-нормальной, коммунистической, где даже с беспартийным мороженым были партийные проблемы.

Интересно, а сколько сортов мороженого есть сейчас в Москве и, скажем, в таком научном центре, как Обнинск?

* * *

Рассказ о мороженом написан в 1979–1980 годах, когда мы были ещё олим, и нас всё удивляло. С другой стороны, мы отлично помнили, каким нищим был СССР. Если в Москве были сложности с мороженым, то в таком крупном научном центре как Обнинск, не было простых столовых тарелок. Мой двоюродный брат с гордостью преподнёс своей жене тарелки, которые я купил в Конаково как посуду второго сорта. А в Конаково невозможно было достать простой градусник, чтобы измерять температуру.

Прошло 45 лет, и везде всё есть – в Обнинске скоро будет метро, но помнить, как жилось тогда и ценить нынешнюю жизнь, важно и необходимо.

АВТОБИОГРАФИЯ

Я родился в 1932 году в Москве. В 1950 закончил школу и поступил в Менделеевский институт (МХТИ). Летом того же 1950 года вступил в антисоветскую, антисталинскую молодежную организацию «Союз за дело революции»(СДР). Через полгода, в январе 1951 года, нас арестовали, а судили через год. Троих расстреляли, мне дали 25 лет лагерей. После смерти Сталина дело было пересмотрено и живых амнистировали. В 1989 году реабилитировали.

В 1956 году я освободился из лагеря и был восстановлен в МХТИ, который закончил в 1961 году. Работал инженером-химиком на химзаводе и в различных институтах.

В 1976 году репатриировался с семьей (жена, двое детей и теща) в Израиль. Все годы работал инженером-химиком. В 2007 году в возрасте 75 лет ушел на пенсию.

Живу в Реховоте.

Владимир Мельников

www.ingramcontent.com/pod-product-compliance
Lightning Source LLC
Chambersburg PA
CBHW070415310726
48977CB00003B/704